寶具

惡龍血鎧
Armor of Fáfnir

層級：B+　種類：對人寶具
範圍：-　防禦對象：1人

——將沐浴惡龍之血的傳說加以實現的寶具。
能使等同於B級的物理攻擊與魔術失效。
即使是A級以上的攻擊，也會在扣除B級的
防禦數值後才計算傷害。
若由正當英雄使用這款寶具，將獲得與B+相等的防禦數值。
但沒有沾到血的背部無法獲得防禦數值，也無法隱藏。

幻想大劍・天魔失墜
Balmung

層級：A+　種類：對軍寶具
範圍：1～50　最大掌握：500人

使齊格菲得以成為屠龍者的詛咒聖劍。
兼有原典魔劍「格拉墨」的屬性，
會因為持有者不同而使屬性變化為聖劍或魔劍。
劍柄上的藍色寶石貯藏、保管了神話時代的
魔力（真乙太），將之解放便會釋出黃昏色劍氣。
能給予繼承魔龍血統者追加傷害。

CLASS

弓兵

主人	菲歐蕾・佛爾韋奇・千界樹
真名	凱隆
性別	男性
身高、體重	179cm 81kg
屬性	守序、善良

肌力	B	魔力	B
耐力	B	幸運	C
敏捷	A+	寶具	A

職階所屬能力

反魔力：B　能使發動魔術時詠唱三節以下的魔術全數無效。
即使使出大魔術、禮儀咒法等，也難以給予傷害。

單獨行動：A　即使沒有主人也能行動。
但若是要使用寶具等需要龐大魔力的情況，
則需要主人支援。

持有技能

千里眼：B+

表示視力的好壞。能捕捉遠方目標與提升動態視力。
搭配心眼（真）使用，可能達到限定條件下的未來視效果。

心眼（真）：A

透過修行與鍛鍊培養出的洞察能力。
陷入絕境時冷靜掌握自身狀況與敵方能力，
當場導出剩餘活路的「戰鬥邏輯」。

神性：C

雖然是大地之神與妖精之間生下的存在，
但因為死前降格為人類之軀，層級大幅降低。

神授與之智慧：A+

由希臘諸神所賜，身為賢者的各式各樣智慧。
除了英雄獨有的技能，幾乎所有技能都能發揮出
B～A級的熟練程度。另外，只要有主人同意，
也可將技能授與其他使役者。

寶具

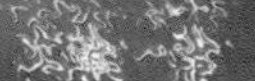

CLASS

槍兵

主人	達尼克・普雷斯頓・千界樹
真名	弗拉德三世
性別	男性
身高、體重	191cm 86kg
屬性	守序、中立

肌力	B	魔力	A
耐力	B	幸運	D
敏捷	A	寶具	A

職階所屬能力

反魔力：B　能使發動魔術時詠唱三節以下的魔術全數無效。
即使使出大魔術、禮儀咒法等，也難以給予傷害。

既有技能

護國鬼將：EX

因為事先確保了地脈，將特定範圍視為
「自身領土」。在這領土範圍內發生的戰鬥中，
身為王的弗拉德三世可以獲得足以與
狂戰士的A級「狂暴」匹敵的強大戰鬥力加成。
「極刑王」是只能在這個技能形成的領土中
才可使用的寶具。

寶具

極刑王（穿刺公）

層級：B　種類：對軍寶具
範圍：1～99　最大掌握：666人

在空間中大量產出樁子，刺穿敵人。
攻擊範圍為半徑1公里，樁子的數量最多可達兩萬支。
另外，手中握的槍每給予敵人一擊，便會產生
「將之刺穿」的概念，以心臟為起點往體外伸出樁子，
再加上也能給看到無數樁子的敵人精神層面的壓迫感。

鮮血傳說（Legend of Dracula）

層級：A+　種類：對人（自身）寶具
範圍：-　最大掌握：1人

讓後世口述的德古拉具現化，變為吸血鬼。
化為德古拉伯爵的弗拉德三世一般的技能與寶具將遭到封印，
相對地能大幅增強身體能力，也可幻化為動物或霧氣，
並擁有治療能力、魅惑的魔眼等特殊能力，
以及獲得無法抵抗陽光與聖印的弱點。

CLASS

騎兵

主人	塞蕾妮可・艾斯寇爾・千界樹
真名	阿斯托爾弗
性別	
身高、體重	164cm 56kg
屬性	混亂、善良

肌力	D	魔力	C
耐力	D	幸運	A+
敏捷	B	寶具	C

職階所屬能力

反魔力：A	能將A以下的魔術全數取消。 事實上，現代魔術師無法傷及阿斯托爾弗。 因為寶具「書本」，此技能層級大幅提高， 平常是D級。
騎術：A+	騎術才能。只要是獸類，連幻獸、神獸層級 都能駕馭，但龍種不在此列。

持有技能

理性蒸發：D

因為理性蒸發，無法忍受所有祕密。
會不小心說出我方的真名或弱點，忘記重要的東西，
可以算是詛咒了。此項技能兼具「直覺」效果，
在戰鬥時某種程度可感應出對自己最理想的發展。

怪力：C-

可以讓肌力提高一個層級。
但發動這個技能時，每回合都會承受損傷。

單獨行動：B

即使來自主人的魔力供應中斷，也可暫時自立的能力。
如果是層級B，就算失去主人仍可現界兩天。

寶具

La Black Luna
喚起恐慌的魔笛

層級：C　種類：對軍寶具
範圍：1～50　最大掌握：100人

會發出類似龍的咆哮或神馬嘶鳴般魔音的號角。
能給予範圍內的物體爆音衝擊。
如果對象的HP在傷害以下，將會灰飛煙滅。
這是善良魔女蘿潔絲堤勒贈與阿斯托爾弗的物品，
用以趕走大量鳥身女妖。
平時的大小可以繫在腰際，但使用時會變成
足以圈住阿斯托爾弗的大小。

Luna Break Manual
魔術萬能攻略本

層級：C　種類：對人（自身）寶具
範圍：－　最大掌握：1人

是從某個魔女手中接收過來，記載了抵銷
所有魔術的手段的書本。只是持有就能自動取消
A級以下的魔術。固有結界與極為接近固有結界的
大魔術雖不在此限，但在這種情況下也能解放其真名，
透過閱讀書本內容來抓住將之破解的可能性。

……然而，阿斯托爾弗徹底忘了這本書的真名。
魔術萬能攻略本也只是隨便取的名稱罷了。

一觸即捧！（Trap of Argalia）

層級：D　種類：對人寶具
範圍：2～4　最大掌握：1人

騎士阿爾加利亞的騎槍，擁有金色槍尖。
殺傷能力雖然不高，但只需傷及對手就可使其雙腳靈體化，或者使之跌倒。
要從這跌倒狀態站起來，必須進行LUC檢定，一旦失敗，負面狀態「跌倒」就會持續保留。
但每過一回合LUC就會向上修正，檢定會較容易成功。

非屬此世幻馬（鷹馬）

層級：B+　種類：對軍寶具
範圍：2～50　最大掌握：100人

上半身是鷲獅、下半身是馬，原本應是「不可能」存在的幻獸。
雖然層級比神話時代的獸類獅鷲低，但其衝刺造成的粉碎攻擊足以與A級的物理攻擊匹敵。

CLASS

術士

主人	羅歇・弗雷因・千界樹
真名	亞維喀布隆
性別	男性
身高、體重	161cm 52kg
屬性	守序、中立

肌力	E	魔力	A
耐力	E	幸運	B
敏捷	D	寶具	A+

職階所屬能力

設置陣地：B　作為魔術師，可以設置對自身有利的陣地。
能夠形成專門用來打造魔像的「工坊」。

製作道具：B+　可以製作帶有魔力的道具。
術士的技能專精在魔像層面，
除此之外無法製作任何物品。

既有技能

數祕術：B

魔術系統之一，卡巴拉。
搭配透過字母代碼的縮減詠唱使用，
使其可以瞬間輸入複數魔像的多種指令。

寶具
Golem Kether Malkuth
王冠・睿智之光
層級：A+　種類：對軍寶具
範圍：1～10　最大掌握：100人
術士生前無法打造的未完成寶具。

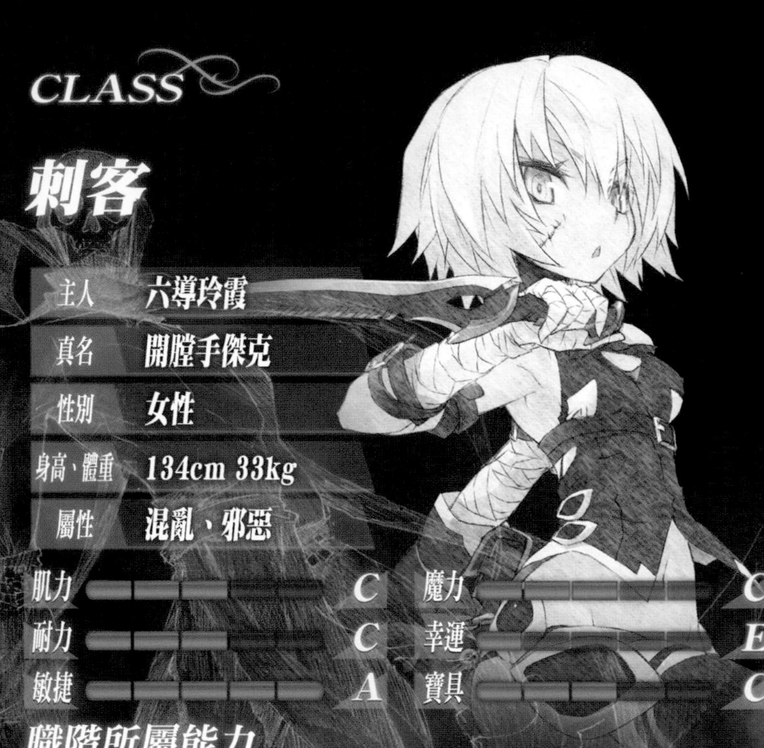

CLASS

刺客

主人	六導玲霞
真名	開膛手傑克
性別	女性
身高、體重	134cm 33kg
屬性	混亂、邪惡

能力	等級	能力	等級
肌力	C	魔力	C
耐力	C	幸運	E
敏捷	A	寶具	C

職階所屬能力

斷絕氣息：A+　可以斷絕身為使役者的氣息，適於隱密行動的技能。
只要能完全斷絕氣息就幾乎不可能被發現。
一旦轉為攻擊態勢，斷絕氣息的層級就會大幅下降，
但這個缺點可用「霧夜中殺人」彌補，
做到完美的偷襲。

持有技能

霧夜中殺人：A

並非基於暗殺者，而是基於殺人魔的特性，
身為加害者的她總是可以對受害者先下手為強。
只不過，僅限於夜晚適用。

精神汙染：C

能以中等機率斷絕精神干涉系的魔術。

消除情報：B

對戰結束的瞬間便能將她的能力、真名、外表特徵等
情報從目擊者與對戰對手的記憶中消除。

外科手術：E

可以使用染血的手術刀治療主人與自己。
不保證治療後看起來的狀況，但總之會有辦法。

寶具

解體聖母（Maria the Ripper）

層級：D～B　種類：對人寶具
範圍：1～10　最大掌握：1人

重現開膛手傑克殺人犯行的寶具。
在「時間是晚上」、「對象是女性（或雌性）」、「起霧」等條件全數符合的情況下使用寶具，對象體內的東西將無可避免地全部往外迸出，變成遭肢解的屍體。
若條件沒能湊齊，將會單純只是給予傷害，但這種情況下也是只要多滿足一項條件，威力就會大幅提昇。這款寶具並非使用小刀攻擊，而是類似一種詛咒，所以也可遠距離使用。
要防範這款寶具需要的不是物理性防禦力，而是對詛咒的抗性。

暗黑霧都（The Mist）

層級：C　種類：結界寶具
範圍：1～10　最大掌握：50人

張設霧氣結界的結界寶具。以魔力產生的硫酸霧氣本身就是寶具。使役者雖然不會因此受到損傷，卻會導致敏捷降低一級。使用寶具者可決定要對霧氣中的誰有效或無效。因為霧氣會使人喪失方向感，要逃脫必須持有層級B以上的技能「直覺」，或者使用類似的魔術。

CLASS

狂戰士

主人	卡雷斯・佛爾韋奇・千界樹
真名	弗蘭肯斯坦
性別	女性
身高、體重	172cm 48kg
屬性	混亂、中立

肌力	C	魔力	D
耐力	B	幸運	B
敏捷	D	寶具	C

職階所屬能力

狂暴：D　雖可提昇肌力與耐力參數，但言語能力將退化為單純，無法長時間進行複雜的思考。

持有技能

空虛生者嘆息：D

在狂暴時提高，不知何時結束的尖銳慘叫。
無論敵我的思考能力都會剝奪，沒有抵抗力者將會陷入恐慌而無法呼吸。

寶具

Bridal Chest
少女的貞潔

層級：C　種類：對人寶具
範圍：1　最大掌握：1人

帶著樹枝狀電流的戰鎚。
前端的球體正是她的心臟，非戰鬥時也寸步不離身。
擁有透過尾端的扇葉與她本人頭部兩旁的扇葉供應電力的機制。
因為可以有效率地回收並累積從自身或周遭洩漏出來的魔力，
在周遭會豐富地持續產生剩餘魔力的戰鬥時，能搭配這樣的機制，
模擬性地做出「第二類永動機」的效果。

Blasted Tree
磔刑雷樹

層級：D～B　種類：對軍寶具
範圍：1～10　最大掌握：30人

將「少女的貞潔」插在地面，解放所有極限使出的全力放電。
聳立大樹的剪影灑落，是一種擴散追蹤型雷擊。
如果敵人只有一位且位於近距離，沒有「少女的貞潔」也可啟動。
雖然靠著限制器控制，但解除後威力無比強大。
不過在這樣的狀況下，使用者將完全停止活動，也就是會「死」。
這陣雷擊有低機率能產生第二個科學怪人怪物。
然而，已經死亡的她並無法看到這樣的結果。

那是屠龍者與滅英雄者兩名大相逕庭的劍士所掌握，
攻擊一切的毀滅之光———————！

那我們先去探查第一個人吧，往離這邊最近的魔術師家出發！

……要招供嗎？

3

「聖人的凱旋」

東出祐一郎

插畫　近衛乙嗣

Kadokawa Fantastic Novels

彩頁、內文插畫／近衛乙嗣

Fate Apocrypha　Vol.3「聖人的凱旋」

目錄

CONTENTS

序章——27
第一章——35
第二章——151
第三章——237
第四章——389
解說——478

序章

序章

——好了，來說說第三次聖杯戰爭的故事吧。

在第二次聖杯戰爭之中，艾因茲貝倫於初期就很輕易地被打退了。儘管身為打造出聖杯的三大家之一，這鍊金術豪門卻因為戰鬥方面的能力過低而落於人後。

艾因茲貝倫為了一雪第二次聖杯大戰敗退的恥辱，這次打定主意說什麼都要獲勝。他們花了六十年的時間比較並探討所有可能性，最終——將候選的英靈縮減到兩位。

第一個方法：修改大聖杯的系統，並召喚出復仇者(Avenger)此一特殊職階。預定要召喚的使役者，則是背負了世上六十億詛咒的反英雄安格拉曼紐。

這是一位擁有惡魔王之名的無名英雄，若能成功召喚，就能殺遍其他所有主人與使役者後啟動大聖杯，專精於殺戮的災禍。

第二個方法：惡意利用大聖杯現有的系統——召喚原本理應為了調整聖杯戰爭才被

召喚出來，不僅徹底公正無私且擁有最強力量的職階，裁決者（Ruler）使役者。

透過這個方式，可以充分利用裁決者「持有命令使役者的令咒」這項超級特權。

該採用暴力突破的方式，還是策略智取的方式？煩惱許久之後，艾因茲貝倫選擇了策略智取的方式。也可以換個說法，他們是選擇了打安全牌。因為之前的失敗，讓他們怎麼樣就是沒有信心能駕馭接近神的力量。

而被選上作為裁決者召喚的使役者，是一位在生前所處的遠東國度中，即使最接近聖人立場，卻不被認可為聖人的悲劇少年——名為天草四郎時貞。

以艾因茲貝倫的立場來說，他們當然不想召喚什麼東洋的無名英雄，而是希望能召喚出一個貼近原本裁決者的使役者出來。但在一般聖杯戰爭中召喚裁決者，本來就是強行干涉系統的行為。

所以他們只好妥協——儘管如此，可以用在使役者上的令咒還是個壓倒性的有利因素。雖然召喚出來的天草四郎在戰鬥能力方面沒有什麼突出之處，魔術的造詣也完全不及術士（Caster），但還是能在第三次聖杯戰爭中節節勝利，活了下來。

或許是不放手豪賭，徹底執行的防守策略奏效了吧。在第三次聖杯戰爭來到尾聲的時候，艾因茲貝倫確實站在最接近大聖杯的立場。

但這時發生了出乎意料的狀況。參加第三次聖杯戰爭的千界樹一族族長——達尼克．普雷斯頓．千界樹偶然發現了大聖杯，藉助軍方力量著手強行搶奪的計畫。

第三次聖杯戰爭就在此時瓦解了。

倖存的使役者為了獲得大聖杯，彼此廝殺，艾因茲貝倫的主人也在慘烈的魔術戰連累之下喪命。

艾因茲貝倫死亡，遠坂和馬奇里撤退——最後留在戰場上的只剩下兩人。

殘存者之一名為言峰璃正。在意想不到的情況下目睹英雄們慘烈戰鬥的他，是由聖堂教會派遣來當第三次聖杯戰爭監督官的神父。

年紀明明還不滿二十歲，但那經歷了許多刻苦修行的樣貌會讓人聯想到雕刻在岩壁上的人像。而他身上肌肉的強健程度，簡直就像一座小城堡。

他的眼光有如剃刀又細又利，散放出銳利的光芒。與其說他是神父，其實更像一個專精武藝的格鬥家，或是經歷過無數沙場的老練傭兵。

「——今後你打算怎麼辦？」

言峰璃正略顯緊張地朝佇立在身邊的少年問道，這景象看起來真有一種喜感。不論年齡還是體格，理應都居於上位的男人居然用謙遜的態度對待一名少年。

……當然，要是知道少年的真面目，無論哪位聖職人員都會是這個態度吧。

璃正詢問的對象，是生在江戶時代，最接近聖人的奇蹟少年。就算外表看起來只是個不滿二十歲的小伙子，璃正當然還是要以相應的態度與說話方式與之對話。

「大聖杯被奪走了，想要赤手空拳奪回來應該是不太可能了。」

少年望著空蕩蕩的洞窟低聲說道。儘管大聖杯被搶奪，主人也已經死亡——但少年仍未消滅。少年與艾因茲貝倫之間的因果線（Line）已經切斷，但少年看起來並沒有覺得狀況危急。

少年的肉體已經成為具體的存在，在大地生根。因為接觸了大聖杯的他，勉強完成了「道成肉身」的過程。在這層意義上，可說第三次聖杯戰爭以他的勝利作收。

「說起來在主人已死的現在，我也只擁有跟一般人類相去無幾的力量罷了。所以，我放棄追蹤聖杯。」

「喔……那麼——」

「璃正閣下，之前你對我說過，你曾在苦修之後踏上悟道之旅。那麼，我想我也該去旅行。」

「這樣很好。儘管可能有所不足，請讓我盡幾分心力吧。」

要出外旅行必須準備一些東西，那就是身分——資金。言峰璃正原本就沒有所謂捨不得錢財的念頭，更別說他將一輩子都奉獻給神——若過往迎接悲劇結局的天草四郎有機會重新獲得些什麼，璃正甚至樂意拋下自身一切協助。

天草四郎換了個名字，獲得了新的身分。成為璃正養子的他如同自己宣告過的，於世界各地四處旅遊。但是，只有一件事情他並未明確告知養父。

——天草四郎並沒有放棄大聖杯。

不，不只如此，他甚至有覺悟要奉獻幸運得到的第二段生命——決心挑戰下一場聖杯戰爭。

沐浴大聖杯的光芒時，天草四郎確定了。只要有這份力量，只要能獲得這項奇蹟，「一定能讓千萬人民幸福」。

……那大聖杯的力量絕非一般。既然被奪走了，那麼一定會有人在某處啟動它。估計會在重新儲備好魔力的六十年之後——

靠著養父的關係進入第八祕蹟會之後，他就只是一心一意地等待「時機」來臨，跟

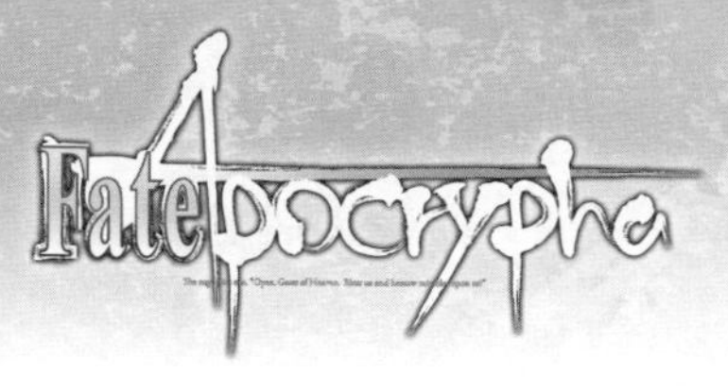

躲藏在黑暗中鎖定獵物的肉食動物或張網等待獵物落入陷阱的蜘蛛一樣。

不論是怎麼樣的聖杯戰爭，都有一個「必須通過的點」。那就是聖堂教會中，以回收和找尋聖遺物為主要目的的第八祕蹟會。既然是爭奪聖杯的戰爭，自然就是聖堂教會必須涉獵的事項——對魔術師們來說，與其刻意隱瞞，還不如一開始就開誠布公會比較好辦事。

當第三次聖杯戰爭的相關消息流出，亞種聖杯戰爭在世界各地展開的情況下，與「聖杯」相關的情報源源不絕地傳進了第八祕蹟會。

但這些聖杯都是假貨。嚴格說來，「冬木」聖杯戰爭中的大聖杯也是假貨，但對天草四郎而言，他想要的就是召喚出自己的那唯一大聖杯。

所以，他只是靜靜地等待。

——他就這樣等了六十年。與大聖杯連接，道成肉身的肉體在天草四郎的寶具力量輔助下不會衰老，就只是持續維持此一奇蹟。

許多事情就像隨風流動的雲朵般過去。養父身亡，乾弟弟也像養父和自己那樣，踏上了追尋之旅。

思考的時間幾乎等於無限，所以他考量了所有策略。比方要怎麼籠絡主人、要強搶大聖杯需要怎樣的使役者、要在哪裡作戰、要怎麼獲得、要怎樣「持續實現願望」。

他祈願的乃是萬人的幸福、萬人之善，討滅世上一切之惡（安格拉曼紐）。要完成此願，究竟必須克服多少障礙呢？若是一般人早就放棄，而天才也遲早會出錯吧。

但奇蹟之子天草四郎不會退縮，他怎麼可能會退縮。他身上背負了三萬七千人的遺憾，已經沒有任何事物能動搖他鋼鐵般的內心。

然後，等待已久的戰爭（時刻）終於到來。七位對七位，以冬木大聖杯為基礎展開的聖杯大戰。規模和系統的差異這些都是小事，畢竟言峰四郎可是活了六十年，考慮過了所有可能性——

就這樣，天草四郎在此次聖杯大戰真正的裁決者——貞德·達魯克眼前露出得意的笑容。

接下來才是真正的戰爭。這不是為了什麼追求魔術師的夙願、魔術協會的名譽等「無關緊要的小事」而戰，而是一場左右人類將來的戰爭。

第一章

第一章

吞下流出的血之後，甜美的鐵鏽味在口中擴散。損傷並不至嚴重的程度，但毫無疑問需要治療。目前的傷勢，早已超過可以靠自然治癒能力恢復的程度了。

過去只是過著在魔力供應槽裡面浮浮沉沉的人生的人工生命體，現在變成擁有齊格這樣特定名字，且不是人類、英靈，也不是人工生命體的奇妙存在。

他不經意看了一下自己的左手背。原本使用令咒之後只會留下些許痕跡後消失，但齊格的令咒只是輪廓變得比較模糊，仍明確地殘留在手背上。而且不只這樣，他的手甚至以消失的令咒為中心發黑，但並不痛，應該是消耗令咒造成的反作用吧——總之齊格先在心裡這樣下了結論。

齊格才覺得身體格外沉重，就發現雙臂環在自己脖子上的騎兵露出嚴肅的表情瞪了過來。

「……你是不是有話該對我說？」

齊格想都不用想，已經知道自己該說什麼。

「我覺得很抱歉。」

「是啊，抱歉，你該抱歉。你這樣不就把我的努力都丟到水裡了嗎！」

騎兵雙手揪著齊格的衣領拚命搖晃，一臉快哭出來的樣子。

「你朝著『紅』(莫德雷德)劍兵猛攻然後身亡！之後馬上復生！甚至還變成了使役者，現在又恢復成原樣！到底發生了什麼事啦？你說，你說啊！」

「……關於這點，其實我自己也搞不太清楚。我為什麼死而復生了呢？」

「我說你，這種事問我這個笨蛋也不會有答案啦！你這笨蛋！笨蛋！笨～～蛋！」

大叫了好幾聲之後，騎兵突然一頭撞在齊格的胸口上。他維持臉朝地面的狀態低聲嘀咕：

「——幸好你還活著，真的太好了。不過你聽好了，你不可以，絕對不可以再這樣做了喔。知道嗎？知道了嗎？」

齊格很順口地對淚眼汪汪凝視著自己的騎兵說：

「不，這點我無法保證。」

「……喔咦？」

眨了兩三次眼睛的騎兵馬上鼓起臉頰。

「你這是什麼意思啦！一般來說，這種時候你就要流淚反省：『對不起，我不該這麼亂來，下次不會再這樣了。』然後我再原諒你，給你摸摸頭才對啊！」

「我就是為了亂來才折回來……騎兵，我還是想拯救伙伴。我想回報那時候慈悲對我的他們。」

「……這……」

「我知道，我其實知道這是個幾乎無法實現的願望。你說得沒錯，我應該不要回頭，去過全新的人生才對。這樣我或許也可以獲得幸福。」

即使如此……即使如此——他還無法在當作這一切「沒有發生過」的情況下去過自己的生活。

騎兵聽完齊格訴說的內容，不禁誇張地長嘆。

「真的、真的、真的，你這個人喔、這個人喔、這個人喔……啊～～真是～～！」

騎兵粗魯地搔搔頭，整個人跳起來。齊格已經做好騎兵會生氣的心理準備，沒想到停下動作的騎兵卻是臉上表情一亮，接著大叫：

「太棒了！嗯，你果然就是這種人！就算你拋棄大家，也不會有任何人責怪你，但

你自己卻無法原諒自己！我也多虧了你才做出覺悟！那樣果然不對！錯得離譜，錯得無可救藥！好！拯救吧！出手拯救吧！」

「……這樣好嗎？」

「咦，什麼好不好？」

「沒有……我只是覺得這不管怎麼想，都不是其他使役者會容忍的狀態。」

「什麼嘛，原來是指這檔事啊。這種事等碰到再想怎麼辦就好啦！好，我們走！」

騎兵強行拉起齊格的手臂，準備往正要崩塌的千界城堡去——但他立刻停下腳步。

理由很簡單，因為有一位魔術師阻擋在兩人面前。

「哎呀，被發現了。想來也是，畢竟妳在那座城堡裡面看到了嘛。」

騎兵覺得很歉疚似的抓抓頭。佇立在兩人跟前的，是一位戴著強調攻擊意味的方框眼鏡的冰山美人。那是「黑」(阿斯托爾弗)騎兵的主人——塞蕾妮可．艾斯寇爾．千界樹。

齊格心想她應該正怒火中燒。畢竟他聽騎兵抱怨過，這位主人塞蕾妮可對騎兵抱持著可怕的非分之想。

但塞蕾妮可卻出乎他意料地面帶微笑。她一臉陶醉的表情，雙手抱胸看著兩人。

「嗚哇，看這樣子，我還覺得她火冒三丈比較好哩。」

聽到騎兵這麼嘀咕，齊格也表示同意地點了點頭。

塞蕾妮可並沒有生氣。說得更正確點，她已經過了火冒三丈的階段。她這個人的怒意一旦超過某個點，就會「凍結」起來。

她會分解感情，並將思緒轉化成極為合理的狀態。只不過，思考的方向性本身並沒有改變。她會以一千倍的憎恨奉還所承受的恥辱，以一萬倍的殘忍奉還所得到的侮辱。

在到達這個階段的過程中，一切迷惘或猶豫都會消失，這之中甚至包含了損益評估。沒錯，即使塞蕾妮可命令騎兵撤退，騎兵也無動於衷，打算去守護人工生命體的時候，聖杯大戰的勝負就已經從她進行評估的條件中消失了。

她將基於合理性，「準備一個最能讓騎兵痛苦的結局」。在這樣的狀況下，騎兵甚至考慮過自己會死。若只是用令咒逼他自殘，這個樂天的騎士肯定不會陷入絕望。

而即使侵犯他也一樣，就算慢慢凌遲他到體無完膚，他也只會因痛楚而掙扎吧。但是——只有一個，只有這一個手段可以讓英靈阿斯托爾弗陷入絕望。

「欸，騎兵，說說看你的真名吧。」

塞蕾妮可甜美地低語般說道。騎兵儘管對這唐突的提問感到不解，仍老實回答：

「阿斯托爾弗，是查里大帝十二勇士之一喔。」

「騎兵，你錯了。聽好，你只是從這個英靈身上分離出來的使役者罷了。換個說法，你只是劣化的複製品。不管你擁有怎樣的生前記憶，不管你怎麼活用了生前擁有的力量，名為阿斯托爾弗的存在早就已經消失殆盡了。」

「……哦～～」

騎兵點點頭，認為這說法確實有其道理。雖然很侮辱人，但騎兵本來就是不太在乎他人侮辱的個性。

「好，我是個複製品，那又怎樣呢？」

「也就是說，我願意對英靈阿斯托爾弗表示敬意，畢竟他可是查里大帝十二勇士之一，是留名歷史的英雄。但是呢，騎兵，你認為我會對你這個仿造品表示敬意嗎？」

「哎呀，我覺得我可以斷定耶。不管我是英靈還是怨靈，主人妳都不會對我表示敬意吧——」

「或許吧。不過呢，這樣你也很清楚了吧？我不認為你是阿斯托爾弗，你只是我召喚出來，非常棒的玩具罷了。」

「……」

看到塞蕾妮可露出冷酷的笑，騎兵迅速架起了手中的騎槍。儘管這完全不是該對自己的主人做出的行為，騎兵仍在腦中對自己發出了某種警訊。

「齊格，你快逃離這裡。」

「什麼……？」

「別說這麼多，快走！」

齊格有點被這樣怒吼的騎兵嚇到，但還是往後退開準備離去。然而，塞蕾妮可立刻伸出左手臂，秀出上頭的令咒。

「第四位『黑』以令咒命令之。『殺掉那個人工生命體』。」

齊格啞口無言，心想怎麼可能。他完全沒預料到塞蕾妮可竟然、竟然會把令咒用在這麼無聊的事情上。

騎兵也一樣。沒錯，狀況演變到這個地步，仔細回想一下就會發現，自己的主人（塞蕾妮可）從來沒提過想對聖杯許下的願望是什麼，面對這場聖杯戰爭的態度也是有些消極——當然她有打算取勝，只是騎兵還是有些在意她跟其他主人相比之下，執著程度比較低這一點。卡雷斯不拘泥聖杯戰爭勝敗的原因還好理解，因為他不想跟親姊姊菲歐蕾骨肉相

殘，這很合理。

但這個最有魔術師樣子的魔術師為什麼不拘泥於獲得聖杯呢？

這還用說——「因為她放棄了獲勝」。那她為什麼會放棄獲勝呢？

這也不用多問——「因為她滿腦子想著要凌遲騎兵」。

「快、逃……！」

黃金騎槍對準了齊格挺出。騎兵顫抖著咬牙，非常苦澀地壓著槍。

令咒——這是主人手上的王牌，是可以撕裂身為英靈的榮譽、矜持、信念等所有束縛的命令執行權。

不管怎麼想抗拒，使役者本來就無法違背令咒。但若擁有非常高的反魔力，那又另當別論了。

「哎呀，你挺努力的嘛。」

「……主人，拜託，請妳取消命令吧。」

「不要，絕對不要！啊啊，就是這樣！我就是想看到你這樣！欸，騎兵，你現在很絕望吧？然後你也知道吧，現在你雖然靠著寶具的反魔力勉強處在抗衡的界線上——」

塞蕾妮可再次舉起刻有令咒的左手臂，這下騎兵臉上真的變成充滿絕望的表情。

齊格也驚訝得說不出話。難道她真的只為了殺掉自己，就要用掉兩道令咒嗎？這怎麼可能……不，不對，就是有可能。說要殺了自己，其實真正的意義上不只是殺害一個人工生命體。

她的目的是打擊騎兵的心，使之絕望。為了達到目的，這位主人會毫不猶豫地做出任何事吧。

「好了，我要用上第二道令咒了。」

「住、手……求求妳，我什麼都願意做，就只有這個不可以……！」

用沙啞的聲音擠出的懇求只造成更加煽動塞蕾妮可虐待意圖的結果。像隻小動物一樣顫抖著淚眼婆娑的騎兵，看起來是那樣美麗、楚楚可憐又誘人。

「啊啊，就是這個！就是這個表情！好棒，棒極了！我就是想看你露出這樣的表情！不，『我只想要你這樣的表情』！」

這是壓倒性的惡意表露。塞蕾妮可根本沒想過自己用了兩道令咒之後該怎麼辦，她不在乎聖杯戰爭的結果如何，甚至不考慮自身的死活了。她只是專心一志地想要——貪戀讓自己的使役者陷入絕望而痛苦的喜悅。

齊格無法採取行動，因為只要他準備逃跑，塞蕾妮可就會毫不猶豫地啟用第二道令

咒吧。在寶具仍有作用的現在，騎兵還勉強可以忍住。充分享受了騎兵絕望表情的塞蕾妮可，暫時只是用第二道令咒威脅騎兵而已。

當然，她大發慈悲的可能性是零。不過至少目前她只是用以威脅，不至於立刻啟用令咒。

……然而這只是延後毀滅到來的時刻罷了。塞蕾妮可橫豎還是會在十秒，或者二十秒之後啟用令咒。

這麼一來，齊格就會死在騎兵手下。齊格的「龍告令咒（Dead Count Shapeshifter）」還沒準備好啟動第二道。就算能啟動好了，齊格也只能維持變身狀態三分鐘。若塞蕾妮可用第二道令咒強迫騎兵下殺手，齊格並不知道這樣的命令效力會維持多久……恐怕連騎兵和塞蕾妮可都不知道吧。

齊格現在才發現自己已經無計可施。若是向前，大概可以多創造出三分鐘左右的有效時間，但就只是這樣。那麼，要不要嘗試看看殺害塞蕾妮可呢？

這麼一來，令咒的命令效果應該會自動取消。當然，騎兵得以留在這個世界上的因果線也會跟著消失——但這個問題還有一個方法可以應對。

重要的是時機。每一舉手一投足都必須很順暢、很自然地動作。

齊格發現塞蕾妮可根本不關心自己在做什麼，便悄悄將手按在腰際的細劍上。他已經沒有遲疑的餘地了。

動啊、動啊、動啊……………好！

就在齊格一鼓作氣踏出一步的瞬間，塞蕾妮可轉頭面向他，臉上帶著確定自己會獲勝的殘忍表情。

知道失手了的感覺令齊格全身汗毛直豎，同時產生暈眩跟想吐的感覺，讓他無法好好站著，跪倒在地。

「哎呀，效果不太好呢。」

齊格看了看自己的腳邊，仔細凝視地面之後，發現可以看到一點點黑色的痕跡。看樣子塞蕾妮可用黑魔術設下了陷阱。

「憑你區區一個人工生命體還真敢瞧不起我，你以為可以超越我嗎？黑魔術師對敵意跟惡意是很敏感的。在你握劍的瞬間，我就已經掌握到你想做什麼了。」

塞蕾妮可揪住因痛苦而蜷縮的齊格的後腦杓，一把往地面砸下去。

「住……手……！」

「騎兵，你安靜一點。我會讓你送他上路喔。」

塞蕾妮可又抓著齊格的頭往地上砸了一次，接著拿出看起來像魔術道具的舊鐵釘，打進齊格的右手。非比尋常的痛楚讓齊格以沙啞的聲音發出慘叫。

「很痛吧？可是啊，我可是比你痛得多喔。因為我的使役者啊，竟然為了你這種『被榨過的渣滓』般的存在而痛苦萬分呢！」

齊格承受到的並非只是手掌被鐵釘貫穿會有的痛。那種彷彿拿鋸子撕扯裸露在外的神經般的劇烈痛楚，就算現在齊格獲得了強健的肉體也很難承受。

「黑魔術啊，是一種下流、陰險、噁心、殘忍的玩意兒。算算目的只在於給對象造成痛苦的術式，隨隨便便也超過百種。其實我是很想仔細地一個一個用在你身上，但很遺憾，我沒那麼多時間，所以就這樣放你——」

騎兵借給齊格的細劍掛在他的左側腰際，因此一般說來，他必須以右手握住劍柄才得以順勢從劍鞘抽出。

但現在他的右手被釘子貫穿，他勢必得用左手來抽出左側的佩劍。加上他現在跪在地上，照理來說無法在這樣的姿勢下完成出劍動作。儘管如此——儘管如此，齊格仍沒有愚蠢到會放過這樣千載難逢的機會。

他以左手摸索配戴在腰部的劍，搶在對方察覺之前毫不猶豫地出劍。瞄準的目標當然是塞蕾妮可的脖子——！

對塞蕾妮可來說，齊格這一招應該完全出乎意料吧。只見她反射性地往後一仰想躲開這一劍。

但既然劍招已出，就可順勢轉化為劈砍。要一招，一招取下首級——但是，若想以左手抽出配戴在左方的劍，就必須用反手的方式抽劍。

也就是說，這樣的出劍方式跟用右手握劍出招相比，無法攻得那麼深入。

「唔……！」

傾注全力的一劍只劃破了一層皮。塞蕾妮可急忙往後一跳躲開，並努力壓抑自身恐懼般叫道：

「你這個臭人工生命體……居然……居然敢這樣對我！」

「齊格，你快逃……快點！」

但齊格拔不掉右手上的釘子，即使他不在乎右手掌穿孔，用力抓著手腕想抽起自己的手，也只換來足以讓全身抽搐的劇烈痛楚，就是無法逃離。

「——第四位『黑』以令咒命令之！」

塞蕾妮可的臉因喜悅而扭曲，帶著殘忍光芒的眼熠熠生輝，簡直像野獸的雙眼。這

是身為黑魔術師的塞蕾妮可平時隱藏起來的本性，只有在她因自身興趣虐殺人的時候才會表露於外。

「住手啊啊啊啊啊啊啊啊啊啊！」

騎兵邊哭邊吼。當然，塞蕾妮可並沒有慈悲到會在這時候停手。就在她深吸一口氣，準備下達「殺了人工生命體」這道命令的瞬間——

『吵死了啦。』

塞蕾妮可的頭隨著這句粗魯的發言消失了。她的意識瞬間斷絕，想必連她本人都不知道自己身上發生了什麼事。從她是處在歡欣的情緒之下死亡這點來看，起碼還算是幸福吧。

砍下塞蕾妮可首級的是一位纖細的少女。她將略短的金髮簡單地綁在腦後，身上穿著運動風小可愛背心跟紅色皮夾克，下半身搭配露出整條腿的牛仔短褲，手中握著與那身打扮非常不搭調的巨劍。騎兵馬上就發現來者何人。

「『紅』（莫德雷德）劍兵……！」

聽到這句話的「紅」劍兵低聲回了一句「答對了」，露出得意的笑容。「黑」騎兵（阿斯托爾弗）依然提著槍沒有放鬆，視線充滿了強烈殺意與敵意。

但就算沐浴在過去曾被譽為英雄的「黑」騎兵這樣的目光之中，「紅」劍兵依然保持輕佻的笑容。

「『黑』騎兵，別啦別啦。令咒的束縛還有效力耶，若不在魔力消失之前安分一點，你的身體會去奪走你最疼愛的『這傢伙』的小命喔。」

「……！」

這話毫無疑問是事實。若主人沒有主動取消令咒的命令，蘊含在令咒中的魔力消耗殆盡之前，執行中的命令會持續下去。目前因為第一道令咒的命令仍在執行，即使塞蕾妮可已經死亡，仍無法將之取消。

但令咒基本上是拋棄式，而且塞蕾妮可也不在可以使用下一道令咒的立場了。因此，只要騎兵持續抗拒，令咒的魔力就會無謂地不斷消耗——一旦消耗殆盡，騎兵就可以解脫了。

只不過反過來說，在他解脫之前，即使敵人就在眼前，他也無法採取有效的行動。

「——哼，很遺憾，我沒空理你。我們要去那座空中花園，你就像個雜兵一樣乖乖

窩在這裡吧。」

「咦……？」

這出人意表的發言讓騎兵和齊格都不禁睜大了眼。「紅」劍兵看向齊格——當然，方才跟她廝殺過的齊格因此開始戒備。原本釘在他右手上的釘子，因為塞蕾妮可死亡而消失了。

但少女眼底沒有浮現類似戰意的情緒……甚至讓人覺得她帶著幾分同情。

「唉唉，真是找麻煩……我要去獲得聖杯。如果你們打算妨礙我，我就會砍了你們，就算下次讓我撞見，我也是會砍了你們。所以你們還是放棄聖杯吧，那不是適合你們的玩意兒。」

一邊搔著頭一邊這麼說的「紅」劍兵就這樣一副對兩人毫無興趣的樣子消失蹤影。看來她像是經過這邊，然後順手殺了塞蕾妮可——似乎就是這麼回事。

「騎兵！」

「哇、哇、哇！笨蛋，不要過來！要是我殺了你怎麼辦！」

聽到騎兵難得發出的焦躁聲音，原本打算接近過去的齊格急忙停下腳步。騎兵的額頭冒出汗水，臉上表情顯得十分憔悴。持續抗拒令咒的命令有這麼難受嗎——不，應該不只是這樣。

「騎兵……你的魔力夠用嗎？」

「幸好我被允許可以『單獨行動』，所、所以還可以再撐一、下……唔……」

從騎兵口中發出的苦悶聲音聽來，實在不覺得他沒問題。確實，擁有「單獨行動」這項技能的話，就算主人輸送過來的魔力中斷幾小時到一天，也還能維持基本活動。

但現在的騎兵必須執行「抗拒令咒的命令」這種平常都不見得能挺住的行為。

也就是說——他必須持續使用屬於寶具之一的書本。這樣下去別說一天，他應該撐不過幾分鐘吧……！

「騎兵！」

「我、我不要。我絕對不要喔……！我絕對、絕對不會殺了你。都到這一步了，我怎麼可以認輸……！就算我會因此消滅……我也不在乎！」

儘管額頭冒著汗水，全身發抖，騎兵還是輕輕地露出笑容，很輕易就跨越了對死亡的恐懼。但齊格壓根沒打算讓騎兵送死。

「騎兵，跟我定下契約吧！」

「啥？……喔喔喔，嗚哇，危險危險危險！快～～躲～～開～～！」

齊格這沒頭沒腦的提議八成讓騎兵一瞬間鬆懈下來，只見他手中的槍差點就要貫穿齊格的心臟。多虧齊格在危急之際避開，加上騎兵再次控制住自己的動作，才勉強以擦過作收。

「你、你不要突然嚇我好嗎！你剛說什麼，定下契約？使役者和使役者定下契約不是違反規則嗎？不對，這從根本來說就不可能吧！」

「……雖然我是使役者，但同時也不是使役者。」

「咦？」

齊格舉起刻有令咒的手臂給困惑的騎兵看。

「騎兵，你不明白嗎？既然我握有令咒，那我也擁有主人的資格。」

「不、不是。可是——可是，我不能把你拖下水啊。」

「騎兵，或許我只是一個出生不到一年的小孩，同時是一個儘管擁有相關知識，卻不懂得怎麼加以活用的小鬼。但至少我還知道現在在這裡，我該做什麼。我要與你定下契約。」

齊格很清楚——騎兵目前正想殺掉自己，但他也知道若錯過這個機會，事情就會無法挽回，更知道現況已經不容一分一秒遲疑了。

「……你要在這種狀況跟我定下契約？在這種我只要一鬆懈，就可能像剛剛那樣出手殺害你的狀況下？」

「我死了的話，你也會死。這就像殉情一樣，所以你沒必要補償我……與其要我白白看你去死，還不如我死一死比較痛快。」

「我、我知道了！我知道了啦！既然這樣我也不管了！我會跟你定下契約！我會這麼做啦！」

聽到騎兵這麼說的齊格點點頭，伸出右手。騎兵咬牙抓住齊格的手。畢竟第一道令咒下達的殺害命令仍強烈地侵蝕著騎兵，他必須花費大量魔力來抵抗令咒的效力。沒時間猶豫了。齊格高聲唱出締結契約的咒語。

「——吾宣告。

汝之身歸吾管轄，吾之命運繫於汝之劍。

汝若服膺聖杯所依，遵從此理此意，就回應吧。

服從吾，呼應吾語。是否願將其命運託付予吾！」

「賭上騎兵之名接受此誓言！
閣下為吾主，我乃是——你的使役者！」
瞬間，閃光竄過彼此握住的手。通路強制打開，連結上因果線。
「黑」騎兵獲得新的主人，得以暫時繼續存在於這片土地上。契約在此，於既是使役者同時是主人的齊格，和發誓與他共進退的騎兵之間締結完畢。
「……契、契約……成立……了吧？」
「是啊。」
「既、既然這樣——離我遠一點！」
聽到這句話，齊格驚訝地退開。下一秒，騎槍就從齊格的眼前掃過。
看來即使齊格成了新的主人，前一位主人塞蕾妮可的命令仍保有效力。騎兵重重地喘著氣，露出安心的表情。
「好、好險……締結契約的下一秒就殺掉主人……哪有廢成這樣的使役者啊……」
「想必會千古留名吧。」
「我才不想留這種名！話說，既然契約已經締結完畢了，你還是早點從我眼前消失比較好喔。啊，不，我的意思是在這道令咒的效力消失之前喔。效力解除之後，我會馬上追上去的。」

「我知道了，那我要去千界城堡。現在這個狀況，魔術師們應該也無暇顧及人工生命體吧。所以我要再回去一次，確認一下他們真正的想法。」

「了解……只是，你要小心術士。最執著於你的毫無疑問是他，雖說我想他現在應該前往那座空中要塞了——」

齊格點點頭表示明白。前往千界城堡毫無疑問會有危險，因為現在的齊格對千界樹來說，算是一個非敵非友的尷尬存在。說坦白點，就連齊格本人也還有些猶豫。

他甚至會猶豫究竟該與千界樹一族為敵，還是應當與他們尋求融合的共存之道。說到猶豫的點，人工生命體們的前途也是一項煩惱。就算退出聖杯大戰，他們究竟該怎麼辦呢？為了被殺害而出生、為了被壓榨而出生的他們，今後該做出什麼選擇、該怎麼生存下去呢？

這一點齊格不僅愛莫能助，也認為不可以出手幫忙。因為若他出手了，這些人工生命體終究只是遵循某個人的指示行動，依然沒有自行思考。

他們應該選擇自身想走的路，決定自己的意思才對。即使生命如蜉蝣那樣短暫，

不，就因為那麼短暫——齊格才更覺得不該停止思考。

仰望天空，可以看到足以遮住月亮的巨大要塞。齊格本身並不在乎聖杯，因為他想實現的願望必須靠自身的力量努力去實現。

然而，現在使役者們應該正在那裡互相廝殺吧。最終究竟是誰可以實現什麼樣的願望呢？貞德．達魯克——裁決者會怎麼裁定使役者之間的戰鬥結果呢？

裁決者會對參加這場聖杯大戰感到悲傷嗎？或者會感到憤怒？

抑或是……她或許會認為這已是既定的命運而接受吧。不管怎麼樣，齊格依稀有股預感——

「我應該會被罵吧。」

齊格這麼嘀咕完，靜靜地呼了一口氣。

§§§

「紅」（塞彌拉彌斯）刺客打造的空前絕後大寶具「虛榮的空中花園」（Hanging gardens of Babylon），目前強行奪取大聖杯並將之收納其中的空中要塞，正被凝結般的沉默包圍。

互相瞪視的少年與少女。有著褐色皮膚、銀色頭髮的少年臉上雖然露出穩重笑容，卻以帶著幾分邪佞，讓人感覺到不祥氣息的眼神看著少女。

另一邊的少女有著雪一般的白皙肌膚與金色秀髮，正緊緊抿著唇——並以帶著熊熊燃燒般火光的眼神直直瞪著少年。

可以確定的事只有一件，這兩人都認定對方為不共戴天的對象。兩人都是使役者，且職階都是裁決者。

從原本負責管理聖杯戰爭的裁判——也就是裁決者竟然有兩位的這個時間點開始，作為一場聖杯戰爭來看，就已經處於異常狀態了。

而且這裁決者還以「紅」方主人的身分參加了聖杯戰爭。

「天草四郎，你到底在想什麼？你就這麼想要聖杯嗎？」

「那是當然。跟我信同一位神的妳應該明白吧？」

「不要鬧了……你應該很清楚，冬木的大聖杯並不是信徒們知道的那個聖杯。」

裁決者一副不容對方扯謊的態度逼向四郎。這時伴隨著嘲笑聲實體化的是四郎的使役者——「紅」刺客，塞彌拉彌斯。

「——哈，若是這樣，也沒必要這麼寶貝地守護這聖杯吧。」

「『紅』刺客……這就是妳的企圖嗎？」

聽到裁決者直截了當的問題，「紅」刺客愉快地「咯咯」笑了。

「原來如此。的確很有可能是吾拐騙、教唆純真的主人，將他拖到邪惡的道路啊。但很遺憾，吾乃使役者，使役者便必須遵從主人吧？」

「刺客，我們的主人怎麼了？」

身穿翠綠衣裳的「紅」弓兵阿塔蘭塔上前逼問。她的眼神如野獸銳利，彷彿要一鼓作氣咬碎刺客的喉頭。

「妳是想問前任主人吧？」

「紅」刺客很平常地這麼說完，「紅」騎兵（阿基里斯）立刻制住打算衝出去的弓兵。話雖如此，「紅」騎兵的表情也充滿了敵意，甚至到嚇人的地步。

「不用擔心，他們還活著。我說過了吧？他們是在非常和平的過程中將身為主人的權力轉移給我。他們就在似夢似醒之間，深信已經在聖杯大戰獲勝。所以我們別吵醒他們，不然就『太可憐了』。」

四郎這番話讓「紅」弓兵和騎兵幾乎同時採取了行動。弓兵立刻搭箭放出，騎兵的槍則鎖定了四郎的喉頭。

但「紅」(迦爾納)槍兵和刺客同時防堵了這兩波攻擊。槍兵徒手抓下射出的箭，刺客用左手擋下騎兵的槍。當然，她不是單純伸出手，如同黑色魚鱗的裝甲在她的手臂上展開。

騎兵的槍雖然將裝甲粉碎，但也就此被阻撓了。

「——唔，竟然可以如此理所當然地貫穿神魚的鱗片啊，不愧是阿基里斯，閣下真是受神眷顧的神之子啊。」

「紅」刺客繃著臉，摩娑淌血的手臂。

「哼，要是我認真，不論魚鱗、手臂還是妳的臉都會被我刺穿。」

「想來是呢。然而騎兵，你剛剛的舉動可是一種自殺行為喔，畢竟你現在的主人是我。」

騎兵聳聳肩回應四郎這番話。

「我可不記得有同意更換主人。就算根本沒有見過主人一面，但背叛主子這種事我可不幹。」

「這只是看法不同罷了，你並沒有背叛喔。」

騎兵咂了嘴並退下。另一邊的弓兵則逼向抓下自己放出的箭的槍兵。

「槍兵，你為何出手妨礙？你該不會認可這傢伙是主人吧！」

「——嚴格來說，他確實是主人，我也沒有認同過更換主人。但妳也太急躁了，在放箭之前不是該先把真相問個清楚嗎？」

聽到這句話，「紅」弓兵也不情不願地收手。

「槍兵，謝謝你。」

聽到四郎道謝，槍兵頭也不回地說：

「不必道謝，我本來就不是為了你才這麼做。說起來，憑你的能力，無論要躲開或接下方才的箭都不是難事。不要什麼事都指望我。」

「……哎，是這樣沒錯。」

四郎苦笑著聳聳肩，然後重新面對裁決者。

「——在此提出我們的要求。這場聖杯大戰幾乎等於已經分出勝負，除了刺客之外，『黑』陣營的使役者只剩下三位。」

「是四位。劍兵、弓兵、騎兵、術士——」

四郎聽到裁決者這樣指謫，稍稍斂起表情。

「把劍兵算進來應該不太合理吧。照我看來，他能作戰的時間頂多幾分鐘罷了。」

「……即使如此，劍兵還是確實存在。」

四郎只是微微笑了笑便不再反駁。不過連說出這番話的裁決者本人臉上表情都是一陣苦澀。

「黑」劍兵——真名齊格菲，主人是一位人工生命體。但嚴格來說，他並不是一位完整的使役者。他只是透過「附身」在人工生命體身上才得以現界的極為稀有的存在。

而且現界的時間只有短短一百八十秒。因此，四郎並不重視齊格這個存在——相反地，裁決者認為他非常重要。

「也罷，無所謂。『黑』刺客——雖然目前依然行蹤不明，但之前發生的連續殺人案件應該就是了吧？不管怎麼想都不覺得那一組是正常的主人和使役者。既然無法聯手作戰，那也先排除在外。好了，『黑』(凱隆)弓兵，在這樣的狀況下，你打算怎麼做？」

「……也沒什麼打不打算的。從現在這個狀況來看，可以認為裁決者是站在我們這邊，加上『紅』(你們那邊)使役者們似乎也沒那麼團結。既然這樣，我不認為我們有多不利。」

弓兵這番話絕對不是在逞強，他有他的根據。至少他不認為現階段「紅」方使役者會全數殺出來攻擊「黑」陣營，因為他們對主人四郎所抱持的不信任感更是強烈。

「——原來如此。那麼，『黑』術士，你又如何呢？」

「……這個嘛，以我的立場來說，我不能理解你們為何不一舉殺過來消滅我們

『黑』陣營。畢竟裁決者手中的王牌令咒對你不管用，加上姑且不論弓兵和裁決者，要是我被你們盯上，想必很快就會被打倒吧。既然如此，我就在想……『這之中一定有什麼想對我們說出的相關事項』。」

這句不能聽過就算了的話令裁決者和「黑」弓兵開始警戒。

「術士……？」

但臉上戴著面具，一身藍色打扮的「黑」術士無動於衷，只是直直地面向四郎。

「——亞維喀布隆，你說得沒錯。我其實是想勸降你。」

四郎很乾脆地說出「黑」術士的真名，但這部分已經沒什麼好驚訝的了。四郎身為裁決者，雖然沒有能用在參加聖杯戰爭的使役者身上的令咒，但還是擁有另一項特權「真名識破」，所以他早就知道在場所有使役者的真名。

「但若是如此，沒有殺掉我還能啟動聖杯嗎？必須消除的使役者數量已經夠了？」

「這點沒問題，我比誰都了解這個大聖杯。你不用擔心，我的願望和你的願望絕對不會重疊，理應可以分別實現。不過，前提是你的願望和我推測的一樣——就是了。」

「我有一個條件。」

「請說，我會盡全力配合。」

「我不介意更換主人為你，但可否將我原本的主人羅歇·弗雷因·千界樹交給我發落？」

「意思是？」

「我不准你危害到他。」

原來如此——四郎點點頭表示理解。這時「紅」刺客（塞彌拉彌斯）愉快地笑了。

「喔喔，這可是個挺了得的使役者嘛，竟然會拿自己當作交換條件以確保主人的安全——」

「術士，你該不會——」

「黑」弓兵的聲音如結凍般寒冷。「紅」騎兵（阿基里斯）很清楚這是他怒不可遏的證據。術士不管弓兵的發言，逕自來到四郎跟前。

「那麼，請把手給我。」

「恕我戴著手套。」

「黑」術士毫不迷惘地伸出自己的右手。四郎握住他的手，開始吟唱以重新締結契約。

「術士，別這樣……！」

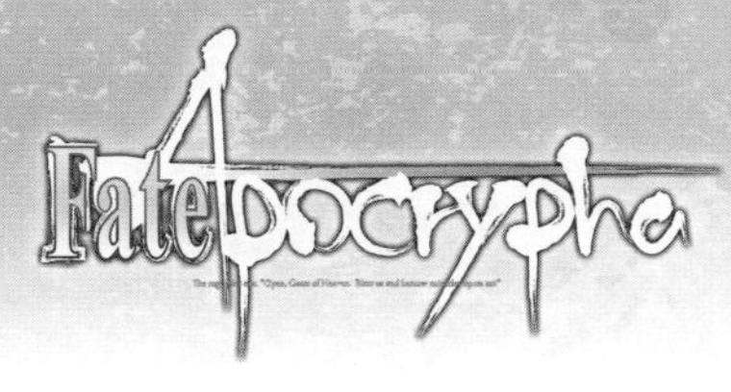

「黑」弓兵放箭想制止，但「紅」槍兵出面接下這招。槍兵以手中神槍將之彈開，刺進屋頂的箭伴隨巨響爆炸。

「紅」槍兵直直看著「黑」弓兵說道：

「在聖杯戰爭中，主人透過供應魔力以及手中的令咒得以差使英靈，但我們（使役者）也有選擇主人的權利。雖然我不清楚他（術士）的主人是什麼樣的人……但大賢者啊，他的選擇還是該獲得相應的尊重吧。」

「紅」刺客繃起臉抱怨：

「『黑』弓兵，你膽敢傷了吾之花園啊。憑你的能力無法破壞花園，只會徒勞無功罷了。」

「黑」弓兵嘆了口氣，心知果然還是無法挽回。仔細想想，這一切都有脈絡可循。「黑」術士的確非常忠實地完成了自己的工作——製造魔像。但反過來說，他也毫不關心除此之外的任何事情。

不管是這場戰爭最終結果如何，或者他本人是否能獲得聖杯……所以這樣的發展或許是可以預料到的。

「天草四郎時貞，我認可你為我的主人。」

「黑」術士很乾脆地捨棄與羅歌・弗雷因・千界樹之間的契約，成了言峰四郎——天草四郎時貞的使役者。

「事不宜遲，我命你包圍他們。」

「遵命，我的主人。」

「黑」術士維持處之泰然的態度，稍稍動了右手手指。

下一秒，數尊魔像踹破禮拜堂大門殺進來，這些都是集「黑」術士能力大成的精選魔像。以青銅、鐵、土塊打造的東西有如生物般充滿躍動感。

然後，這些魔像以非常靈敏的動作包圍了兩人的上方、左右與身後。既然「紅」使役者們群聚在前方，「黑」弓兵和裁決者現在就是甕中之鱉了。

「老實說，我雖然非常不想採用這種卑鄙的做法——但裁決者，妳就是礙事。麻煩妳跟『黑』弓兵一起消滅吧。」

隨著四郎冷酷地宣告，「黑」術士一個彈指，魔像們便凶猛地撲了上去。

「——！」

「黑」弓兵拉弓搭箭，裁決者則以聖旗迎戰魔像。兩者的實力雖然都不至於輸給魔

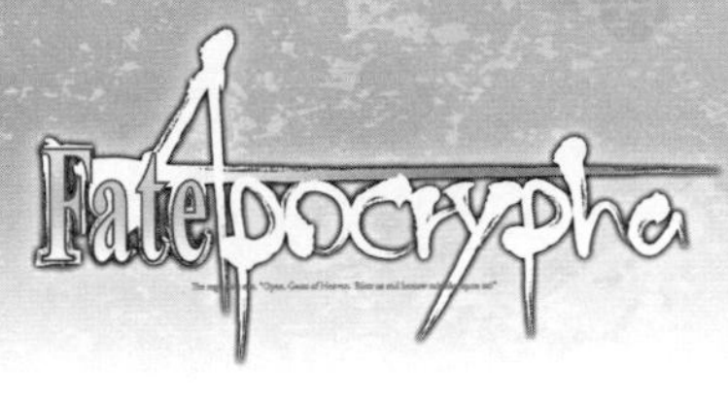

像，但由「黑」術士直接操控的魔像，其動作靈巧與精準的程度甚至能與一流的使役者並駕齊驅。

「弓兵、槍兵、騎兵，如果可以，我希望你們也能投入作戰——不過兩人身為英靈的尊嚴應該不允許這麼做吧。槍兵，你呢？」

「……我沒興趣非難卑鄙小人。如果必須在這裡打倒他們，那就打倒。不過神父，你的願望並不會實現。」

「紅」槍兵雖然架起槍，但他的視線並沒有看著「黑」弓兵和裁決者，而是注視著方才被魔像們打破的禮拜堂大門。

裁決者刺穿魔像的喉嚨後，迅速調整好姿勢。

「弓兵！」

接著呼喚「黑」弓兵。他也理所當然般點點頭，迅速往後方躍開。這時「紅」刺客高高舉起右手。

「————」

雖然吟唱甚至短暫得不滿一節，但這裡可是「虛榮的空中花園」內部，在這裡架構起來的魔術全都屬於大魔術領域。光之劍刃的目標當然不是裁決者，而是集中在「黑」

弓兵身上。

這時，一道紅色閃電衝了進來。

「什麼？」

突如其來的伏兵讓除了槍兵以外的所有「紅」陣營使役者都難掩驚訝之色。如一陣迅風衝進來的「那個」迸發紅色雷光，只消一揮手中巨劍就將兩尊魔像一刀兩斷——！

「……來了嗎？」

「紅」槍兵迅速向前一踏步，以手中神槍往前突刺。但劍兵以巧妙的劍術化開這一刺後，爬上對自己做出反應的魔像，將巨劍砍進其頭蓋骨部位。

「『黑』弓兵，原來剛剛那一箭是為了這個嗎……！」

「紅」刺客瞪向被打穿一個洞的天花板。「黑」弓兵方才朝「黑」術士（亞維喀布隆）射出的箭，原來並不是為了阻撓他們定下契約。

那枝箭是為了以誇張的聲音與魔力告知我方目前的位置才射出。為了讓「她」不迷路，直接往這邊過來，必須這麼做。

「……原來如此。」

四郎理解狀況後，露出淡淡的笑容迎接闖入者。

最初見面時戴著的頭盔早已卸下。閃耀的金髮、充滿野性的眼眸，以及——輕佻的笑。

「原來『紅』劍兵是妳啊。終結光輝榮耀的亞瑟王傳說——反叛騎士莫德雷德。」

「哈！你別一副裝熟的態度叫我的名字啦！」

「紅」劍兵哈哈大笑，並隨心所欲地揮舞手中巨劍。「紅」刺客咂嘴大喊：

「劍兵！妳打算背叛嗎？」

「妳傻了啊？背叛的是你們吧！不就是你們玩弄奸計『想殺了我的主人』嗎！從那個時候開始，你們毫無疑問就是我的敵人啦！」

勾勒出弧線的劈砍隨著霸氣十足的話語而出，在禮拜堂內疾竄。這彷彿畫出界線(Borderline)的一招，將四郎與裁決者等人完全分隔開來。地板遭到破壞，木屑與石片飛散周遭。

接著，某樣東西從離禮拜堂很遠的地方擲了過來。殘存的魔像雖然反射性地揮舞拳頭接招，但那之中似乎藏有某種機關，立刻噴出大量白煙，迅速填滿了禮拜堂。

「唉，煩啊……！」

「紅」刺客震怒。

「弓兵、劍兵，撤退！快點，動作快！」

「黑」弓兵和「紅」劍兵不發一語表示同意後，便動如脫兔般迅速逃出禮拜堂。

「四郎，我們追。」

「不，這個請交給我辦吧。」

「黑」術士上前，也不在乎不知所措的其他人，讓一尊魔像扛起自己，轉眼間就從禮拜堂消失了。

「那麼，就交給他處理吧。」

「沒問題嗎……那傢伙可是術士耶。」

「不管他多有實力，對面同時有裁決者、劍兵和弓兵在的話，怎麼想都覺得他會被打倒。」

「……他或許想證明自己吧。」

聽到四郎低語，刺客不禁歪了頭。

「要證明什麼？因為加入咱們的陣營，想展現力量給咱們看？」

「刺客，不是這樣……他只是想證明自己打造的魔像是最棒的存在。這之中並沒有他對自己的執著，有的只是單純的信仰罷了。」

與工匠有決定性的不同。工匠會將自我灌注在自己打造的東西上，那會是靈魂、信念、榮譽以及技術。

「黑」術士亞維喀布隆則獻出了不一樣的東西，即是信仰，就是人們「因為相信而仰望的東西」。因此，這之中沒有靈魂、信念，他只是默默地不斷打造魔像罷了。

「黑」術士之所以加入「紅」陣營，只因為他想追求「最佳」。而這樣的他打造出的寶具——才是在某種意義上就算說它犯規也很合理的對軍寶具「王冠・睿智之光」。

亞維喀布隆讓自己搭乘的魔像加速。若是靠自己的雙腳追趕，即使花上一百年也追不到。但用這個方法，就可以在不會疲勞也無須焦急的情況下持續追蹤。

好了，首先該聯絡現在應該正陷入混亂的前主人。亞維喀布隆發出念話，聯繫上羅歇。儘管兩人之間的主從關係已經斷絕，但透過利用魔術道具的方式，仍可輕易進行遠距離對話。

『羅歇，你聽得見嗎，羅歇？』

『老——老師？太好了、太好了！沒想到你還活著！』

儘管透過念話方式，羅歐動搖的程度仍非常顯而易見，而且含著淚水。想來也是，畢竟以他的立場來看，他可是突然被使役者中斷契約，也無怪乎會這麼慌亂。

『到底發生什麼事——』

『我沒辦法詳細說明，但請你放心。就算是現在，你對我也是很重要的存在。在接下來的作戰，我想將一項重要的任務交給你。』

『好、好的，老師！我要做什麼呢？』

「黑」術士靠在一尊魔像上，於空中花園滑行，並以念話呼喚前任主人羅歐。

『不好意思，我想請你幫我把「爐心」從工坊中帶出來。啟動寶具的時機似乎終於到來了。』

『……我明白了！』

羅歐慌忙說完就切斷了念話。好了，若「黑」弓兵回到城堡，羅歐或許就有機會知道術士已經叛逃。

——但即使如此，羅歐恐怕還是會來到自己身邊。

術士對這點很有自信。就算羅歐確定自己已經叛逃，但如此崇拜自己的少年一定還是會過來吧。

術士不禁對有這種念頭的自己苦笑。討厭人類、討厭小孩的自己，竟然在最後的最後必須相信他人。

所謂人生就是諷刺與背叛的連續。想要實現夢想，就會面對非常巨大的障礙——然而，亞維喀布隆儘管悲觀，卻沒有放棄繼續向前的腳步。

既然被召喚成為使役者，現在的他就站在無比接近夢想的領域。所有卡巴拉信徒都夢想著、所有持續打造魔像的人們都期望抵達的場所。

對「黑」術士來說，不論敵我雙方，甚至連自己本身，早就不是他需要顧慮的存在了。

§§§

「紅」劍兵不知不覺間從兩人跟前消失了，裁決者則與「黑」弓兵（凱隆）一同往千界城堡奔馳而去。

「『黑』弓兵，現在『黑』槍兵（弗拉德三世）與其主人達尼克已經消滅。以現階段而言，我們應該可以認為『黑（Noir）』與『紅（Rouge）』對立的構造已經完全崩解了吧。雖然我並沒有打算站在

『黑』陣營這邊，但我想協助你們。」

「黑」弓兵也同意正在急馳的裁決者所說的話。如她所說，目前的狀況早已脫離將會是哪方陣營獲得聖杯的階段了。

「沒問題。既然達尼克以那樣的方式消滅了，繼任的指導者將會是我的主人。若她理解了現況，我想她應該會同意吧。話雖如此，儘管有妳（裁決者）加入，我方仍明顯處於不利的狀況呢。」

「現在無論如何都得阻止『紅』陣營……不，天草四郎時貞的行動。」

聖杯即使必須採用附身這種形式，也無論如何都要強行召喚裁決者出來的理由就在這裡吧。

他並不是為了滿足個人欲望才搶奪了大聖杯，他是打算使用那個聖杯做出「更可怕的事」。

『這還用說，當然是拯救所有人類啊，貞德．達魯克。』

少年的眼神毫無猶豫。

若他只是痴心妄想，那還好辦；若他只是陶醉於夢想，痴人說夢，那也還好辦。

但那毫無疑問是單純地吐露出事實。他有計畫、縝密地安排，並反覆再反覆地思考……直到最後得出的這番話。

透過聖杯戰爭收集英靈們的魂魄，並可藉此啟動的冬木大聖杯——天草四郎時貞打算用恐怕連打造大聖杯的艾因茲貝倫、遠坂、馬奇里三大家都無法想像的方式來加以完成。

「拯救所有人類……」

「裁決者，妳認為他——那個名為四郎的少年所說的話是真的嗎？」

「嗯，我認為是。我也明白他想實現這個願望，必須獲得聖杯作為實踐的手段。只是，我無法預測他這麼做會造成什麼樣的結果。」

所謂拯救全人類只是空話。不管怎樣的聖人、君王、國家，都不曾實現過。幸福與不幸是等量放在天秤的兩端，只要有人獲得幸福，就會有人獲得同樣分量的不幸。

當然，若在極為狹小的範圍內，或許有可能達到人人幸福的目標。例如在故事中才出現的小世界，或者一個家族、一個集團、一個國家的範圍之內。

然而，當這樣的世界愈巨大——不幸的存在就會非常具體地增加。

「儘管如此，他仍斬釘截鐵地說了，說他要拯救所有人類。我想他恐怕會用上我們想也想不到的方法。」

「……問題就在於那是否為真正的拯救了吧。」

這個問題的答案當然早就知道了……世界上不可能存在那樣的救濟。不，應該說「不可以存在」。不可以僅憑藉一個人的思想、行動來拯救所有人類。

「『紅』劍兵怎麼辦呢？」

「若我跟你（弓兵）在那個地方被消滅，事情就等於完全按照四郎的想法走。我想她應該是討厭這樣才採取了行動——但她究竟會不會與我們合作就不得而知了。」

畢竟那個劍兵對自己很有自信呢……裁決者如此自言自語。想來也是，她可是終結了亞瑟王傳說的反叛騎士莫德雷德。

「我們該認定其他使役者都加入了對面陣營嗎？」

「……我不確定，畢竟『紅』騎兵（阿基里斯）和弓兵都是自尊心很強的英雄。然而，現在他們的主人是四郎，既然四郎手中握有令咒，他們也無法做些什麼吧。」

「紅」槍兵是印度的大英雄迦爾納；「紅」弓兵是在希臘神話中最優秀的女獵人阿塔蘭塔；「紅」騎兵是留名歷史的英雄阿基里斯；而「紅」刺客則是亞述的女王塞彌拉

彌斯。

以及另一位裁決者，被譽為奇蹟之子的天草四郎時貞。還有當時並未現身的「紅」術士，也毫無疑問擁有無與倫比的力量吧。

除此之外，「黑」術士也歸順了對面的陣營。傳說中的卡巴拉信徒，世界上最優秀的魔像工匠亞維喀布隆。

同時連大聖杯都被搶走了。這著實是壓倒性地被逼上死路，焦躁感也隨著時間過去節節攀升。即使如此，也不能弄錯該做的事的先後順序。首先最該做的事情，就是讓「黑」陣營這邊也認清目前的狀況。

§§§

不妙、不妙，那絕對不妙啊。獅子劫界離以與他外表相反的靈敏迅速的奔跑動作，與「紅」劍兵一起嘗試逃離空中花園。

「啊～～混蛋，果然沒有天天在過年的啊……！」

「嗯？主人，沒必要這樣抱怨吧！」

「當然要抱怨吧！媽的，使役者當主人這種犯規已經比扯鈴還扯了，遑論他是個裁決者？還是從六十年前第三次聖杯戰爭中倖存的？啊啊，爛透了！」

並肩狂奔的「紅」劍兵哈哈大笑說：

「哈哈哈哈哈，不覺得這樣也好嗎？挺好懂的。總之當所有人都是敵人就好啦！」

「一點也不好！總之我們有必要先跟『黑』那幫傢伙聯手啊。然後，那位手握旗幟的女騎士看起來是真正的裁決者……」

所以對方當然也會認定我方不是敵人吧。就是因為這樣，獅子劫才讓「紅」劍兵介入那一片混亂的狀況之中。

地面開始搖晃，看樣子空中花園開始上昇了。

「好，主人，我們撤了！」

「喂，妳給我等——」

劍兵不等獅子劫回話就將他一把扛起，也不給他機會制止，就使用「魔力放射」的技能，一個跳躍逃離了上昇中的空中花園。

這可不是利用跳傘下墜這麼簡單。真要說的話，比較像是被彈射架射出去的感覺，有點類似抓在以音速飛行的飛機外緣。

「妳、啊、這個、太亂、來、啦——！」

「哈哈哈哈！別怕，沒事啦，相信我唄！」

「我對妳的信任以現在進行式直線下滑啦！」

耳中響起尖銳的耳鳴。獅子劫當機立斷吞了一粒能暫時讓身體變強健的藥丸，強行壓下自身的恐慌狀態。不過，這樣的措施也只是求個心安罷了，要是劍兵一失手，肯定會造成慘案一樁。

劍兵將速度從次音速減緩到時速兩百公里左右後降落——雖然降落時帶來的衝擊都被劍兵在地面上滑行的動作抵銷，但彷彿被重量級拳擊手一拳打到的感覺還是傳到了獅子劫的腹部。

劍兵噠、噠、噠地小跳步蹬踏地面，隨後速度徹底減緩，劍兵和她身上扛著的獅子劫平安落地。至少身體方面沒有大礙，不過精神可是受到重大創傷就是了。

——還以為死定了。

要獅子劫說最直接的感想就是這個。獅子劫在心裡發誓，下次要再入侵空中花園的時候，一定要帶可以讓人在空中飛翔的道具去。

被「紅」狂戰士斯巴達克斯掃倒相當數量樹木的伊底爾森林，位在其最北邊的湖泊就是約定好的地點。

羅歐·弗雷因·千界樹讓馳騁用的魔像全速奔馳，因喜悅而全身發抖。他手中握著圓筒狀的巨大鑰匙。這就是「爐心」，也終於到要用上這個的時刻了。

A級對軍寶具，最棒的魔像——「王冠·睿智之光」。過去老師只是抽空打造出來的魔像，就已經用上超乎自己想像的技術、術式與材料。

被這樣的老師用「絕對」一詞形容的魔像，羅歐只是一介魔術師，卻有幸得以親眼拜見。

若說這樣不足以歡喜，那還有什麼事值得歡喜呢？少年只是單純遵照指示不斷向前，眼中已經沒有聖杯戰爭了。只要自己的使役者能啟用寶具，那個瞬間對他來說便是獲勝了。

「——老師！」

「黑」術士保持一如既往的態度，站在填滿清澈湖水的湖邊稍稍點了頭，迎接直直奔來的羅歐。

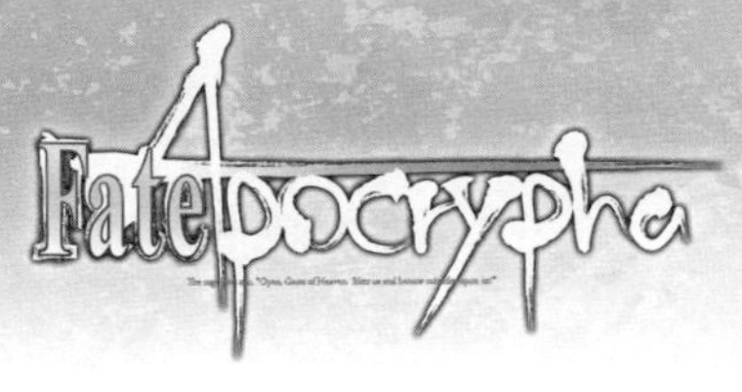

「這就是『爐心』，沒錯……吧？」

「非常好。」

「太好了。不過老師，這個『爐心』應該是很久之前就打造完成了吧？之前之所以都未啟用它，是有什麼原因嗎？」

「黑」術士保持沉默，並未回答羅歇的疑問。他胡亂將羅歇交給他的「爐心」往地面一插，接著蹲下將雙手浸泡在湖水裡。

「……老師？」

「黑」術士伸出食指抵在嘴唇上，以手勢示意羅歇「安靜」。羅歇連忙用雙手摀住嘴巴。

就這樣，在寂靜無聲的湖泊前，「黑」術士開始朗聲吟唱。

『生於大地（母親），吞噬風（知性），填滿水（生命）。』

那是要將生命注入土塊之中而獻給上天的祈禱詞。

『揮灑火焰以除病。不仁將粉碎己之頭骨，義將引導己身之血化為清淨。』

這些土壤、這些樹木、這身軀、這一切都是獻給天主之物。只有這位對名聲、權力毫無興趣的男人才能創造出來的極致神祕。

『雲山般的巨大身軀如岩石堅硬。擁有守護億萬人民、統治億萬人民、支配億萬人民之面貌。』

那早已是不該被界定在寶具這範疇內的奇蹟結晶。

『汝乃土塊也非土塊。汝乃人類也非人類。汝為佇立樂園者、統治樂園者、引導至樂園者。汝為我等之夢想、我等之希望、我等之愛。』

將受難民族的信仰形象化的產物。

重現主的奇蹟——「扮演著毀滅世界的角色之人偶」。

『擁抱聖靈之汝名為——「初始人類（亞當）」。』

原本平穩的湖水開始「啵」地冒出水泡。「黑（亞維喀布隆）」術士跟羅歐利用打造士兵魔像的空檔，暗中持續製作這玩意兒。

一開始打造時，羅歐以為這單純只是個體積龐大的魔像。約有十五公尺的身高雖然著實巨大，但也不至於大到誇張的程度。就算只憑羅歐一個人的本事，大概花個五年也能打造出這樣大小的魔像。當然，他能重現的部分只有尺寸而已，在品質這個層面上完全沒得比。

即使如此——這依然算不上稀有。羅歐是沒有親眼看過，不過據說某個魔女持有的魔像大小足以與此匹敵，甚至在這之上。

羅歐推測若考量到神祕的古老性帶來的影響，那尊魔像應該較為優秀。雖然打造此魔像使用的材料都很昂貴，但也盡是些隨處可得的玩意兒。硬要說的話，就只是它們都是些依然活著的天然材料吧。

然而，羅歐看到魔像還是不得不驚嘆。

這尊魔像打造的基礎概念就已屬異常了。不，若以「他(術士)」的角度來看，這樣做的出發點才是再正常不過吧……

「這就是『最忠於原型的魔像』……」

說來所謂的魔像到底是什麼？從普遍的認知來看，它們就是以某種魔術手段打造出的人造生命體，但這樣的解釋方式有一半正確，一半是錯的。

魔像意指「胎兒」或「無法成形之物」。意思就是主在創造人類(亞當)時使用的祕術。

捏土塑形打造外觀，吹送氣息使之成為生命。然而，許多魔術師就停在這個階段。

想來也是，因為再往前的領域屬於卡巴拉信徒們畢生的心願，並不是憑著一股半吊子的決心就能涉獵的地方。再加上愈是在鑽研魔像這個領域深入，就愈會發展成與魔術師們追求的魔像相異的存在。

最棒的魔像就是「重現亞當」。

他是引導於受難時代忍辱負重的人民前往樂園的王，也是他們的守護者。

巨大的手臂從湖中伸出，原始材料是石頭、泥土和樹木，不僅全都是有相當歷史

的玩意兒，也是沒有加工用在城牆或木材上的自然材料。據說達尼克為了收集到這些材料，花了他三成的資產。

有著古城般風貌的上半身終於完全出現後，魔像便停止了動作。沒錯，魔像能做到的動作只有這樣。若沒有浸泡在這座湖裡，此尊魔像甚至連動都無法動一下……不過那也是截至目前的狀況。

「那我們來安裝『爐心』吧。主人，你準備好了吧？」

「是！」

§§§

齊格看了看半毀的城堡，心情也跟著黯淡下來。在瓦礫堆的縫隙間可以看見的纖細手臂似乎是人工生命體的——齊格看到那條手臂好像抽搐了一下，連忙奔了過去。

「喂！」

齊格出聲之後，那條手臂又有了些許反應。彷彿在索求什麼一般手掌朝上，齊格認定那是在尋求救助後，將手放在壓著人工生命體的瓦礫上。他使用的魔術只會破壞施術的對象，並不會對壓在其下的某人造成進一步的衝擊。

魔術迴路加速，完全理解了瓦礫組成分子的齊格迅速將之粉碎。用魔術的過程順利得不得了，壓在人工生命體身上的重物無一倖免地化為塵埃……但他還是慢了一步。

「啊————」

如果自己以全速奔跑過來，是否就救得了她呢？這不太可能。

如果在被瓦礫壓垮之前予以保護，是否就救得了她呢？這假設太愚蠢了。

若真心想救她，就必須由她自己做出選擇——做出不要投入作戰的選擇。

「得救了，謝謝你。戰鬥結束了嗎？」

應該是在瓦礫擊中頭部時失去了大半的視力，只見她雙眼渾濁，往奇怪的方向伸出手。

瓦礫雖已粉碎，但很不幸的，似乎是走廊的燭台貫穿了她的腹部。再加上可能是「紅」狂戰士（斯巴達克斯）放出的那一劍餘威直接命中，讓她的雙腳消失了。

痛覺不是原本就沒有作用，不然就是她將之截斷了。她只是淡漠地向齊格詢問自己是否已經完成了使命。

「……嗯，結束了。」

聽到齊格這番話，她呼了一口安心的氣。這樣的舉止實在很有人味。

「——那麼，我得回去打掃了。啊，不過，我這樣會弄髒地板呢，這真是太糟糕了。我得快點換上新衣服，拿起掃把代替戰斧（斧槍），但在那之前，更重要的是要先止血。」

齊格很平靜地壓抑情緒——沒有讓雙手發抖，緊緊握住了少女的手。

「不，妳別擔心，就讓我來處理打掃的工作吧。畢竟發生了這麼嚴重的狀況，妳好好睡一下。」

「這樣嗎？」

少女的聲音透露出安心之情。

「——老實說，我是真的覺得有點累了。如果能拜託你，那真是再好不過了。不好意思，我要休息一下，請在五個小時之後叫我起來。」

「……妳再多睡一點吧。」

「人工生命體應該只要睡五個小時就夠了，但我的身體似乎相當疲勞。我是第一次……體驗到這種……想打瞌睡的……感覺——」

少女一副很睏倦的樣子闔上眼，回握齊格手的力量愈來愈小。這段期間，齊格拚命思考有沒有什麼自己可以做到的事。

但不管怎麼想也不可能有什麼事可以做。之後，少女的手完全沒了力氣，齊格只是稍稍放鬆自己的手，她的手就這樣滑落下去。

齊格站起來，轉過身子。繼續留在這裡也無濟於事，自己還有需要完成的使命。去完成這項使命才能好好地超渡她——

「你居然特地為了我們跑回來，真是守規矩得可悲呢。不過，謝謝你，多虧了你，我才得以獲救。」

齊格驚嚇地轉頭，並再次握起了少女的手，測量脈搏。但少女這次就真的徹底地氣絕了。

看樣子她在途中，或者是從一開始……就看穿了齊格的愚蠢行徑。齊格甚至連安慰少女，讓她在美好的夢中安心好走都辦不到。

……自己真的非常無能。

儘管如此，她在最後的最後還是出言道謝了。儘管她覺得齊格守規矩到可悲的程度，仍說自己獲救了。

齊格強忍下差點要壓垮內心的悲傷與憤怒之情，內心只專注於拯救一事。要解放人工生命體們，需要的不是力量。力量只會帶來壓抑效果，真正需要的是話語。

戰況陷入一片混沌，使役者們也均已出擊。至少只要還待在這座城堡的不是刺客一類，齊格應該都有辦法察覺。

齊格從被破壞的城牆入侵城堡，走廊以賦魔的蠟燭這樣精心的裝置作為照明設備，但也似乎因為之前「紅」狂戰士那一擊，幾乎全部損毀了。

齊格直直地走在昏暗的走廊上，幾乎感覺不到伙伴們——人工生命體的氣息，讓他有股揪心的感覺。難道剛才自己送走的她已經是這裡殘存的最後一人了嗎？

「有人在嗎！」

一片安靜……儘管齊格知道千界樹的魔術師們還在這裡，但這片寧靜仍讓他覺得恐怖，於是他又喊了一聲：

「有沒有人在啊！」

……接著豎耳傾聽。對方可能是魔術師，但現在的自己已經是主人，與對方擁有對等的權限。或許千界樹的魔術師並不想認同，不過他們也不得不承認在力量的強弱關係上，現在的齊格是跟他們對等的存在。再加上齊格還擁有「黑」劍兵（齊格菲）的力量。

他毫不畏懼地向前邁進。即使如此，內心還是有股難以言喻的不快感。當他自問為什麼時，答案很快就出來了。

「……這裡是我的出發點。」

在走廊上走著走著，齊格就想起來了。沒錯，當時的自己往這條走廊的反方向走過去，身上一絲不掛，踩著跌跌撞撞的腳步——雖然內心害怕，還是持續向前。

當時的恐懼仍深植內心。儘管除了一副臭皮囊之外什麼都沒有，卻連要交出這臭皮囊都捨不得，只是不斷、不斷地往前。

至於現在……現在沒問題了。雖然有種不快感，但那是因為反芻過去的痛苦回憶所造成，並不是有恐懼產生。

「聲音——是從那個房間傳出來啊。」

那裡是過去齊格誕生的地方，也就是設置魔力供應槽的地下室。他原本是為了供應魔力而被打造出來，照理說應該就會在同樣的狀況下死去，卻偶然獲得了個人意志。

或者可說，這就是命運的安排。

齊格抱著這樣有些達觀的想法，推開了地下室的門。

「——什麼啊，原來入侵者是你啊。」

一位人工生命體拿戰斧對著齊格，其聲音有些熟悉。

「……妳是……」

記得她是齊格第一個搭話，並率先逃離戰場的人工生命體。

「我接受你的建議，從戰場撤退回來……只能說我真的很幸運。那最後一擊的威力真的不是我們可以抗衡的。」

對方收回戰斧。周圍的供應槽裡還是有許多人工生命體載浮載沉。他們稍稍張開的眼中不見一絲生氣，心臟確實在跳動，但沒有思考迴路。他們不是活著，只是存在著……不過，他們也跟過去的齊格一樣尋求幫助——只要有契機，他們一定會覺醒。

「快點把他們——」

人工生命體制止了打算接著說「釋放」的齊格。

「你冷靜點，我已經派人準備道具了。」

接著馬上有兩位人工生命體帶著幾個應該是用窗簾做出來的應急擔架過來。他們還帶了一些可以用來擦身體的床單和衣服。

「因為沒有指定具體數量，我們就盡可能準備。」

趕來的人工生命體少女似乎是跑過來的，呼吸有些急促。她看到齊格之後睜大了眼，還挑了眉瞪過來——好像在生氣。少女伸手指著齊格說道：

「既然活著就告訴我們你活著啊，笨蛋。」

「對啊。」「正是如此。」

跟少女一同前來的人工生命體少年，以及原本就在場的少女齊聲表示同意。齊格因為突然被批評而傻住，但稍微思考之後就想了起來。

「你們該不會感覺到我死去了……所有人都這樣？」

三人點點頭，一股苦澀的感覺湧上齊格的心頭。千界樹打造的人工生命體之間會由一種微弱但類似主人與使役者間的因果線彼此連接，這應該是因為大量生產才獲得的能力之一。這些人工生命體雖然缺少個人特質，但不管人在哪裡，都不需要特地透過念話的形式就能把「死亡」這種重大情報傳遞出去。

其實對於缺乏個人特質的他們來說，並不需要這樣的能力。自己以外的某人死了，不過是統計數字的變化罷了。除了一個人，除了成功逃離這座城堡的唯一人工生命體——也就是齊格之外。

他們缺乏個人特質，也僅擁有非常遲鈍的情感。儘管如此，起碼還是會想支持打算逃脫的齊格。

當齊格平安逃離的時候，他們內心究竟有多麼喜悅呢？而當他回到戰場卻喪命的時候，他們又有多麼失望呢？

「……不好意思。」

「無妨，總之你也來幫忙，我們要準備釋放他們了。所有使役者都出動的現在乃是最佳良機，若我們的主人來到這裡──」

所有人工生命體的目光都集中到齊格身上，齊格點頭表示明白。能對抗魔術師們的恐怕只有自己了。

「我明白了，危急的時候我會出來擋……釋放大家吧。」

──一旦開始動手，就會發現這工作意外地輕鬆。用戰斧擊碎供應槽，並取卜吸收魔力的機械，接著拿床單擦拭過身體，幫他們穿上衣服後放到擔架上。若要論不會手忙腳亂，冷靜地完成工作這點，擁有最佳資質的人工生命體確實可以完美執行任務。

「要送到哪裡去呢？」

「總之先送到我們的房間吧。那個房間很大，比較容易一起照顧。醫療組那邊應該還有生還者，叫他們過來看診一下，至少比我們這些戰鬥員或打雜的好。」

「明白了。好，準備移動。」

兩位人工生命體抬起擔架。

「啊……」

「患者」彷彿想吸更多空氣一樣嘴巴開開合合，但無法發出聲音，從未運用過的聲帶徹底生鏽了。齊格輕輕握住對方的手，祈禱對方能聽見自己的低語。

「放心吧……已經沒事了。」

擔架上的人工生命體點點頭，原本僵硬的表情放鬆了幾分。

從他的角度來看，是在不明就裡的情況下被丟出供應槽。就算反覆釋出「救救我」的訊息，會混亂也是當然。

「……是說，不好意思，麻煩你們在運送過程中盡量跟他搭話，起碼可以分散他的注意力。」

兩位人工生命體理解狀況後就一邊跟他說話一邊把他抬出去。後來，殘存的戰鬥用以及在城堡待命的打雜用人工生命體接連現身，投入協助的行列。

一開始就在這間地下室的人工生命體舉高戰斧，俐落地下達各種指示。齊格負責握著被釋放的人工生命體的手並呼喚對方使其安心的工作。

「已經沒事了。」「放心吧。」「不用擔心。」

雖然沒有一個人工生命體能出聲，但看看他們的臉就知道他們想說什麼——默默在場執行拯救工作的人工生命體們可以明確體會到。

從供應槽救出的不只有活體，應該是被壓榨再壓榨之後遭到捨棄的犧牲者也接連出現。他們恐怕都是在此次大戰中被「消耗」掉的吧。

他們則沒有使用擔架，而是用擦身體的床單直接包起來。如果事後可以祭拜就好了——齊格想忍住湧上眼角的東西，卻無法忍住。

其他人工生命體的情感比較淡薄，所以某種程度還能承受。不過齊格或許被英雄的心臟與自己曾經死而復甦的經驗影響，感受到一股強烈撼動內心的悲傷，才導致淚腺無法承受。

手持戰斧的人工生命體輕輕戳了他的肩膀。

「要哭是沒關係，但現在先忍一忍吧……非正規的，有東西要來了喔。」

這下齊格也發現一股暴風的氣息從走廊直衝過來，看來……不是使役者，應該是魔術師，很明顯與我方處於敵對關係。

「除了戰鬥用的都先退下！」

手握戰斧或鐵製燭台的人工生命體們遵從方才那位人工生命體的指示上前。相對的，負責打雜的人工生命體則一邊持續手中的工作一邊轉往房間深處。

門被粗魯地打開，齊格等人與處於應戰態勢的魔術師們相對。來者有三人，帶頭的是過去曾殺害齊格的戈爾德，他身後的兩人則是菲歐蕾跟卡雷斯這對佛爾韋奇姊弟。齊格心想：來人意外地少呢。姑且不論才剛被「紅（莫德雷德）」劍兵殺掉的塞蕾妮可，沒想到連達尼克和羅歇都不在。

但無論如何，這三位毫無疑問是難纏的強敵。齊格振作精神，瞪向戈爾德，而戈爾德則微微打顫。從他臉上的表情很明顯可以看出他不是在害怕，而是怒火中燒。

「……你們在幹什麼？」

「看就知道吧……釋放他們。」

聽到齊格平淡地回答，戈爾德發出低吼聲。菲歐蕾或許看出這樣下去沒完沒了，於是操作輪椅擋到戈爾德前方……考量到魔術方面的實力，她應該是這三人的領袖吧。

「——人工生命體，為什麼你們要這樣做？」

冷淡的聲音以及魔術師會有的態度，當中不包含怒氣，她只是平淡地想揭露真相。

齊格回應：

「被榨乾魔力之後就這樣死去，太悲慘了。」

「這不就是被打造出來的他們該扮演的角色嗎？」

「但也沒必要永遠扮演這種被強迫賦予的角色。」

「……慢著、慢著、慢著！」

戈爾德再次介入，他表露出明確的敵意逼向齊格。

「你……你就是那個被騎兵包庇的人工生命體吧？為什麼？你為什麼要妨礙我們！要拯救人工生命體？別鬧了！是我打造你們！所以我當然可以決定你們的任務！你負責供應魔力！你負責打雜！你負責作戰！早就定案了！『這是已經決定好的』！」

「你不必這樣大吼……我很感謝你打造出我們，但可以告一個段落了。應該沒有什麼他們可以做的事了吧？」

戈爾德退縮了，菲歐蕾再次開口：

「那麼，接下來你們打算怎麼辦？老實說，你們——尤其是戰鬥用人工生命體也活不了多久，幾乎沒有可以去做些什麼的時間。」

「……」

手握戰斧的人工生命體們垂下頭……他們當然對此有自覺吧。他們跟打雜和供應魔力的人工生命體不同，既然被打造成專門負責作戰，所以作戰能力——也就是肌肉力量和魔力等都很優秀，卻得背負壽命很短的代價。

就是壓縮生命，只為馳騁沙場的生物。

「……唉，是沒錯啦，現在確實沒什麼可以讓這些傢伙做的事情了。」

「卡雷斯。」

姊姊（菲歐蕾）制止弟弟（卡雷斯）繼續嘀咕。即使他說的是真話，還是有不可以認同的事項。卡雷斯聳聳肩，別過臉去。

「戰爭還沒結束。那邊的人工生命體，你應該在方才那一場戰鬥中化身為劍兵了，也就是說你——」

「我不是你們的伙伴，我只是來拯救他們而已。」

「不對！如果你是『黑』劍兵（齊格菲），我就是你的主人！」

戈爾德逼上前，揪起困惑的齊格的衣領拚命搖晃。

「劍兵，為什麼！你為什麼要自殘！而且還是為了區區人工生命體！如果你不想作戰，那你根本就不是什麼英雄！當我的使役者讓你這麼不滿嗎？回答我，齊格菲！」

戈爾德一口氣把想說的話說完，就無力地頹喪在地。

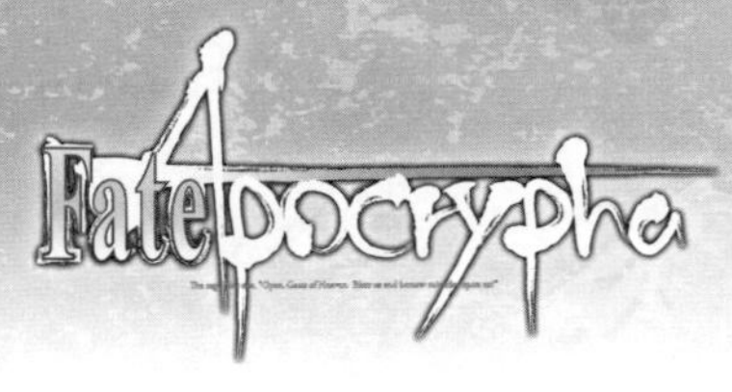

「……很遺憾，我擁有的只有劍兵的外表。我不知道他是基於什麼想法把心臟給了我，我也不知道他究竟有什麼不滿。」

「是我不對嗎？但我確實很混亂，那是一個很混亂的狀況啊！可是，要是他能跟我說哪裡不好，我也會退讓啊！我、我——」

「你胡說什麼啊，是你叫他閉嘴的吧？那他還有什麼辦法？」

人工生命體都開始戒備——來者是使役者「黑」騎兵（阿斯托爾弗）。或許因為三位魔術師都是親戚，他們已經察覺塞蕾妮可被殺害了。

「騎兵，你的主人……」

「咦？現在的主人是齊格喔。」

騎兵若無其事地丟下炸彈，並大跨步來到齊格身邊。也無怪乎菲歐蕾等人臉上都止不住抽搐，畢竟騎兵因為持有書本寶具，擁有A級反魔力，現代的魔術師根本動不了他一根汗毛。

「是說，可以了吧？至少這些人工生命體都沒有繼續作戰的意思了。既然這樣也是無可奈何，不是嗎？」

「……這可不成。」

菲歐蕾用力抓住輪椅的扶手，以冰冷的目光瞪著騎兵。從她的角度來看，騎兵確實有背叛的嫌疑。殺害塞蕾妮可的，說不定就是使役者——？

「因為如果只是城堡的攻防戰還好說，但現在連聖杯都很乾脆地被搶走了啊。」

也不知道騎兵是不是看出菲歐蕾的狀態，只見他聳了聳肩回話：

「……這……」

魔術師們都一臉沉痛地垂下頭。沒錯，是否真的還有方法可以逆轉這個狀況呢？象徵千界樹的聖杯被奪，而且前來奪取的是一座浮在空中的要塞，是千界城堡完全無法比擬的神話時代的奇蹟——毫無疑問的寶具。

「所以說，呃——戈爾德先生？你確實對他說過『不要開口說話』吧。齊格菲的真名要是洩漏出去確實很致命，但在這種情況下要他閉嘴，就等於『你是外行人，即使下達的作戰指示錯了，你也得遵守』的意思喔。這樣就算有問題，他也無法指謫啊！」

「唔唔唔」地低吼的戈爾德垂下肩膀。若要說哪裡不好，從第一項指示開始就全都錯了。不，從他誤認為主人和使役者之間的關係跟一般的主人和使魔一樣開始，就已經

錯了。

「我——我過於害怕齊格菲的弱點太有名了，我怎麼也無法相信那樣一位英雄。我想說他可能會像生前那樣，落得被刺中背部的可恥下場。」

擠出來的嘆息，正是他終於願意面對自身失敗的瞬間。

「……戈爾德叔叔。」

「菲歐蕾，別說了，釋放人工生命體吧。我們失敗了，留在我方陣營的只剩下弓兵和術士。若刺客如妳所說，那也沒什麼希望吧，我實在不覺得可以指望一個瘋狂的殺人魔。」

戈爾德以疲憊的聲音說道。菲歐蕾瞪了齊格一會兒——接著瞪了在他身邊手握戰斧的人工生命體幾眼，最後看向軟弱地蜷縮在房間深處的人工生命體們，不忍卒睹似的別開雙眼。

「……我明白了，就解放人工生命體吧。隨你們想做什麼都行。」

這句話讓手握戰斧的人工生命體們安心下來，連忙前往照看在房間深處的人工生命體。

「所以說，姊姊，我們該怎麼辦？要派出使者向魔術協會投降嗎？」

「怎麼可能。雖然我釋放了人工生命體，但並不代表我們敗了這場聖杯大戰啊。」

菲歐蕾以毅然決然的表情強調還沒徹底失敗。

「我聽達尼克叔叔說過，術士的寶具是A級對軍寶具。如果是這樣，就應該還有很多繼續作戰的方法。」

「不過，只靠這個——」

「你安靜。」

菲歐蕾豎起食指讓弟弟安靜下來，接著靠近齊格。她露出微笑並伸出手。

「——既是騎兵的主人，也可以模擬性地召喚劍兵的人工生命體啊，你有沒有意思協助我們呢？」

「臉、臉皮真厚！這行為真的超不要臉耶！」

聽到騎兵指謫，菲歐蕾聳聳肩，露出悠哉的表情回應他的抗議：

「哎呀，沒的事。畢竟我們可是讓步釋放了人工生命體，當然會想索取些什麼作為報償。若是身為騎兵的主人，同時可以讓劍兵附身的人工生命體，那就再好不過了。」

「不、不行不行不行！齊格今後要過著悠哉的和平生活！不會受到任何人指使，也不會被任何人究責，只是和平地——」

這時齊格的手輕輕放在騎兵的肩頭上。

「……騎兵，我無所謂。既然已經成為主人，當然早有覺悟要投身於爭奪聖杯的戰爭之中。」

「可是——」

「而且，我有點介意。感覺這場聖杯大戰——不單純是『黑』與『紅』的對立。」

「咦？」

「就是裁決者。她被召喚出來這個現象本身，似乎就代表著可能發生了某些奇怪的狀況。」

「難道不是因為這場聖杯戰爭是大戰——由七位對抗七位，原本並不可能出現的規模所致嗎？」

齊格點點頭回應菲歐蕾的指謫。

「嗯，確實。但還有一種情況，就是當聖杯戰爭有可能導致世界崩毀時，裁決者就有機會被召喚出來。這是我直接聽她說的。」

若如同菲歐蕾所說，裁決者只是因為七位與七位對立而被召喚出來，那事情還算簡單。這樣聖杯大戰就是由「黑」與「紅」雙方陣營互鬥，然後裁決者負責裁定這之間的勝負關係。

「嗯？齊格，好像有使役者往這邊過來了喔，人數是兩位。」

「……嗯，我也依稀感覺得到。」

「是不是弓兵和術士呢？」

菲歐蕾立刻送出念話。如果使役者已接近到可以察覺的距離，應該能進行念話。如她所料，弓兵立刻回應了。

『弓兵，你沒事嗎？』

『是。槍兵與其主人達尼克一起被殺害了。』

儘管菲歐蕾已經透過「靈器盤」得知現況，但像這樣聽弓兵親口說出來，一股無計可施的絕望感仍緊緊揪住她的心。

『……這樣啊。』

菲歐蕾微微咬脣。既然身為領袖的他已死，現在自己就是指導者，必須振奮起來才行。目前這股無法忍受的不安在弓兵回來之後應該可以消除吧。

『還有，術士叛逃了。』

『……咦？』

『亞維喀布隆叛逃到「紅」陣營去了，現在正準備啟用寶具。術士的主人羅歇閣下有在那邊嗎？』

「卡雷斯！去找出羅歇，現在就去！」

「……知道了！」

因為姊弟之間對彼此的了解，讓卡雷斯也沒產生任何疑問，立刻動身找人。

「人工生命體，不好意思，雖然我才剛說你們可以隨意，但我還是想拜託你們，麻煩去搜索術士的主人羅歇。記得要整座城堡滴水不漏地找遍！」

菲歐蕾非比尋常的態度讓人工生命體們體會到事態緊急，於是他們也點點頭，跟著卡雷斯之後行動。

『他不在這裡，雖然我已經請人去找了……』

『主人，妳有聽過達尼克閣下說明術士的對軍寶具「王冠‧睿智之光」的詳細狀況嗎？』

『我聽說那是一尊巨大魔像，要啟用必須準備「爐心」。除此之外就——』

『成為「爐心」的是魔術師。』

菲歐蕾說不出話了，弓兵平淡地繼續說下去。

『當時，術士原本預定拿戈爾德閣下來做「爐心」使用。我是從達尼克閣下那兒聽說的，所以錯不了。』

『戈爾德叔叔……在這裡。』

『那麼，術士選來作為「爐心」的，應該就是他的主人羅歇閣下了。要成為「爐心」的魔術師並不是誰都好，需要評估魔術迴路、魔術刻印的品質，還有成為「爐心」者的精神狀況以及單純的適性問題——恐怕最適合的就是羅歇閣下。』

『但是……原本來說羅歇是主人，不可能這樣，才想用戈爾德叔叔替代嗎？』

菲歐蕾不知道，自稱齊格的人工生命體其實也是「爐心」的候選人之一。從術士執著的程度來看，恐怕是看出齊格有跟羅歇同等，甚至在那之上的資質了吧。

『但羅歇跟術士——』

沒錯，身為主人的羅歇打從心底尊敬、崇拜術士。想來也是當然，術士可是超越被譽為打造魔像的天才少年，立於頂點的人物。儘管羅歇是主人，但他還是尊稱術士為「老師」，打從心底仰慕他……

不過——

術士到底是怎樣看待羅歐這個主人的呢？

抱持好感？對於自己受到尊敬感到愉快？把他當成自己的小孩看待？

即使上述假設都是肯定，那這些足以讓「黑」術士亞維喀布隆捨棄他終其一生的夢想嗎——？

『我快到城堡了——』

與弓兵之間的念話突然不通了，事情唐突得彷彿原本連接的纜線被切斷。騎兵突然變了臉色大叫：

「……還有一位使役者過來了！」

巨大的「某種東西」打在地下室，地板「轟」地震動，天花板醜陋地凹陷，石片紛紛掉落下來，彷彿這裡位在太鼓內部。不論地板、天花板、牆壁，全都發出轟隆聲響震動著。跟太鼓不同的點在於，地下室在設計時並沒有考量到被砸的可能性——所以一旦被砸就只能毀壞。

「所有人快逃！」

騎兵當機立斷，一鼓作氣扛起所有蜷縮在地的供應用人工生命體。齊格等人也扛起剩下的人工生命體，跟在騎兵後面。

菲歐蕾踢開輪椅躍起——同時啟用背後的連接強化型魔術禮裝（Bronzelink Manipulator），利用伸出的四條手臂，以異常的速度逃離地下室。

菲歐蕾從一樓走廊的窗戶跳出——在那裡看見了。她表露驚愕大叫：

「該不會是寶具……『王冠‧睿智之光』……？」

看一眼就可以理解，那個——那尊魔像跟她至今看過的所有魔像完全不一樣。層級跟羅歐的魔像和「黑」術士打造的魔像士兵都「太不相同了」……！

§§§

羅歐根本搞不清楚。

「老、師……？」

他真的不知道，無法理解這一切——也「不想理解」。被術士一把拎起脖子隨意地丟出來。被丟到魔像的胸口位置，接觸到的瞬間，融解的石頭與土壤便困住了羅歐。他清楚知道自己確實被放進魔像體內——「不懂為什麼會這樣」！

「那個，老師，這、這是——」

「……主人，你不懂嗎？都到了這一步，好歹也該理解你就是『爐心』了吧。」

羅歇打從心底敬愛的術士竟滿不在乎地這麼說……因為他說得滿不在乎，就表示他真的不在乎。

沒什麼、沒什麼，這沒什麼了不起，只是枝微末節——不對！

「老師，為什麼！老師，為什麼、為什麼？爐、爐、爐、『爐心』？為什麼我要變成那種東西——！」

「當然是因為你是一個適合作為『爐心』的魔術師。達尼克雖然要我用戈爾德將就將就，但既然狀況演變成這樣了，直接拿你來用也沒有問題。」

「你在說什麼？可、可是！可是！我！是主人！是老師你的主人！」

「沒錯，原本我無法將你用作『爐心』，但方才『紅』的主人向我提議了。所以，我已經不再是你的使役者了吧……我啊，覺得『黑』陣營獲勝也好，『紅』陣營獲勝也罷，我對勝負本身不太有興趣。」

「什、麼……？」

接受了——「紅」陣營主人的提議——背叛——對勝負

沒興趣——有興趣的——只有魔像——

「若說我對聖杯也沒興趣，則是謊言。對我來說最重要的是啟動這尊巨人，這究竟能否實現卡巴拉信徒的夙願——成功仿造初始人類（亞當）？我是為此回應召喚，為此而生。很幸運地，『紅』陣營的主人接收了我，既然這樣，拿你當『爐心』自然比較好。」

羅歇·弗雷因·千界樹在近代的魔術師中，與魔像之間的適性之好乃是頂尖等級。所以他才能召喚出亞維喀布隆，所以——才最適合擔任「爐心」。

「不、不、不要！我不要！我不要這樣！住手！住手！住手！啊、唔啊……啊啊啊啊啊啊！」

「正在融解」。構成羅歇·弗雷因·千界樹的肉體正被融解成泥糊狀。而且這並不是單純的融解，而是以細胞層級進行融合。略顯髒汙的木頭與石塊正融解成泥，融解、融解、融解——

這樣的恐懼讓羅歇慘叫失聲，不斷揮舞手腳掙扎。不，他只是想揮舞手腳，但早已沒了四肢的知覺。下半身與雙手直到肘關節的部位，已經徹底被融進了魔像內。

「老師，為什麼！為什麼、為什麼、為什麼！我尊敬老師！也崇拜老師！可是，為什麼……！」

原本默默執行手邊工作的「黑」術士突然回過頭來。

「——我想你應該很理解我。」

「咦？」

「……亞維喀布隆，別名所羅門．伊本．蓋比魯勒，是哲學家、詩人、卡巴拉教徒。天性厭世、討厭人類、體弱多病，患有皮膚病——差不多是這樣吧。」

羅歇保持沉默，想聽他繼續說下去。他究竟隱瞞了什麼重大的祕密呢——

「不好意思，你雖然很期待，但不是這樣。我孤獨、討厭人類，才打造魔像給自己把玩。最終的目標雖然演變成想透過這種方式仿效主，夢想卻在途中破滅。」

這是多麼平凡的人生。

這是多麼平凡的存在。

有一位懷抱夢想的人類無法實現夢想。追究到底，也就是這樣的一段人生——

「果然，不管他人怎樣認為我痴心妄想，這依然是我該實現的願望，就算為此要做出犧牲也一樣。」

「犧牲……」

「……儘管彈劾、批判我吧。你確實尊敬我，也崇拜我，我也覺得你對我抱有的感情很令人愉快，這之中絕對沒有虛假。」

——然而，你思考看看。

「我討厭人類又厭世，因為討厭跟他人對上眼而戴起這副面具，因為皮膚脆弱而緊緊包住全身。『你為什麼會相信我沒有做好拋棄你的打算呢』——？」

「啊————」

這句話讓羅歇體悟了，自己跟他無論如何都無法互相理解。身為使役者的他沒有理解自己是無可奈何，但「自己也沒有完全理解他的一切」。

自己知道的只有他是打造魔像的天才而已。

羅歇認為其他事情都無關緊要，所以一直漠不關心。不論是他討厭人類的想法、他的病痛、他對魔像抱持的看法、作為信徒的夙願，羅歇沒有關心過其中任何一項。

所以會有這樣的結果也是非常理所當然。只是沒有互相理解的主人與使役者最終失敗了而已——

「不……不要……！不要！不要、我不要～～！救我！救我……誰來救救我，來

人、來人啊啊啊啊啊啊！」

誰都好！拜託，誰都好，請快點來救救我！我不奢求什麼，我反省了，對不起，原諒我。但我應該求誰原諒？我到底做了什麼？啊，等一下，拜託、拜託，請等一下。我好怕、好可怕，不要，我不想成為魔像，不想，我雖然想打造魔像，但根本不想成為魔像啊——

因為不需要心，所以將之塗白。

羅歇擁有的魔術迴路、魔術刻印、令咒全都成了驅動「王冠．睿智之光」的資源。最後羅歇忽然閃過一個——就這個狀況來說相當諷刺的念頭。

那是關於術士亞維喀布隆想打造「初始人類」的諷刺的念頭。

『老師明明討厭人類，跟我一樣覺得紛擾的人類世界很討厭，但這個人為什麼——想打造人類呢？好奇怪喔。』

羅歇依然存命於現世，但並不能算活著。他的心被抹滅，他的腦與肉體已經在魔像內部融解。

同時，獲贈「爐心」的魔像雙眼發光，從湖水中抬起的腿氣勢萬均地踏上大地。術士不禁感嘆：好美啊。

儘管是由木材、石頭、土壤創造出的人工物體，但那彷彿直接將偉大的自然納入體內的樣貌，確實值得人們以美麗讚賞。

然後，最初的「奇蹟」發生了。踏上的大地彷彿讚頌巨人般開始高歌，長出草木。巨人接觸到的樹木立刻結出果實熟成，掉落於大地，並立刻增長出樹木。

不僅如此。

原本應被千界樹結界排除在外的鳥獸也不知從何處出現，彷彿具有趨光性的昆蟲那般輕飄飄地被巨人吸引，毫不猶豫地攀附在上。

這些鳥獸連一滴血都不留地分解——變成純粹的能量被巨人吸收。牠們自願這麼做，沒有知性的野獸們都非常渴望能依附它。

再加上包含大地在內的周遭環境都活化起來，空氣中開始飄出一股淡淡的甜美蜂蜜香氣，只是透過呼吸將之納入肺部，就會被一股壓倒性的幸福感填滿。

「啊啊——這就是樂園（伊甸）。」

沒錯。這就是許多卡巴拉教徒追求的至高無上的魔像——其終極型態，擁有只是存

在就能將世界改寫成樂園的力量。

也就是「自律式固有結界」，這才是「王冠・睿智之光」的真面目。只要這尊巨人存在，便會持續改寫世界吧。而被改寫後的世界名為「樂園」，是過去神所賜與，初始的人類們（亞當與夏娃）生活的土地。

「好了——我的魔像啊，讓我們開始拯救世界吧。戰鬥、殺戮、將之消滅，建構世界的樂園吧。這麼一來，無聊的戰爭會結束、無聊的社會也會結束。」

亞維喀布隆登上魔像的肩膀，開始朝千界城堡進軍。魔像輕易跨過陡峭的懸崖，踏上半毀的城牆，睥睨魔術師與使役者們。

§§§

「黑」陣營的主人與使役者們就這樣與巨人相遇了。站在巨人肩上的，就是方才很乾脆地反叛到「紅」陣營的「黑」術士——亞維喀布隆。

「——嗯，原來沒有人死啊。」

「術士……！」

聽到菲歐蕾發聲，站在魔像肩膀上的術士輕輕點個頭，然後揮了揮手。

「騎兵，還有那位是成了劍兵的新使役者吧。看你們還好真是太好了。」

「混漲東西，你別鬧了！術士，你這是在幹嘛！」

「……應該就是背叛了吧。」

聽到戈爾德嘀咕，齊格和騎兵都以愕然的表情看向術士。當然，率先憤怒地對術士怒吼的，就是騎兵了。

「術士！你背叛了……？背叛了我們嗎！你是說你背叛了自己的主人嗎？」

術士一臉平常地點了頭。

「若要問我是不是背叛——我想至少我辜負了期望吧。」

「不要玩文字遊戲矇混！」

「我沒有矇混的意圖……不，說得也是，這邊就讓我貫徹邪惡的角色吧。我確實背叛了你們成為敵人，而且我要消滅你們，以這至高無上的寶具『王冠・睿智之光』拯救世界。」

術士的宣告讓騎兵更不放棄地進逼。

「你是笨蛋嗎！光憑那種木偶怎麼可能拯救世界啦！」

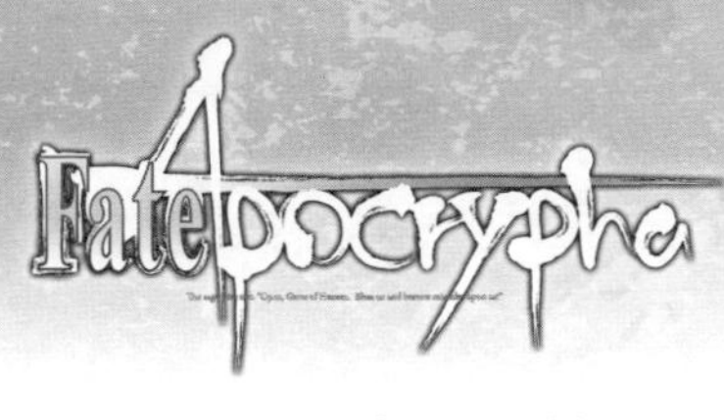

……騎兵這番話充分表現了他完全不畏懼神明的心態。齊格盡可能不去看術士腳下的那尊魔像，而且不光是齊格，菲歐蕾和戈爾德也一樣。

『那麼神聖的感覺是怎麼回事？』

這不是恐懼之情，也不是覺得他很強悍，比較接近覺得他很美，而且不只是普通的美。就像是神創造出的美麗事物，自出生以來便奠定榮耀的唯一生物。

……若說想俯首稱臣可一點也不誇張。只是看著他就會湧出一股明確的敗北印象。

「——你真不敬啊，難怪會被說成理性已經蒸發。」

只有騎兵一個人毅然地挺身面對。他並不懼怕魔像，直直瞪著駕馭魔像的術士。

然後，騎兵自信滿滿地挺胸宣告：

「沒錯！所以我完全不怕！不管你想強調你打造出了什麼，『說穿了不就是一種寶具而已嘛』！」

這句話讓齊格不再緊張。騎兵說得沒錯，那只是一種寶具，說穿了只是術士打造出來的玩意兒。

「——說得沒錯，因此我沒道理要猶豫該不該放箭。」

從空中傳過來的這番話，讓術士回頭——但太遲了，這位術士沒有方法能擋下以音速射來的箭。

緊急之下架起的單薄防衛輕易遭到粉碎，雖然箭的前進軌道略微偏開，仍紮實地貫穿術士的肩膀。

「唔……！」

箭隨著一聲痛苦的呻吟拔出。射出此箭者不用說，當然就是菲歐蕾的使役者，同時是千界樹最後的希望——「黑」弓兵（凱隆）。

「弓兵……！」

菲歐蕾發出歡欣之聲。儘管弓兵已經來到附近，卻沒讓任何人感覺到自身氣息，應該就是為了這一擊吧。

「算你勉強撿回一條命了啊，術士。但下一箭一定會收拾你。」

「哼，弓兵，你要鎖定我嗎？這也好，但——」

術士按著肩膀面對弓兵。他受到的傷害很大，說穿了術士這個職階本身就不適合打貼身肉搏戰，遑論亞維喀布隆生前可是一個體弱多病的人。

「是啊，我想就算收拾你——那寶具也不會停下吧。」

聽到弓兵這麼說，術士不禁歪頭。

「既然這樣，為何要瞄準我？」

「這還用說，叛徒愈早清掉愈好。」

「……這做法很不合理，我沒想到你會在憤怒情緒驅策下採取行動。」

嘆氣——射箭。第二箭與第三箭幾乎同時射出。

術士沒有以魔術架設防衛，腦部與胸腔被箭貫穿。儘管他搖晃了一下，差點從巨人肩膀滑落，還是勉強撐住了。然而弓兵知道，那已經是致命傷。

「弓兵，很可惜，我的任務已經全部結束。既然這寶具已經啟動，我也沒有任何遺憾了。」

術士說謊了。可以的話，他希望能看看這寶具帶來的樂園是什麼樣子。他當然有遺憾，而且可多了。然而——既然已經承受了致命傷，這也無可奈何。

而且，嗯，弓兵說得沒錯。

不管怎麼辯解，自己都是為了達成自身願望背叛了主人。這項事實不會改變，且持續留下一種不快的感覺，揮之不去。

所以，亞維喀布隆決定了。

爽快地接受背叛這條罪名的報應。死是術士剩下的唯一贖罪手段，除此之外沒什麼可以給的了。若要說有，也只剩「他（亞當）」，但術士不可能將之交出。

為了讓他誕生，術士犧牲了一切，甚至包括自身的主人。

所以——他唯一做不到的，就是在此宣告結束。

「『睿智之光』！剩下的交給你了。若是你，想必……想必可以在這片大地上創造樂園！拯救世界、人類以及我們的子民吧！」

直到最後的最後，「黑」術士亞維喀布隆仍沒有卸下面具、露出肉身，如同方才那些鳥獸一樣融解在魔像體內。他的志向乃是成為自身寶具「初始人類」的養分。

「什、麼……？」

「怎麼會這樣，不可能！」

周圍的魔術師和使役者都不禁愕然。

……或許因為吸收了使役者這種擁有龐大魔力的存在，只見魔像的力量立刻增強。

他看了看周圍的魔術師和使役者，將目光停留在菲歐蕾身上，舉起右手——現出武器。

那是一把散發冶艷黑光的劍。

「……！」

菲歐蕾僵住了。這尊巨人方才丟過來的是明確的殺意。看樣子這尊巨人理解弓兵的主人就是她……！

「不妙，快逃！」

騎兵揪起菲歐蕾的肩膀，以崩毀的城牆為立足點，毫不猶豫地往下一跳。

千界城堡東邊是一整面懸崖峭壁，如果從城牆往下躍，就會摔落一百多公尺。

「你有因應墜落的對策嗎？」

面對菲歐蕾的猛烈抗議，騎兵露出一個充滿自信的笑容。

「當然有嘍！好了，來吧——鷹馬！」

鷹馬劃破天空飛來，菲歐蕾和騎兵則坐上了鷹馬的背部。尖銳的聲音穿透雲霄——

但是……

「……哎呀？這傢伙狀況不太好耶。喂——加油喔——！」

就算拍拍鷹馬的脖子，牠也只是一副怨恨的表情看了騎兵。

騎兵忘了先前自己衝進空中花園的時候，曾受到「紅」（塞彌拉彌斯）刺客魔術的強烈攻擊——在無計可施之下，只能強行讓鷹馬撤退。

儘管氣喘吁吁，鷹馬為了主人再次一飛沖天。下一秒，黑色的劍從他們身後劃過。

「哇哈——！這還真快耶！主人，你要小心別被他盯上喔！」

仍打算追擊的巨人停下動作，往背後揮劍——衝撞、巨響、空氣震盪，魔力殘渣在周圍交錯飛散。

巨大的石劍——黑曜石之劍被擋在少女的頭盔之前。站在城牆上的是裁決者，她腳下的石地板在剛才那一記的餘威之下毀了一半。

「……竟然是『初始人類』……『黑』術士還真留下了棘手的玩意兒呢。」

該驚訝的是裁決者的力量，還是儘管正面接下魔像這一劍卻沒有折斷的旗幟呢？不管過了幾秒、幾分、幾小時，裁決者貞德手中的旗幟都不會再讓黑曜石劍靠近頭盔一分一毫。

「裁決者，就這樣撐住！」

當然，弓兵不會放過這個空檔。使出渾身解數的一箭從拉緊的弓弦射出。巨人因為刺進眼球的箭而退縮了一下。

接著一聲大喝——黑曜石劍彈開，裁決者狂奔而出——躍起，並扭轉全身，將畫出螺旋線條的聖旗打在巨人膝蓋上。關節粉碎，無法承受的巨人往後方一躍逃開，跳下懸

崖，落在地上。這下戈爾德、卡雷斯和人工生命體們就暫時安全了。

但這麼一來，裁決者就必須單獨面對巨人。

弓兵緊接著拉滿弓準備射出下一箭，動作流暢、自然且迅速。凡是跟戰鬥有關的事項，弓兵的腦中就不會有同情二字存在。他接連瞄準應該是眼球的部位，奪走對方的視力，並採用不斷從安全的地點放箭這種單純、效果超群且狠辣的戰術。

然而「黑」術士寄託希望的這個巨人可不是一般的魔像。

「什麼……？」

儘管膝蓋跪地，巨人還是一一打落飛來的箭。光是這樣就值得讚嘆了。儘管他身形巨大，但即使是使役者也很難擊落完全消除氣息的弓兵所射出的超音速飛箭，連「紅」騎兵阿基里斯在第一次交手時都被弓兵徹底封鎖了行動。

沒想到巨人竟然在挨了一箭的情況下就能掌握弓兵的攻勢，並擊落飛來的箭矢。接著，巨人做出更驚人的行動。一躍而起的巨人拉開與弓兵之間的距離——並且拔出插在眼睛上的箭，而他的傷勢很明顯正在痊癒。

「治癒……魔術……？」

裁決者一臉沉痛地否定不知是誰吐露出的驚訝話語。

「不，不對。我想……那恐怕『是來自大地的祝福』。」

身為自律固有結界的「初始人類」只消存在便可將周圍環境改變成異世界。在樂園不會有人流血，也就是說，箭傷「打從一開始就不存在」。

「要快點打倒他！一旦這一帶環境全都變成樂園，『他就會變成不死之身』！」

沒錯，對「初始人類」來說，這塊絕望的大地還沒成為樂園。所以才能用箭傷害之，但那也只有短暫的時間。只要作為樂園的力量持續增加——也就是只要巨人持續存在於世上，他的恢復速度就會三級跳地上昇。

也難怪「黑」術士願意將一切託付給他。面對絕對長生不死且強攻不下的大巨人，人類根本沒有可以獲勝的方法吧。

不，說不定——連使役者都無法。

裁決者躲開巨人揮下的一擊，趁空檔刺出聖旗。這一刺原本就無法刺中胸口，因此瞄準了伸出來的手臂。

但迅速收回的大劍擋下了這一刺。如此一來，裁決者只能不斷振作自己因為面對巨人太神聖的樣貌而鬆懈下來的精神，繼續執行「拖延時間」戰術。

沒錯，她的行為都只是拖延時間，裁決者沒有能收拾他的決定性手段。

……雖然有一個，但那也是禁忌的一招，至少不是適合在這時候拿出來的方式。

焦躁不斷加速，裁決者拚命壓下這股情緒，揮舞旗幟化解劍招。

菲歐蕾看著眼下這般情境喊道：

「唔……騎兵！你有沒有可以收拾他的寶具？」

「抱歉，沒有！號角和書本應該不會有效，槍也沒辦法給他多少損傷。唯一可以依賴的只剩下鷹馬——但因為牠受傷了，無法使出全力攻擊！就算能進攻，也無法擔保可以獲勝！應該說不可能啦！」

菲歐蕾咬牙。這樣的話，只能拿出弓兵的寶具了。雖說弓兵的寶具屬於對人寶具，但威力與剛才射出的那幾箭完全不是同一層級，而是如字面所述的一擊必殺。如果連這寶具都無法收拾——

不，不要猶豫。菲歐蕾警惕自己，合理地思考，現在只剩這個方法了。

『主人，請給我指示。』

弓兵的念話也來催促菲歐蕾做決定。

『……嗯，弓兵，解禁你的寶具。不過還是至少再花個一分鐘，評估過能不能確實收拾之後再下手。』

弓兵理解主人的指示後，以他那雙看過無數英雄、梟雄和魔物的眼睛冷酷地盯著巨人。

『巨人的原始材料是木材、石頭、土壤，以及作為「爐心」的魔術師。弱點當然在「爐心」這個心臟部位，只要擁有能一擊貫穿這裡的力量，或許就能打倒…………不，不對。』

弓兵那對看遍森羅萬象的眼睛甚至可以分析、掌握巨人的內部構造。心臟確實是巨人的重要器官，從魔力的流動來看，這點無庸置疑。

但更有問題的是腦與雙腳。那巨人比起人類，更像使役者，頭部也有靈核存在，即使能射穿心臟，也會因為頭部還有靈核，無法立刻致命。

更何況更大的問題在於那雙踩在大地上的腳。那尊魔像可以從腳底吸收由大地傳遞而來的大量魔力。

因此若要完全粉碎「王冠・睿智之光」，必須有三股力量。

第一，能確實破壞頭部靈核的一擊；第二，能完全破壞心臟部位「爐心」的一擊；第三，能將其雙腳扯離大地的一擊。

『不可能。』

如果只需要一擊，弓兵總有辦法完成。算上現在已經變回人工生命體的那位少年，就可以再加諸一擊。但無論如何都湊不到三招。

裁決者——不，裁決者必須負責應付黑曜石劍揮出的連續攻擊。就是因為有她貫徹防守，巨人才會有破綻出現。一旦她轉守為攻，那三招之中就可能有一招被巨人擋下。

想要再多一個人，只要再有一個擁有必殺一擊的英雄——不，確實有！

「裁決者！我們還需要一位使役者！這一帶除了我們，應該還有使役者！」

裁決者巧妙地化解巨人揮下的黑曜石劍，同時接受了「黑」弓兵（凱隆）的提議。看來他應該有什麼對策，而且也已經判斷出還在這附近的使役者是誰。

裁決者舉起聖旗，高聲宣告：

「『紅』劍兵！以我真名貞德・達魯克之名，要求妳前來參戰！妳應該不至於在聲音傳不到的地方，速速前來！」

沉默只消一瞬。

接著在場的魔術師與使役者都觀測到龐大的魔力漩渦，鋼鐵騎士從被掃倒的樹木後方現身。齊格整個僵住，來者就是剛才曾一度殺害自己的使役者……「紅」劍兵。

雖然她不在巨人與裁決者交戰的範圍內，但已卸下頭盔，面帶桀傲不馴的笑容。

「裁決者，我來啦。所以，想要我幹啥來著？」

「請妳去問——弓兵！」

旗幟跟劍強碰之後，較不堅固的黑曜石劍粉碎。然而或許劍也被認定為「初始人類」的持有物，只見其立刻開始重生。無窮無盡的耐力、無窮無盡的治療能力，而且隨著時間前進——將有可能變成永不受損。

「……哼，是你啊？」

「雖然不可能——讓過去一切付諸流水，但至少先暫時忘了吧。現在應以攻下那個為優先。」

「我知道啦，咱們好好相處唄。那邊的人工生命體！你應該也沒問題吧？」

「紅」劍兵呼喚齊格，露出彷彿在消遣他的笑容——齊格見狀先深呼吸一口氣，選擇了忍耐。

「我無妨！」

「齊格！我也需要你幫忙，你有辦法再讓齊格菲現身一次，並解放寶具嗎？」

面對弓兵的問題，齊格看了看自己的左手背。使用第二道令咒……從那時候到現在過了一段時間，剛變身之後出現的那種致命感覺已經淡去許多。

「沒問題，也可以使用寶具。」

「等等，主人！弓兵！你想讓我的主人做什麼啦！」

騎在鷹馬上於天空盤旋，不斷干擾巨人的「黑」騎兵(阿斯托爾弗)出聲抗議，但齊格對他搖了搖頭，示意他別說了。

弓兵以念話對兩人說明。

『為了一舉消滅他，需要拜託兩位使用寶具。「紅」劍兵，請瞄準頭部；齊格，你瞄準心臟。我會射穿那巨人的腳腱，請抓準他的腳離開地面的瞬間出手。』

『話說，如果失敗了會怎樣？』

『這尊魔像會變成再也無法打倒的存在，整個世界都會隨他所欲吧。至少，羅馬尼亞這個國家將會變成異世界。』

「黑」弓兵一派輕鬆地說出嚴重的後果。若沒能一擊收拾，且若三人之間的時機掌握沒能完全配合，就會陷入他有可能復甦的危急境地。

不僅不能失敗，也不能等待絕佳機會到來。首先必須從自己創造絕佳機會開始。

『可惡，這麼一來只能拿出真本事了啊。』

『了解，我會判斷變身的時機。』

「裁決者，首先要靠妳。我們需要妳開出一條路，接著由我將之拓開——最後則是這兩位下手粉碎。」

「我知道了！那麼——」

「哎呀，裁決者，妳等一下！」

就算是裁決者，面對巨人的劍招也不可能輕鬆應對吧。只見她因為隨時處於使出全力的狀態，疲勞的汗水已經從額頭滑落。

巨人並未停止猛攻，只見他一個跨步斜劈——裁決者以旗幟尖端化開，強行改變劍路軌跡，讓他的劍只能以劈開大地做收。

「我、現在、很忙耶……！」

「紅」劍兵儘管理解狀況，仍遊刃有餘地哈哈笑並說：

「我記得裁決者保有可以命令各使役者的令咒對吧？」

「是、是這樣、沒錯……！」

「那——給我那個，兩道。」

裁決者聽到「紅」劍兵這麼厚臉皮的要求，不禁說不出話，弓兵和齊格也因為她這麼不要臉的要求而啞口無言。

「不、不、不可以！我不可以將這令咒轉讓——」

「可以吧？裁決者手中的令咒應該跟主人的令咒沒兩樣啊。」

「但兩道真的不行！最多只能一道……」

「好，成交！那就一道，給一道令咒來！」

「什……唔……！」

……不用說，這是先提出過分的要求，遭到拒絕後強推真正要求的基本談判手法。

裁決者不僅完全被這個手法騙了，還主動提出優渥條件給對方。

「我、我知道了！我知道了啦！回頭給妳，現在先……！」

「紅」劍兵聽到這番話，朝天高舉巨劍（克拉倫特），並以威風凜凜的態度高聲宣告：

「好！弓兵，抓好時機！人工生命體，快點變身啦！讓我們在三分鐘之內收拾這個巨人！」

「為什麼會是妳在指揮啊？」

「黑」騎兵的指謫非常合理，但「黑」弓兵和齊格都沒有餘暇跟他一起吐嘈。

因為「紅」劍兵已經準備解放寶具了。

「——紅雷啊！」

「燦爛閃耀王劍（克拉倫特）」隨著嘎啦嘎啦的電子雜音變換外型，在憎恨驅使下扭曲，化身為邪劍。

齊格看著這光景，也舉起左手宣告：

「——以令咒命令我之肉體。」

肉體產生變化，捲起限定世界。法則遭到扼殺，僅有三分鐘時間——這般奇蹟降臨在名為齊格的人工生命體身上。

近距離目睹的戈爾德和卡雷斯都說不出話。

「『黑』——劍兵（齊格菲）。」

為了得到一百八十秒的結晶時間，又消費了一道龍告令咒。

接著輕鬆架起屠龍聖劍「幻想大劍（巴爾蒙克）」，立即準備解放寶具。

裁決者和弓兵見狀，互相使了個眼色。從現在起，以秒為單位的時間計算將變得非常重要。

裁決者在巨人跟前高舉聖旗，一邊化解巨人的劈砍一邊漸漸將其引入弓兵的射程範圍內。但巨人——「初始人類」也絕不愚笨，雖然他肯定沒有戰鬥經驗，但這個缺點也在陸續過招之中補強。

巨人以猛烈的加速度接近超越一流戰士的英雄，出劍的方式也漸漸產生變化。

裁決者——開始被壓制了。

「唔……！」

這般猛攻足以令人聯想到雪崩或海嘯一類的天然災害，或者暴風，而且那是「調整過的天然災害」。精準而分毫不差的連續攻擊——甚至每一下的威力都強得只要有一點閃失，就足以將裁決者的身體一分為二。

此景連一旁觀戰的使役者和魔術師們都徹底心寒。符合巨大身軀的臂力與不符巨大身軀的精細技巧。若只有一股蠻力，英雄便能化解；若只有技巧，英雄便能承受。

一般英雄確實無法抗衡融合力量與技巧的「初始人類」的劍擊。

可是裁決者仍堅持著。即使她只能化招，即使她不斷承受足以消耗全身精力的劈砍，她的手臂仍然沒有無力發抖。

所有在場的人都覺得可怕，而且不是覺得巨人可怕。巨人的強確實令人驚訝，但不是畏懼的對象，所有人都體悟到真正可怕的是裁決者。若是原本實力就能壓倒巨人的英雄還好懂，例如對「紅」騎兵或「紅」槍兵這般大英雄來說，要正面與巨人分出高下應該是很輕鬆的一件事。

裁決者絕對不足以壓制「初始人類」，她的力量比巨人小，甚至連技術都差一步。現在的她只是孤立於暴風雨中的細小樹木。

然而即使如此——即使如此裁決者還是絕不退縮，有如在黑暗中走鋼索，而且是不管退後一步或回頭一下都會立刻死亡，失去平衡會立刻死亡，錯過前進時機也會立刻死亡，但她仍勉力繼續走著。

可是——無法製造空檔。弓兵要能同時射穿巨人的腳，就必須製造出即使是轉瞬也好，可以讓巨人忘記弓兵存在的狀況。

「齊格、『紅（莫德雷德）』劍兵……你們有辦法插手嗎？」

那就只能靠三個人去製造出空檔。雖然這麼一來掌握時機的難度會往上翻個數倍，但現在必須以「製造空檔」為最優先。

「……行啊，就上吧～～」

「紅」劍兵說完就放射出魔力，藉助此力攻了過去。

齊格不發一語地點點頭，以「黑」劍兵的身分舉起幻想大劍奔出。

「區區一尊人偶囂張個屁啦！」

巨人用令人驚奇的方式躲開以流星般的速度衝刺而去的「紅」劍兵的攻擊。

「什——麼——！」

巨人以可怕的速度躍起，來到遠遠高過「紅」劍兵的位置，接著揮舞黑曜石劍。「紅」劍兵咂嘴，拿手中的劍防堵劈砍。儘管她擋下這一劍，卻無法在空中抵銷劈砍本身的衝擊力道。

彷彿被砸向地面似的下墜，「紅」劍兵緊急扭身以雙腳落地，卻還是損傷慘重，鎧甲各處出現裂痕。主人獅子劫立刻開始治療，不過再度於大地站穩腳步的巨人打算乘勝追擊——！

「退下！」

齊格要保護「紅」劍兵般上前，幻想大劍和黑曜石劍伴隨著彼此威猛的怒吼，互相衝撞。

「唔……！」

承受巨人可怕臂力的齊格皺起臉，彷彿打造出這尊魔像的術士所抱持的信念的重量就這樣壓上來。

齊格承受這股重量。

自己是否有資格承受的念頭瞬間閃過腦海，但他還是苦撐著。

裁決者迅速趕到，一記重擊打在巨人手腕上。齊格抓準巨人手腕粉碎、力量減弱的機會，以全身力量推回巨人。

手腕瞬間重生完畢，巨人立刻重整態勢。這強大的再生能力只能令人驚嘆了。

巨人身為救世主，同時背負了引導受難眾生的任務。只是存在就足以改寫世界的無上巨人是品嚐了禁忌果實，獲得睿智之光者——

巨人獲勝的條件太容易，只需要持續存在就夠了。光是這樣，就一分一秒地踏入無法掌控的領域之中。

相對的，我方則明顯處於劣勢。直接投入作戰的四位雖全是英雄，但他們獲得的攻

擊機會僅有一次。

一旦錯過就無法獲勝，尤其齊格的問題最是致命。他能變身的時間只有短短三分鐘，巨人只要撐過這三分鐘便可，只要等弓兵焦急地出手攻擊便可。

「黑」(亞維喀布隆)術士恐怕已經弄懂了齊格的變身，以及那之中的機關吧。他的知識就這樣繼承給了巨人。

他知道召喚出「黑」劍兵這項奇蹟只能維持短暫時間。

所以巨人才會貫徹慎重的攻勢。那並不是因為他消極，而是純粹的戰術運用。

焦躁愈發強烈——但不死之身(齊格菲)的心臟告誡齊格。

你沒有做錯，你的選擇絕對沒有錯，因為下達指示的是培育了許多英雄的大賢者，而那位賢者依然只是保持沉默。

那麼，這樣的戰法就沒有錯。齊格非常信任那位弓兵。

自己沒有空也沒有餘力，更沒有權利迷惘。現在弓兵寄望齊格的，就是大口喘氣地奔馳——只是這樣而已。

齊格舉起劍與之正面抗衡。對手的巨大根本不足為懼，齊格身邊有一位明明比自己嬌小許多，卻能毫不留情地打倒自己的豔紅騎士。

與她相比，區區固有結界的巨人算得了什麼……！

齊格以暴風般的劍術砍殺巨人，扯出無數傷口，將之擊潰。他完全不退縮，只是一股勁兒地上前再上前。

巨人無法承受他的猛攻，退後了一步。此舉終於讓裁決者抓到天大的好機會。

『就是現在……！』

絕妙的瞬間此時降臨，聖女猛力踏步，隨著戰吼朝上一揮聖旗——可謂使出渾身解數的一記命中黑曜石劍。

巨人一個搖晃，失去了平衡。

「黑(凱隆)」弓兵搭起兩枝箭，拉緊弓弦，將大量魔力灌注於箭上。兩枝箭同時射出，兩枝箭同時射穿巨人的腳。

身為活生生寶具的巨人已經理解自己被鎖定了。

也理解現在正處於生死交接的界線。

同時理解只要能防禦弓兵的劍，就能掌握勝利。

巨人不怕死，但若賦予他的任務無法完成，他就會反抗到底。

超高難度的狙擊——「黑」弓兵凱隆毫不緊張地輕輕點了頭，放箭。

至尊且原始的巨人咆哮。他很明白自己將會失去雙腳其中之一，但能避免兩者皆失。只要在幾秒內復原完畢，他們就無計可施了——！

蘊含龐大魔力的兩枝箭劃破黑夜急馳。

一枝確實貫穿了巨人的腳踝，並將之破壞。然而，巨人的精神打從一開始就全部集中在一枝箭上。超音速的箭帶著等同飛彈的破壞力逼近巨人。

巨人領悟到無法揮劍打落箭——揮劍的軌跡跟不上箭的速度。

但巨人的思考非常合理，這當中不包含什麼覺悟，只是有必要就去做罷了。

「怎麼可能……！」

驚愕的話語究竟是由誰發出的？弓兵射出的箭直接命中巨人的左臂。

手臂被扯得粉碎四散，但如此犧牲獲得了相應的回報。這樣弓兵就沒能滿足同時粉碎兩邊腳踝的勝利條件。

而且若巨人看見遠方的弓兵所在位置，就會察覺到他的目的吧。

「術士，你的巨人確實有機會改寫世界。拯救受難的眾生，將之引導到樂園吧。」

弓兵平淡地，彷彿毫不介意自己的箭沒能射中般嘀咕。

巨人開始自我修復，只要還有一隻腳立足大地，這個世界就會祝福「初始人類」。

「但就連獲得睿智的你都會誤判一件事情。理性蒸發的那個英雄『就算面對真正的神』也不會懼怕。」

巨人的膝窩感受到一股衝擊，仍存在的那條腿輕輕浮起。在巨人漸漸產生出來的思緒之中增添了一種名為驚愕的感情。

背負亞瑟王傳說結局的反叛騎士。

培育優秀英雄的千古無雙弓手。

為了拯救故國揮舞旗幟、馳騁沙場的聖女。

經歷眾多冒險成就屠龍大業的最強劍士。

每一位都是優秀的大英雄——但不可以忘記，還有一位英雄在場。

「好了……剩下交給你了，主人！」

能力弱小，志氣卻無比高尚的最佳騎士，因為理性蒸發而無懼一切神魔的英雄。

乘坐幻馬（鷹馬）遨翔天空，以黃金騎槍打倒敵人的騎兵——其真名為阿斯托爾弗。

騎乘鷹馬時利用「一觸即摔（Trap of Argalia）！」進行的衝刺攻擊直接命中巨人的膝窩，雖然對巨人來說這只是像蚊子叮咬的一記攻擊——但那巨大身軀卻以騙人般的不自然態勢輕飄飄地翻滾在空中。

不，說得精確一點，他就像踩到果皮滑了一跤般跌倒了。

原本這就是可以強行讓觸及的對象跌倒，既滑稽又致命的概念武器。

不管對方是使役者，還是儘管身為寶具卻能自立的「初始人類」，也毫不例外。

浮在空中的瞬間，就無法接收來自大地的恩惠。為了創造這短短幾秒的空檔，大賢者精心安排了徹底的計畫。

計畫必須單純且令人驚奇，太過複雜的計策只會被憨直的高牆擊倒。

可說從騎兵救出弓兵的主人菲歐蕾時，計畫就已經開始執行了。在場所有人都在認為他們已經脫離此戰場的前提下行動。

在這個時間點，他們已經完全從巨人的腦海裡消失了吧。考量到他必須應付的這四位，也確實沒有餘力分配精力來注意騎兵的舉動。

因為「黑」術士對騎兵了解不深，才造成了這樣的後果。

騎兵很弱，沒有能一擊毀滅巨人的武器。但他能毫無顧忌、輕鬆地趁虛而入。因為這個騎兵連神也不怕——！

然後，剩下就是兩位英雄上場的時刻了。

「黑」劍兵（齊格菲）有如凶猛野獸般縮起身體後一舉跳躍。

「紅」劍兵（莫德雷德）一口氣放射魔力，如槍彈襲擊而去。

紅色閃電奔馳。

「紅」劍兵的直覺告訴自己不可錯失此一良機，全力解放了「魔力放射」。主人雖然可能會抱怨，但只要獲勝他應該就會忘了吧。

先前受到的屈辱要加一萬倍奉還。瞄準腦部，對「初始人類」懷抱的諸多敬畏早已轉化為憎恨。

人造生命——只會執行接收到的命令的人偶怎麼可以阻撓自己？

所以「紅」劍兵憎恨巨人。憎恨、同情——但還是憎恨。

「王劍啊！」

呼應「紅」劍兵的憎恨，賜予王的劍；顯示王之權威的名劍染上憎恨，進而扭曲。

「——原來如此。說穿了，你就是個人造生命（魔像）。」

齊格心想：沒錯，因為這「初始人類」身為寶具，擁有足以改變世界的美妙力量。

但他的目的不是出於自身意志培育下的產物。

也不是他的選擇，更不是他借用來的東西。

他的目的只是「黑」(亞維喀布隆)術士所賦予，現在他還沒有想調整的念頭。

噢——既然這樣，自己(齊格)就非獲勝不可。

自己比這尊巨人進步一些，自己不是為了被賦予的目的行動，而是終於懷有自身創造出的寶貴希望，擁有覺得就算捨棄生命也無所謂的崇高願望。

想拯救伙伴——令人傻眼的單純、明快，且漸漸擴張的願望。

因為那個人給了自己力量，足夠用以拯救不管怎麼掙扎都無法得救的他們。

所以不能輸。

所以要獲勝。

很巧地，這與聖杯大戰中兩位劍兵互相衝突的光景相同，不過有一點與當時不同。

兩把劍瞄準了同樣的目標。「黑」術士投注畢生所學創造出的無上寶具「王冠・睿智之光」。

不需要配合呼吸步調。既然已經配合過一次，只需回想起當時的感覺便可——

「幻想大劍——」

「黑」劍兵怒吼。

「向崇高的父親——」

「紅」劍兵激昂。

黃昏光芒與紅色極光重疊，編織出複雜的光彩。周遭的人們都只能為這壓倒性的美麗光景屏息。

說不定連「初始人類」也一樣。

由石頭、樹木、土壤打造出的人偶甚至朝那美麗的光芒伸出手。

然而，那是屠龍者與滅英雄者兩名大相逕庭的劍士所掌握，攻擊一切的毀滅之光——！

「——天魔失墜！」

「——掀起反叛（Blood Arthur）！」

放射的紅貫穿魔像頭部。

膨脹的黃昏完全破壞了魔像的「爐心」。

從裁決者高舉旗幟、弓兵射箭，到騎兵絆倒對方之後不到短短三秒鐘的時間。一切的一切就在這瞬間結束。

「爆頭啦，木偶小子。想要樂園去其他地方找。」

「紅」劍兵豎起中指大笑。

周遭的樹木比魔像崩解更快開始枯萎，大地已無法成為樂園，而理應不死的「初始人類」也滅亡了。

「好耶！」

「黑」騎兵（阿斯托爾弗）朝天振臂歡呼，魔術師們吐露安心的氣息。

齊格看著此景，認為自己暫時算是完成任務——並因為自己可以繼續實現願望而感到安心。

鎧甲解除，無論無力感還是疼痛，他都不太介意。

「齊格小弟！」

裁決者奔過來，齊格舉起右手表示沒事。但或許因為舉起右手的動作太過虛弱無力，反而讓裁決者更加不安，她有如撲到齊格身上般摸索著他的身體。

「……你沒受傷吧？」

裁決者再次確認。齊格心想她真的很容易操心——開口回答：

「是還有點隱隱作痛，但也只是這樣……我沒事。」

「男生說的沒事都不太值得採信。」

齊格無法反駁。

但總之裁決者應該是接受他沒事了。她接著雙膝跪地，雙手交握，朝漸漸消失的巨人祈禱。那究竟是為了悼念「黑」術士的靈魂或成為「爐心」的魔術師靈魂，還是悼念儘管出生卻無法獲得生存意義的胎兒（魔像）呢？齊格不得而知。

不過——他覺得祈禱的裁決者很美。

感受到美麗的同時，也有種惹人疼惜的感覺。齊格知道祈禱傳不到任何地方，倚賴神明不會有一丁點好事發生。

而她自己應該比誰都清楚這點，世上並不存在能藉由祈禱拯救的事物。

然而裁決者還是祈禱著，名為貞德．達魯克的聖女祈禱著。

齊格心想總有一天要問個清楚她究竟是對誰祈禱。

——戰鬥告一段落，原則上成功消滅了「黑」術士與其寶具，但現況也確實難以說是好轉了。

「裁決者，吾主表示有話想跟妳說。」

「黑」弓兵（凱隆）對正在祈禱的裁決者這麼說。

「還有『紅』劍兵，妳也是。」

「只能聊聊，合作免談。」

「這樣就夠了，但我想我們可以共享彼此的情報。無論是妳還是妳的主人，應該也沒能完全掌握在那座空中花園發生的所有事情吧。」

「紅」劍兵露骨地咂嘴，轉向背後，簡單與自己的主人獅子劫通完念話。

「ＯＫ。對了對了……他說別忘了在今天之內支付報酬喔。」

「報酬……噢，我手中的令咒是嗎？」

聽到這番話，裁決者不免面露愁容。話雖如此，既然都答應了也無可奈何。至少還

留有一道，可以防止最糟糕的狀況發生吧——裁決者無奈地垂肩，答應履行約定。

獅子劫界離似乎在意外接近的位置觀戰，不消五分鐘就到場了。迎接他的是使役者「紅」劍兵（莫德雷德）和裁決者，以及「黑」弓兵和其主人菲歐蕾。

「喔，是菲歐蕾・佛爾韋奇・千界樹啊，昨天才見面啊。」

少女一臉平淡地想回應舉起手笑著的獅子劫……但表情有些僵硬。這方面她實在無法像身為傭兵的獅子劫切割得這麼乾脆。

「……嗯，我也很驚訝會在這麼快、這麼意外的狀況下再見到你。」

「唉，別這樣說啊。這場聖杯大戰從聖杯被強行奪走的那瞬間就進入第二回合啦，我和你們不是敵人了。」

「至少現在不是。」

「對，至少——現在不是。」

彼此呵呵笑了。菲歐蕾隔著墨鏡可以非常確定，這個男人的眼神根本沒在笑。

不過其實獅子劫也有同樣看法。

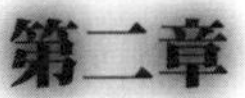

第二章

第二章

空中花園已經開始移動，將大聖杯收納在腹部，持續飛翔於黎明的天空。四郎藉由裁決者的知覺能力體悟「黑」術士（亞維喀布隆）已經消滅。他的願望似乎沒能實現。

總之，這麼一來對面也有餘力重整態勢了。

「接下來他們要整理情報與準備追蹤，至於追蹤時間——應該差不多三天吧。」

「意思是他們會花三天追上？」

「對。當然這是在裁決者能說服千界樹的魔術師，並將殘存的使役者統整起來——這樣的前提下。」

說不定千界樹會因為畏縮而一狀告到魔術協會。以魔術協會的立場來說，一定想不到會有這種狀況吧，畢竟他們應該也想要那座大聖杯。

「——好了，既然這樣，差不多該解釋一下了吧。我會依照你的答案，決定要不要取你項上首級。」

「紅」(阿基里斯)騎兵將槍尾頂在石地板上，一臉嚴肅地詢問。他說要取首級可不是鬧著玩的，若四郎的回覆令他不滿，無論成功與否，他肯定會攻擊那名少年。而且糟糕的是，這樣的距離下即使四郎想啟用令咒也根本來不及。不，跟距離無關，只要「紅」騎兵將四郎納入視野之內，那麼「這就是間距」。他恐怕能在瞬間縮短間距，瞬間砍下四郎的首級。

另外還有一人，就是已經將箭搭在天穹之弓(陶羅波羅斯)上的「紅」弓兵阿塔蘭塔。她應該也會在評估過四郎答案的下個瞬間，決定要不要毫無顧忌地一箭射穿他的腦門吧。

待在牆邊靜觀其變的是「紅」槍兵迦爾納……但很明顯地，他也並非完全服從於四郎這方。

儘管如此，四郎還是只能老實托出自己心中的想法。畢竟打從一開始，他就不認為能利用謊言瞞過他們——尤其是瞞過迦爾納。

「我會老實全盤托出。」

「好，你的目的是什麼？」

「這點跟我回答裁決者的一樣，即是救贖全人類。我是為此需要大聖杯，也因為需要才獲得了它。這跟各位相同，是『為了撐過這場聖杯大戰』所必要的。」

「紅」騎兵和弓兵的眼光飄向槍兵。迦爾納身為施予的英雄，所有言語中的辯解與欺瞞都逃不過他的法眼。這樣的他朝騎兵和弓兵微微點了點頭。

驚愕——困惑，看樣子四郎是認真地想救贖人類。眾人無法以「這只是瘋子的笑話」一笑置之，於是再拋出一個問題。

「……主人們現在在哪裡，又是什麼狀況？」

「你們無法知覺嗎？五位主人齊聚在這座花園內的某個房間……原則上，應該還維持人類的外表，畢竟使用了那種『毒』。」

「——妳這傢伙。」

使役者們的目光一口氣集中在刺客身上，但她仍帶著一如往常的豔麗笑容，正面回應這些目光。

「這是當然，要是主人們擅自行動，咱們可就頭疼啦。不管再怎樣優秀，說穿了只是區區魔術師，這些滿腦子想著勝過他人的傢伙只會礙事罷了。」

「就只想到自己這點來看，你們也是半斤八兩吧。」

刺客聽見槍兵的嘀咕後不快地皺眉，四郎則露出苦笑。

「所以，你打算把我們當棋子利用，最後直接切割嗎？由你一個人擔任主人，說穿

了就是這麼回事吧。」

「沒的事。只要不與我的願望正面相衝，各位仍可盡力實現自身的願望——那麼，身為主人，我想反問各位，能告訴我各位奢望聖杯奇蹟的理由嗎？」

這番話讓三人陷入沉默，面帶尷尬地眼神交會後——騎兵才嘆了一口氣開口：

「我的願望與生前相同，『像個英雄行動』……只有這樣。」

「你對第二人生沒有留戀？」

「不算沒有，在這個世界存活生根很有魅力，但要這麼做——還是必須以我能像個英雄行動為大前提。」

阿基里斯向母親發過誓。

要作為英雄而生，並作為英雄而死。即使獲得第二人生，這點也不會改變。阿基里斯認為這點不可以改變。

他完全不後悔過去自己做過的所有英雄事蹟、所有惡行，以及背叛諸神的行為……應該說他對人生並沒有什麼留戀，也不想擺出什麼聖人君子的樣子。他身上有太多太多個人的私利私欲了。

「……原來如此、原來如此。不過以大英雄阿基里斯來說，這願望可真平凡啊。」

「女王，妳少多嘴。沒錯，我的願望很平凡，但不論你們的願望有多高尚，我也不打算退讓喔，畢竟我這個人就是滿身欲望啊。」

「紅」騎兵與刺客互相瞪視，而四郎這時開口安撫兩人：

「願望不分貴賤。至少對你來說，即使要打倒他人，你也想實現自身願望，而且這也跟我的願望沒有衝突。你只要能像個英雄行動，並打倒我的敵人便可。為此我將供應魔力給你，並且會使用令咒。」

「你的敵人跟我的敵人不一定一致喔。」

四郎聳聳肩說道：

「若你判斷不一致的時候，就儘管放過對方，甚至出手幫助對方都無所謂。但我只想強調一點，『黑』弓兵（凱隆）應該在敵方陣營吧。」

「……嘖。」

騎兵咂嘴——但他的殺氣減弱了。與「黑」弓兵分出勝負，乃騎兵在此次戰爭中的目標。

「其他還有嗎？」

「還有一個……但等其他人的話都問完再說就好。」

騎兵這麼說完，將手中的槍放在腳邊。他維持站姿，沒有俯首稱臣，表態自己雖不認可四郎為主人，但至少眼下沒有敵對的意思。

「接著換我了。讓吾主服毒雖令我相當不悅……但也沒辦法，我認同你為主人。」

「大姊，這事可以用『沒辦法』打發嗎？」

騎兵傻眼地問，弓兵則以很平常的態度首肯。

「當然，在目的為勝過對手的聖杯戰爭中，直接中計被下毒的一方乃自食惡果。主人應該小心謹慎行事，直到我被召喚出來為止，所以連這點都怠忽的墮落主人不要也罷，光是還活著就很值得慶幸了。」

弓兵所言雖殘酷，但也是真理。一出生就被拋棄，在母熊養育下長大，後來被獵人們帶走的少女活在「爭奪生存資源」的單純世界裡……而這樣的少女，只有一種憐愛的對象。

「我的願望是『創造讓所有孩子都得到愛的世界』。創造被父親、母親、他人所愛的孩子長大成人後同樣去愛小孩的循環。無論誰想妨礙我實現願望，我都不會饒恕。」

「──話說弓兵，閣下先別不悅啊。那是否為不可能成真的世界？」

刺客這麼提問，弓兵以蘊含些許怒氣的口氣說道：

「所以才需要願望機，才需要聖杯不是嗎？如果連這點程度的願望都無法實現，還算什麼聖杯呢？」

四郎露出淡淡笑容點了點頭。

「說得也是，只是這點程度的願望不可能無法實現。無論形式如何，聖杯都會實現妳的願望吧。然後，我的願望也可算是妳的願望的延伸。」

「……救贖全人類嗎？」

「是，妳覺得呢？妳想否定、彈劾我的願望也無所謂，我會終止與妳之間的契約，妳可隨意與他人重新締結契約……要跳到『黑』陣營那邊也無妨。」

──他沒有說謊。

至少在弓兵眼裡看起來是如此。弓兵還有一項疑問，但這點恐怕騎兵和槍兵也一樣。因為這是必須在最後才提出的問題，所以留到最後再問。於是弓兵先把話頭轉到槍兵身上。

「槍兵，你呢？」

倚著牆的槍兵以神之眼靜靜凝視著四郎，身為英雄的舉手投足非常令人震懾。四郎有種全身被剝光的感覺。

然後，槍兵靜靜地開口：

「……確實，主人雖然更換了，但下定決心召喚我出來並請求我協助的，毫無疑問是這些主人其中之一。然後，儘管我的主人肉體瀕臨毀滅，仍不放棄追求聖杯。那麼，我要做的只是繼續揮舞這把槍。那就是我的願望，也是給被召喚出的我的報酬。」

「──閣下言下之意乃繼續服從前任主人嗎？施予的英雄啊，閣下還真令人傻眼。此乃愚蠢的抉擇啊。」

刺客或許把他的話當成表態敵對之意，立刻打算殺上去。但四郎以眼神制止了刺客的行為。

槍兵毫不畏縮，只是淡淡地宣告：

「……隨妳怎麼說，但亞述的女王啊，妳這是抬舉我了，我不過是一把槍罷了。」

在場除了四郎，所有人都啞口無言。從聖杯獲得相關知識的眾人非常清楚這位稀世大英雄究竟是怎樣的存在。

若有其他人說出同樣的話，他們會憤怒嗎？會嘲笑嗎？會說謙虛過頭只會顯得沒出息或假惺惺嗎？

……剛才那是打從心底的真心話，是真的這樣認為，如此確定才說的話。

「——那麼，我能請求你協助嗎？」

「雖然定位有所改變，但敵方要來搶奪聖杯這點仍然不變。那麼，我的槍就會負責打倒敵人。」

看樣子他並不打算敵對。刺客有些自討沒趣，放下準備使用魔術的手。

「……嗯，隸屬這方陣營算是我本人的願望，對我來說也比較方便。我將以全力燒燬打算搶奪聖杯者。」

這句話讓所有人都稍稍動搖。

「紅」槍兵迦爾納的願望。原來這個乍看之下沒有任何私欲的槍兵也有想寄託聖杯的願望嗎？

「——那是與『黑』劍兵（齊格菲）再次交手嗎？」

「沒錯。第一次與那個男人交戰時，他如此請求我了。」

那是永不歇止的交劍，不會結束的拚搏。

神槍（迦爾納）不斷創傷不死身龍鱗，幻想大劍（齊格菲）則不斷砍在理應無法傷及的黃金鎧甲上。

這並不是悽慘的互相殘殺，也不是藏招的怠惰比試。彼此只是純粹使出全力，而那天秤則奇蹟似的保持在平衡狀態。

黎明前的幾個小時幾乎等於轉瞬之間。

四郎稍稍皺了眉，但決定什麼都先不說。沒錯，若與「黑」劍兵再戰就是槍兵的願望，那麼這願望早已無法實現了。

因為他死了。現在作為「黑」劍兵存在的，不過是一介人工生命體罷了。

但告訴槍兵這點又如何？他或許也已經知道了。

「——假若『黑』劍兵來到這座空中花園，我承諾一定會讓他前往你所在之處。」

四郎這麼說完，槍兵便微微點頭示意感謝。這並非虛偽，畢竟那位也確實算是「黑」劍兵……至少外表看來是。

雖然產生了些許罪惡感，但要是說破了之後槍兵撤回前言就頭痛了……當然，這位慈悲為懷的大英雄應該不至於做這種事。

「那麼，最後一點，由我代表三人提出質問。言峰四郎，你打算利用這座聖杯，『以什麼樣的方式救贖全人類』？」

沒錯，這才是三人心中最重要的問題。畢竟裁決者站在對手那邊，而且是我方先出手攻擊了理應處於中立立場的裁決者。

裁決者是為了遵守聖杯戰爭的規則或防止世界因聖杯戰爭而毀滅，才被召喚而出的存在。以此次聖杯大戰的狀況來說，原因除了後者外不做他想。

也就是說，聖杯判斷四郎的願望「很危險」。

「……說得也是，若這部分沒有說明清楚，不保證不會招致不必要的誤解。比方誤以為我是在那邊嘻嘻笑的使役者的傀儡，完全沒有想要拯救人類——之類的。」

「紅」（塞彌拉彌斯）刺客聽到這話，顯得有些鬧彆扭地別過臉去。

「那麼，就在此說明利用這個大聖杯救贖人類的具體手段吧。」

就這樣，天草四郎時貞開口了。這是在他層層疊疊了瘋狂念頭與思考之下終於得到的答案。無論旁人怎樣看待、怎樣指責，他都不打算修改這個答案。

§§§

——以上就是我與弓兵遭遇到的狀況。

裁決者說明完畢後，一陣苦悶沉重的靜默流過。除目擊此一場景的「黑」弓兵（凱隆）以外，眾人臉上都帶著可謂愕然的表情。看來要跳脫這樣的情緒需要花上相當時間吧。

儘管千界城堡已經半毀，仍保有許多空房。目前眾人集合的地點是給一族使用的會議室。裡頭的椅子因為衝擊而東倒西歪，天花板的吊燈也落下碎了滿地，但菲歐蕾立刻將之修復完畢。

然而即使有菲歐蕾和戈爾德的本領，也無法修復半毀的城堡，只能慢慢花時間一步步修復。

卡雷斯突然看了看在場所有人，想到原本以為可以倖存的主人——如達尼克、塞蕾妮可、羅歇都已經死亡，自己卻活著這點實在太神奇了。他原本認為如果有千人會陣亡，第一個肯定是自己，而且單純只是因為實力不夠。

或許就是因為有這個先入為主的想法，卡雷斯仍覺得現況不太有現實感。究竟是因為自己見識過壓倒性的力量展現，或只是仍無法從「黑」狂戰士（弗蘭肯斯坦），也就是自身使役者的死之中走出來呢？

也有可能只是無法接受剛剛聽到的那些狀況吧。卡雷斯心想這也無可厚非，畢竟裁決者說的那些內容實在太可笑、太超乎常軌，而且——太可怕了。

「……另一位裁決者，天草四郎時貞，是嗎？」

菲歐蕾總算勉強擠出聲音。原本她的聲音就顯得輕柔纖細，說這話時的聲音更是小了許多，但或許因為房內原本處於一片沉寂，結果這句話還是清楚明確地傳到所有人的耳中。

「而且那個……所謂的另一個裁決者，還手握『紅』陣營每個使役者的三道令咒對吧？」

裁決者一臉沉痛地點頭回應卡雷斯的提問。

「沒錯，我想那番話應該不是謊言。他舉起的手上散放出來的光芒，確實屬於令咒所有。與他並肩作戰的『紅（阿基里斯）』騎兵、槍兵、弓兵這三位即使並非出於本意，也不得不服從四郎吧。」

他不僅握有令咒，也擁有身為主人的權利。也就是說，這幾位使役者若沒有透過他供應魔力，甚至連實體化都有困難。擁有「單獨行動」技能者可能不在此限，但畢竟還是有其極限。

「可是，這三位加上他原本的使役者不就有四位了？而且從剛剛的話聽來，他原本就已經網羅了一位，這種事有可能發生嗎？」

卡雷斯站起來大聲說。主人跟使役者可說是成雙成對的比翼鳥一般。

四郎卻打破這個邏輯，甚至跟五位使役者締結了契約，根本無法相信他精神正常。

「我記得他有說從大聖杯獲得魔力。只要能連接大聖杯，憑藉儲存起來的魔力，要說起來在做到這點之前，應該就會落得所有魔力枯竭而死的下場。

「也就是說——像我們利用人工生命體供應魔力那樣，將魔力通道切割開來嗎？」

供應這些使役者應該綽綽有餘吧。」

裁決者點頭回應戈爾德的發言，他應該不至於將一切都託付給大聖杯。身為主人的權利，也就是決定是否供應魔力的權利，毫無疑問握在四郎手中。

「……說到天草四郎，是遠東的大聖人吧。弓兵，能否請你說明一下？畢竟我們實在沒有那麼熟知他的事蹟。」

弓兵開口回應菲歐蕾的要求。

「主人，明白了。天草四郎時貞，是距今約五百年前——在遠東國家日本一個名為島原的地區，策劃了大規模叛亂的主謀少年。」

「少年。」

「是的，畢竟他享年只有十七歲。」

聽到十七歲這個年紀，卡雷斯不禁毛骨悚然。沒想到對方竟然是個跟自己同年紀的英靈。

弓兵簡單陳述了名為天草四郎時貞的男子的歷史。

他並沒有創造什麼華麗的戰果。雖說引發大規模叛亂，但那之前的日本就是各國互相爭奪、不斷發生悽慘戰事的戰亂時代。

天草四郎在戰爭結束，日本終於統一為一個國家之後沒多久誕生。

比以往都沉重的稅賦、因氣候不佳造成的歉收、壓迫在日本不被認可的異教信徒——這些狀況重疊在一起，在最糟糕的時間點引發了火苗。

化為火藥庫的島原之亂，成為史上最大規模的農民叛亂行動。據說動員人數高達三萬七千，其中有兩萬人是非戰鬥人員的平民。

「而統率他們的，就是被譽為救世主的天草四郎時貞。」

據說這位十六歲的平凡少年自出生以來就實現了許多奇蹟，例如治好眼盲的少女、走在水面上——並且信仰神，開始傳播教義。

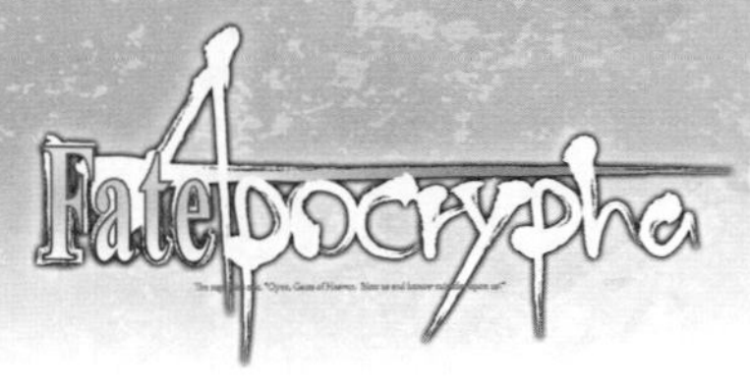

當各地零星發起的叛亂開始聚合的時候，也無怪乎民眾會拱天草四郎擔任領袖。因為他們就是那樣相信神——相信天草四郎。

「但是，他們勢如破竹的氣勢很快就中斷了。」

據守在原城的他們一開始創造出打敗殺紅了眼的幕府軍的戰果，後來卻因為糧倉受到攻擊而失陷，除了一個內賊以外的三萬七千人全數死亡。

不是英雄、不是聖人，儘管擁有創造奇蹟的力量，結果少年連一個人也無法拯救，抱憾而亡。

「……照這樣聽來，不太像是多可怕的使役者。」

「這個嘛，若論力量，應該遠不及我們這些英雄吧……但就是因為這樣，我才覺得可怕。」

弓兵想起在禮拜堂面對眾多使役者時，毫不猶豫說出自己是何方神聖的四郎。在只要有一點差錯就會與所有使役者為敵的那種情況下，他竟然沒有絲毫動搖——甚至臉上始終帶著微笑。

當時在場者以裁決者貞德．達魯克為首，包含凱隆、亞維喀布隆、阿基里斯、阿塔蘭塔、迦爾納……即使除去身為他的使役者同時也是共犯的「紅」刺客，投射在他身上的壓力應該絕非尋常。凱隆同意裁決者的說法。

「沒錯，我也……認為那個裁決者很可怕。不是指力量或技術層面，而是他那純正的信念很可怕。」

那不是用堅定二字可以形容，簡直像擁有極限密度與質量的天體黑洞（Black Hole），是個只憑信念就把所有人類、所有英靈牽扯進來的怪物。

他沒有瘋狂。若只有瘋狂，無法擁有那樣程度的信念。

領導將自己當成神景仰的三萬七千人，而這些信徒卻慘遭殺害的領袖天草四郎時貞——他究竟在那片戰場上看到什麼、感受到什麼、發了什麼誓呢？

無論是活在戰亂歷史的貞德·達魯克和阿斯托爾弗，還是活在集合了眾多英雄的神話時代的凱隆，都無法看透這些。

「……總之，我們先不要拘泥在這點上吧，關鍵還是在他究竟盤算著什麼才是。」

「黑」弓兵點頭同意裁決者這番話。

「四郎想利用大聖杯做些什麼。可以確定他並不打算復仇，也不是想改變歷史——讓死者復生。」

「請問，為什麼妳知道這點？」

裁決者回答菲歐蕾的問題。

「因為他很明確地說過，他的目的是救贖人類。」

「救贖？也太愚蠢了吧——」

見戈爾德嗤之以鼻，「紅」（莫德雷德）劍兵不禁嘆息。

「胖子，蠢的是你啦。就是只有那座聖杯，才有辦法輕鬆實現那聽起來愚蠢到極點的願望啊。」

「這……！」

菲歐蕾先勸阻憤慨的戈爾德之後才出言反駁：

「不過……我想叔叔說得確實有理，那座大聖杯說穿了只是魔力的累積。確實，它可以實現絕大多數的願望，可以省略各種理論、各式過程，直接造成結果，但反過來說，就需要足以被省略的過程存在。」

齊格忽然想到什麼般詢問裁決者：

「……意思是說，就算許下救贖人類這樣的願望也沒有意義嗎？」

「是的。假設只對大聖杯許下『請拯救人類吧』這樣的願望——當許願者沒有具體手段的時候，願望就會到此為止吧。既然方向性不明確，願望就無法實現。」

「那麼，若四郎這個人知道了具體手段呢？『先不論那是否真的是救贖』。」

齊格的問題讓裁決者吃了一驚似的倒抽一口氣。

「這種情況下……我想就會實現了。」

「可是，那種手段應該不存在啊。」

卡雷斯搖頭否定菲歐蕾的意見。

「姊姊，我認為問題不在這種手段是否存在，而是在於那個叫四郎的人『認為自己知道』救贖人類的方法吧。」

「呃——」

菲歐蕾聽不懂卡雷斯所說，愣了一下歪了歪頭。

「主人，是這樣的。按照方才所說，只要許願的人不知道具體的實踐方式，那座聖杯就無法實現願望，對吧？反過來說，只要許願者知道手段，聖杯就會啟動。而問題在於四郎知道具體的手段，且該手段對人類來說是一場災禍的情況。」

如果不知道具體手段，這件事就到此為止。

但如果言峰四郎知道手段——即使那對大多數人類來說是一種錯誤的方式——聖杯

就有可能啟動。

「……也就是這麼回事吧？假設有個男人要許願成為世界第一的魔術師，而那個男人想採用的是『殺光所有實力在自己之上的魔術師』這種爛透了的手段，聖杯也會讓他實現願望嗎？」

獅子劫的發言讓眾人沉默，這時「紅」劍兵露出有些不敢恭維的表情問道：

「主人……你的願望該不會就是這個吧？」

「……不是喔，拜託妳不要一副看到鬼的表情好嗎？所以說，裁決者小姐，我的推論如何？」

「理論上是這樣沒錯。當然，前提是這個人完全不知道除此之外的任何手段。」

這時齊格忽然想起一件事。

「裁決者，既然妳已被召喚出來，就表示——」

沒錯，召喚裁決者的條件之一，就是發生了世界可能因為聖杯戰爭而陷入危機的狀況。那個叫四郎的男子奪走大聖杯，想實現救贖人類的願望——該不會他想到的救贖手段，對世界來說就是一種危機呢？

「……應該是吧。無論如何，說到底一個裁決者差遣使役者，並想藉由聖杯實現願望這件事本身早已是沒有議論餘地的脫序行為了。」

「那麼——」

「靠聚集在這裡的主人和使役者來阻止他……沒有異議吧？」

千界樹的魔術師們雖都頷首允諾，但實際上身為主人的只剩下菲歐蕾一人。卡雷斯、戈爾德的使役者已經消滅，實在幫不上什麼忙。

獅子劫界離呢——

「哎，我贊成阻止言峰四郎……不對，天草四郎，畢竟以我的立場來說，不處理這件事也不是辦法。劍兵，妳沒意見吧？」

「紅」劍兵以略顯鬧情緒的眼神點頭同意。

「沒啦。雖然我很想跟那邊那個劍兵分出高下，但在這種情況下也沒辦法啦……而且那幫人確實討人厭，特別是刺客。」

「那麼——」

獅子劫點頭同意菲歐蕾。

「至少在打倒那幫人之前，我不介意暫時處於協力作戰的態勢。不然想締結自我強制證文也行……當然是彼此都要嘍。」

所謂自我強制證文，是在魔術師社會中效力最強大的咒術契約。無論生前死後，都足以束縛彼此的靈魂使之有效，甚至按契約內容有可能延續到子子孫孫身上。

菲歐蕾思索了一下獅子劫的提議，接著搖搖頭。

「我相信你，不需要做到這種程度。」

「黑」騎兵（阿斯托爾弗）拉了拉齊格的袖子，並對轉過頭來的少年嘀咕：

「欸欸，你……真的要作戰嗎？」

「嗯，要。」

齊格以斬釘截鐵的強硬口氣回覆。老實說，他並不在乎四郎這名男子搞出的相關謀略計畫……只是在這樣的過程中，已經喪失了諸多性命。

人工生命體、使役者、主人──都有喪命。有人是在接受的狀況下隕落，但也有人是抱憾喪命的吧。

齊格並不打算說什麼要為這些人報仇，畢竟他沒有這樣的資格，再加上四郎並非復仇的對象。

但無論如何，自己獲得了權利，包括身為主人的權利，與作為使役者而戰的權利。

那麼，就必須與這場聖杯大戰牽扯到最後，即使要付出自身性命作為代價——這也是他的義務所在。

「……我是覺得你（主人）不要跳進來攪和比較好啊。」

「黑」騎兵不知為何顯得有些不滿地嘀咕，「紅」劍兵傻眼地說：

「這傢伙怎能不出面作戰？他可是劍兵耶。」

「他不是劍兵，是我的主人。我的主人不是名為齊格菲的英雄，所以我不會再讓他身陷那樣危險的處境……那種狀況真的夠了。」

這番話讓場面如同剛才那樣陷入沉默，但現在的沉默氣氛與剛才不同。

過了一會兒，「紅」（莫德雷德）劍兵才小心翼翼地點破：

「我說你啊，剛剛是不是洩漏了他的真名？」

「黑」騎兵聽到這話，歪頭回應：

「咦？你們不知道嗎？」

「不知道啦！這樣說雖然不太好但很蠢耶！你真的很蠢！」

「……剛剛那狀況真的無法反駁呢。」

「黑」（凱隆）弓兵嘆氣，戈爾德嘀咕：「……果然我的作戰方針或許沒有錯。」卡雷斯抱

頭，菲歐蕾則看向遠方。

「『黑』騎兵，那個，剛剛那實在有點超過。」

與裁決者的指謫一齊投射過來的非難目光讓「黑」騎兵也不禁退縮。只見他兩手手指交纏，一臉抱歉地面向自己的主人。

「啊，唔，呃……不、不好意思喔。」

「嗯？啊，我是不介意啦，畢竟就算洩漏出去也不會怎樣。應該說，『紅』劍兵都知道我的寶具名了，難道不知道我的真名？」

「紅」劍兵「啊」了一聲摀住嘴，看樣子她是忘得一乾二淨了。

「咦？啊，呃……只是當時打得正激烈，所以我沒注意啦！噢，對啦，現在冷靜下來想，解放寶具時確實有聽到聖劍（巴爾蒙克）之名。可惡，這樣聽起來我才像個蠢材耶。」

「話說劍兵，我有發現喔。」

「主人閉嘴啦，扁你喔。」

「紅」劍兵狠狠瞪向滿臉得意的獅子劫。

「總之騎兵，不好意思，但我要作戰。身為一個主人，我決定要與你並肩作戰，而且這麼做也可以回報裁決者的恩情。」

聽到這句話的裁決者帶著複雜的表情點點頭，騎兵則露骨地鼓起臉表示不滿。

「……哼～～」

只不過——齊格看看左手背，上面刻劃了黑色的異樣令咒，而且皮膚的一部分正漸漸變成淺黑色。方才他確認過，自己的胸口和背部似乎也有這樣的顏色逐漸擴散……問題在於用完最後一道令咒之後會發生什麼事。

透過令咒，披上這層外皮之前所感受到的可怕事物，毫無疑問會引發某種致命的現象吧。說起來，雖然有令咒後援，但齊格本身就是處於一種非常奇蹟的狀況。

要是用光令咒，就算死亡也不足為奇。但是……齊格自我分析，即使如此應該還是會用掉吧。若使用了令咒能成為他們的助力，齊格當然樂於用掉最後一道。

齊格心想：這樣還真諷刺。自己是為了活下去才逃離那座供應槽，卻在不知不覺中思考死亡，並接納了它——

「……齊格小弟，你是不是在想什麼奇怪的事？」

裁決者突如其來的話語讓齊格連忙搖頭否認。裁決者雖然嘴上說「沒有就好」，仍瞇細了眼瞪著少年。

姑且不論成為齊格使役者的騎兵，不知為何連裁決者在與他相遇之後都一直想讓他

遠離聖杯大戰的戰火。

然而即使如此，齊格還是在這裡決定投身於作戰。這是無可避免的命運，更重要的是出於他本人的意志。

總之，確認完所有人的意願之後，菲歐蕾提出下一個問題：

「接下來是關於今後的安排。首先要了解他們往哪裡去。裁決者，妳能知道嗎？」

裁決者說了句「很遺憾」後搖搖頭。

「利用空中花園的力量挖出大聖杯並強行搶奪這個做法本身就很出人意表了。為了救贖人類，需要聖杯這點是還可以理解——我不知道他們到底往哪裡去，但可以追蹤。我的召喚型態讓我跟聖杯有特別強的連結，只要知道大概的地點應該就不會遺漏。」

說起來，空中花園本身就蘊含了充足的魔力，加上「紅」使役者們都在空中花園上待命，裁決者應該不缺追蹤用的目標素材。

「他們正利用空中花園移動。畢竟那是個體積如此龐大的玩意兒，所以行動相當遲緩。若只考慮雙方之間的距離，要追上並非難事——」

這時裁決者開始吞吞吐吐了。這也是當然，如她所說，要追上的確並非難事。但問題在於追上之後該怎麼辦。空中花園一如字面所述，是浮在空中的存在。

從地上不管怎樣追都無法抵達。假若想一舉躍上——搭配令咒的力量應該沒問題，但把令咒用在這種地方實在浪費。

「我想我的鷹馬應該飛得到喔。」

「能載著所有使役者上去嗎？」

「啊，這不可能。畢竟沒有連戰車一起拉來，後面頂多再載一個人吧。然後我也不要跟除了主人之外的其他人雙貼。」

「廢柴騎兵，不要一臉正經八百地說蠢話啦。」

「紅」劍兵帶著冰冷的目光吐槽羞赧地笑著的「黑(阿斯托爾弗)」騎兵。

「無論如何，應該很難仰賴寶具長時間移動。而魔術這邊，與其說不適合一口氣移動這麼大量的人，不如說投資報酬率不划算，會對施術者造成過於沉重的負擔。所以是不是直接包機一類的就好？」

「嗯~~……那邊那個弟弟說得確實有理。」

「大叔，不要那樣叫我。所以，哪裡有問題？」

聽到「大叔」這個稱呼，獅子劫繃起了臉，但看到「紅」劍兵在一旁忍笑的樣子，

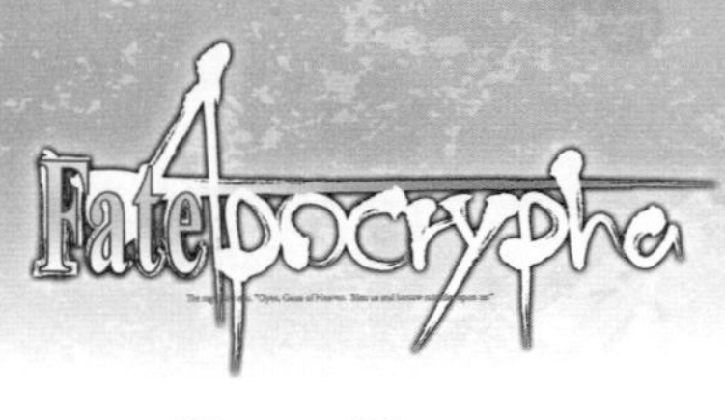

就決定保持沉默。要是繼續拘泥在這個話題上，只是自討苦吃罷了。

「對面可是『有弓兵在』啊。」

「啊～～……說得也是，確實是這樣啊。」

這回答讓卡雷斯搔搔頭，低吟出聲。

「紅」弓兵阿塔蘭塔。身為希臘神話中知名女獵人的她，一旦察覺有使役者飛近，想必會出面迎戰吧。

「……說得也是啊。可惡，就算退一百步來說，我們真的能接近空中花園，在那之後該怎麼辦才是問題吧。」

既然有弓兵這個砲台，那能不能搭飛機接近空中花園本身都有危險了，遑論「紅」騎兵（阿基里斯）手中的三頭馬車也能在空中自由穿梭。

「而且飛機基本上承受不了使役者的攻擊吧。」

「不過──我們只有這個方法了。如果有什麼很強大的魔術道具則另當別論，但那麼厲害的飛行用道具，恐怕要價也是天文數字。」

而且即使用上魔術也不保證能防禦弓兵的攻擊。在使役者凶暴的力量跟前，無論魔術和科學其實都沒什麼差別。

「起碼飛機還有比較便宜這個優點。」

「……我會想想該怎麼應對『紅』弓兵，總之該先弄來一架飛機吧。」

菲歐蕾這句話基本上先決定了下一步要做什麼。不論是要包機還是採用其他方式，都得找出能在空中飛行的手段——並藉此追上空中花園。

「那我們先去休息了，因為還得與其他族人聯絡現況。各位，若想休憩，請不用客氣，儘管使用城堡內的空房。那麼晚安了。」

菲歐蕾、「黑」弓兵與卡雷斯一同退出會議室。淡淡的橙色光芒從崩塌的城牆灑了進來。

「……已經天亮了呢。」

漫長的一天即將結束，但菲歐蕾沒有空閒休息，她必須向四散各地的一族報告現況，盡快決定下一任千界樹的族長。

本來接任的族長只要達尼克一句話就可以敲定，但他在還沒安排好接任者的情況下就這樣死了。儘管離大聖杯只差一步，似乎還是跟使役者一同消滅了。

千界樹的歷史幾乎等於達尼克．普雷斯頓的歷史。不論好壞，他就是擁有率領族人的領袖魅力。

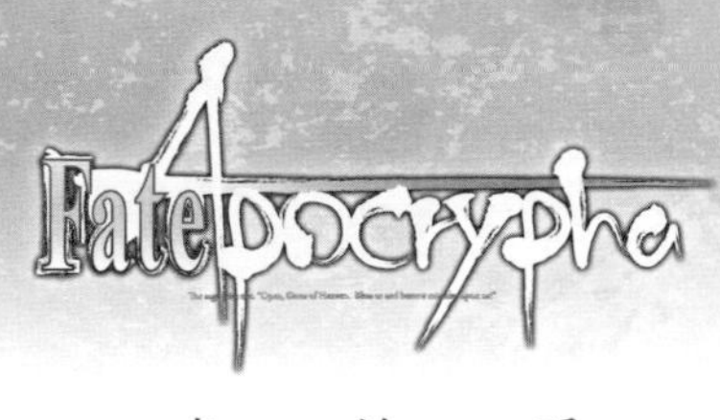

這或許是出於他個人的欲望。想抵達根源，或者榮耀、名譽，想復興一度墜入谷底的千界樹一族的威望。

菲歐蕾做得到嗎？不，就算想這些也於事無補。首先得做好該做的事——但要從什麼地方開始著手——

「啊——姊姊，飛機該怎麼處理？」

「我們還有足以採購的資金，我想應該沒問題——」

「不是這個意思，是對策。」

「哎呀，原來是指這個？這個嘛……弓兵，你有沒有什麼對策？」

「如果只有弓兵或騎兵其中之一，那就還有方法應付。雖然方法單純，應該也會被看穿——」

「黑」弓兵先聲明完之後才揭曉他想到的「對策」。那確實是單純得令人傻眼的做法，但也的確很有用。

而——這樣的話，肯定也只能應付一位，因此還剩下一位。若能想出對付另一位的方法，就可以追上那座空中花園吧。

問題在於追上之後。

追到空中花園之後，是否有辦法以現有人力對抗——菲歐蕾垂下了眼。目前「紅」劍兵（莫德雷德）這位稀世英雄加入了我方陣營。

但對方陣營可謂「糟透了」。

希臘神話中最優秀的女獵人，阿塔蘭塔——「紅」弓兵。

古印度史詩中赫赫有名的大英雄，迦爾納——「紅」槍兵。

特洛伊戰爭中最強大、最有名的英雄，神與英雄所產下之子，阿基里斯——「紅」騎兵。

目前仍成謎，就連在空中花園一戰中都未露臉的某人——「紅」術士。

亞述女王，身為最古毒殺者，同時是大魔術師的塞彌拉彌斯——「紅」刺客。

以及——偏離正道的裁決者，這場聖杯大戰中首屈一指的異端，天草四郎時貞。

每一位都是赫赫有名的英豪。而對菲歐蕾來說，還要加上一個頭痛的問題。

「主人，您請先休息，明天再開始聯絡族人便可。」

「咦？可是……」

「姊姊，弓兵說得沒錯，聯絡他們也沒什麼益處。他們不可能出力幫忙，頂多就是

出一張嘴挖苦妳什麼的，只會搞得心情很糟糕而已。」

「……是這樣嗎？」

菲歐蕾聽到卡雷斯和弓兵齊聲稱是，也在茫然的思緒中點了點頭。既然弓兵都這麼說了，那應該不會有錯。

「那我先告退了。呃，早安……不對，晚安。」

菲歐蕾輕輕點頭示意，關上房門。卡雷斯目送她離開之後，開口詢問「黑」弓兵：

「弓兵，你不進房嗎？」

「畢竟是女性主人，我認為還是尊重一下隱私比較好。基本上，只要她沒有要求，我就會在這裡化為靈體。」

卡雷斯在內心讚嘆：真不愧是凱隆。他在野蠻的半人馬族之中，可說幾乎是唯一的例外。

「話說卡雷斯閣下，我想請教一件事情。」

「問我嗎？我是無所謂，要問什麼？」

老實說，卡雷斯沒有自信能回答凱隆的問題。正當他心裡因誤會而擔心著若被問起哲學性的難題該怎麼回答時，凱隆淡淡地提問：

「在你看來，吾主菲歐蕾小姐是否足以成為千界樹的族長呢？」

以非常平靜的語氣說出。

卻是威力驚人的炸彈。

「什……！」

這問題太不可思議、不合理又莫名其妙，將卡雷斯一口氣打入混亂的漩渦中。沒想到「黑」弓兵賢者凱隆——竟會懷疑自身主人的能力。

「等、等等，等一下，弓兵，你剛剛這問題是——」

卡雷斯慌張地看向菲歐蕾剛才關上的房門。「黑」弓兵為了讓他冷靜下來，便說：

「請不用擔心，主人已睡了……但若你不放心，我們就換個地方說話。」

「……那個，我也累了耶。」

卡雷斯也是，經歷了自己所有的使役者遭到消滅，以及被「紅」狂戰士（斯巴達克斯）強大的一招連累，非常累人的一天。

但弓兵仍微笑著說：

「照我來看，卡雷斯閣下仍相當有精神。我只是想跟你說說話，能否勞煩你呢？」

雖然口中說是勞煩，實際上是強迫中獎吧。卡雷斯搔搔頭，嘆了口氣。老實說，弓兵的觀點絕對沒有錯，卡雷斯的確還保留了一些體力。

「……可惡，好啦。弓兵，我們走。總之，到瞭望台上應該就可以冷靜地好好說話吧，畢竟也要天亮了。」

我也很累耶，真是夠了——卡雷斯口吐抱怨，踩著完全不讓人覺得他有哪裡疲勞的腳步，跟弓兵一起離開。

§§§

雜亂堆積的書本是成堆的資料山。他動著筆，一步也沒有離開書房，持續在工作。在作家之間一致認為化為英靈後最方便的部分，就是不需要進食與上廁所吧。

偶爾也會碰到像這樣被召喚到現實世界的幸運機會。但是，有幸遇上這麼有趣事件的作家就寥寥可數了。

暫停寫作，站起身子。主人（四郎）的說明差不多要結束了吧。雖然使役者們有可能因抗拒而發起叛亂——但應該不至於出現這樣的結果。

一如所料，走到花園一看，三位使役者並沒有特別做些什麼，只是在欣賞流逝的單調風景。

「嗨，各位！」

「紅」術士莎士比亞開朗地出聲打招呼，騎兵和弓兵卻是板著一張臉回應他。槍兵則絲毫沒有表情變化，只是輕輕地頷首示意。

「……你早就知道了嗎？」

騎兵不悅地說。術士誇張地張開雙手，朗聲唱讀：

「『我們的本質原來也和夢到的一般，我們短促的一生是被環繞在睡眠裡面』（We are such stuff as dreams are made on, and our little life is rounded with a sleep.）……事情就是這樣，嗯，我當然早就知道了。」

「那傢伙，『腦子是不是有問題』？」

「關於這點嘛，很難說。不覺得他究竟是正常抑或瘋狂只是枝微末節的問題嗎？吾等之主——天草四郎時貞乃走過充滿苦難與絕望的道路，最終得到這樣的結論。那麼，吾輩就只要排除萬難，協助他實現了。」

「術士，即使我知道你腦筋不太正常，我還是要問你。你為什麼要協助四郎？」

聽到弓兵提問，術士口沫橫飛地大聲喊道：

「這『當然是因為很有意思』啊！他可是要拯救所有人類，而不是想拯救某人這麼狹隘啊。拯救所有人類，就是在這個世界上生活的六十億人口。而且他不是普通的聖人，跟那些一路行善積德，打算只靠祈禱拯救他人的無聊傢伙不一樣！他曾投入戰爭，並且戰敗——悽慘地被奪走一切！沒錯，他應該很恨！恨那個殺害了三萬七千人的統治者！恨那些只會看著這一切發生的人！但他卻不恨！不僅如此，他甚至認為這些都是該拯救的對象！所謂拯救所有人類，就是這麼一回事吧。而他也理解這點！這樣的苦惱、這樣的煩惱，真是悲劇一場！也因此——他非常有意思。那麼，當然該放逐無趣的主人吧。因為吾輩不是侍奉主人者，而是侍奉故事者啊！」

弓兵和騎兵都傻眼了，沒想到這術士腦筋不正常到這種地步。他對故事的執著程度遠遠超過任何人。

「紅」術士莎士比亞說的這些毫無疑問是他的真心話。也就是說，他只因為無趣就能將主人拋下，只因為有趣就能侍奉一個人。

要以無法原諒為由彈劾他很容易，但就背叛主人這點來說，弓兵和騎兵也一樣。

說來，莎士比亞在英靈這項分類之中也屬極端異常——他是個作家，是透過在書桌前寫故事的方式獲得信仰的「怪物」，跟僅靠自身勇氣、力量與智慧聲名大噪的英雄相比，的確是差距甚遠的存在。他很弱，幾乎沒有身為一個術士該有的能力。若是一個稍微有戰鬥能力的主人，甚至擁有超越他的力量。

儘管如此，他仍選擇貫徹自身信念。這樣的信念並不高潔，甚至不算出色的表現，真要說的話，比較接近失心瘋般的執著。並不是要讚賞——但到了這種程度，的確不得不認可。

「總之，這麼一來我們『紅』陣營又再次團結起來了。雖然狂戰士已戰死，但既然他都那麼活躍過，也就夠了吧。問題在於劍兵這邊——」

「紅」劍兵，突然介入戰鬥，而且協助陷入危機的裁決者等人，後來就那樣逃離的使役者。透過四郎的裁決者特權（技能）才總算得知了她的真名。

圓桌武士之一，為亞瑟王傳說帶來終結的反叛英雄——莫德雷德。

「那傢伙應該會投靠『黑』陣營吧。既然『黑』刺客直到現在依然沒有現身，就先將之略過——目前對面有裁決者、『黑』弓兵、『黑』騎兵，以及『黑』和『紅』劍兵，戰況是五對五。」

「弓兵，妳有算上吾輩嗎？」

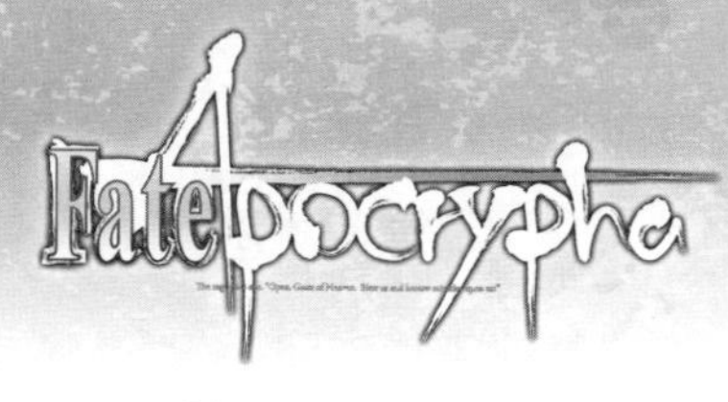

「沒有。你希望我算上你嗎？」

「不，吾輩反而認為沒算上正好。作為一名使役者，吾輩真的太弱了！」

見術士這樣得意，弓兵忍不住傻眼地嘆息說：「這值得炫耀嗎？」看到兩人這樣互動，原本一直保持沉默的槍兵開口：

「值得誇耀的事物每個人都不同……對這位術士而言，不持有武器且力量弱小的部分反而值得誇耀吧。而他的三寸不爛之舌與狂奔的筆代替了那些特質。」

「沒想到大英雄迦爾納竟分析起吾輩了，真是倍感榮幸啊。」

術士恭敬且誇大地低頭示意，但因為臉上帶著愉快的笑容，使他原本顯得紳士的舉止徹底泡湯了。

§§§

登上爬梯後，來到千界城堡的瞭望台。周圍被石牆環繞，隨處開著放箭用的箭孔。

如果採取一般攻城手法，就可以從這邊射穿密集地聚集在城門口的敵軍。但很遺憾，這次的對手是使役者——是在歷史或神話中留名的英雄們。

……儘管如此，萬萬沒想到那個「紅」狂戰士會這麼「誇張」。

卡雷斯以略帶敵意的目光看向「黑」弓兵，少年的腦海裡現在充滿懸念。駐留在這座城堡的所有人類及使役者都抱持著敬意對待的大賢者凱隆，竟然對達尼克繼任者菲歐蕾的能力表達異議。

——是否足以成為千界樹的族長呢？

卡雷斯心想：這是當然。除了她以外，還有誰適合？但卡雷斯仍壓下反抗之心，以冷靜的聲音詢問：

「所以，弓兵，你說姊姊怎麼了？」

「……你似乎誤會了。我個人非常認可菲歐蕾小姐為我的主人，如果她命我去死，我將樂意遵從她的指示。」

弓兵苦笑著這麼回答。看來儘管卡雷斯告訴自己要冷靜，卻仍隱藏不了透露出的敵意吧。

總之，聽到弓兵說認可家姊為主人，卡雷斯稍稍放鬆了肩膀的力道。

「……既然這樣，你剛才那番話是什麼意思？在我可以想到的範圍內，擁有足夠實力得以繼承達尼克叔叔之後的，也只有姊姊了啊。」

除了菲歐蕾之外的候選人則是若要說意外也的確令人意外的戈爾德。雖然塞蕾妮可、羅歇等人也原則上放在候選名單之列，但兩人學習的魔術知名度都略低，所以這兩位僅列在候選名單上……反正現在說這些也於事無補，畢竟他倆都已死去。

而卡雷斯根本甭提。即使排除菲歐蕾是他的親姊姊這點，無論實力、品味，菲歐蕾都非常完美……至少即使失去達尼克，千界樹一族也不至於立刻頹倒。

「……確實，以實力來看她非常完美，但在精神層面上呢？」

「你是指姊姊或許討厭魔術師嗎？這不可能……不，其實我沒有當面問過她，但她本人並不討厭魔術啊。」

「我不是指這方面，而是菲歐蕾小姐……我的主人『是否有殺人的覺悟』呢。」

瞬間，卡雷斯的話哽在喉頭。

弓兵略微沉下臉——他似乎就是擔心這點。

「這、這什麼意思……當然有吧。實際上，她不是與獅子劫界離交手過嗎！」

「是的。雖然我並非親眼目睹主人的所有作戰過程，但我認為她面對強悍的魔術師對手，算是打了一場漂亮的仗。然而，我也這麼想，如果當時主人獲勝了，她『真的能毫不在乎嗎』？」

「這、個——」

卡雷斯說不出話，無法順利說出口。如果當時，姊姊殺了人——

即使那是敵人，她真的能承受嗎？

「打算作為一個魔術師的想法與主人本身的想法，我認為這兩者似乎是乖離的。卡雷斯閣下，我認為若是你，在當時應該可以分得很清楚。我認為你確實清楚投入作戰、殺害他人是身為魔術師的宿命。然而——」

「你認為……姊姊做不到？」

——雖不明顯，但卡雷斯也依稀感覺到了。

這與天真，或者說溫柔……這類的情緒不太一樣。因為太過堅持走在魔術師的道路上，即使內心發出慘叫，也只是加以忽略。

只因為她認定這不符合魔術師該有的作為。就因為菲歐蕾是個優秀的魔術師，才能壓抑這些情緒，表現得像個魔術師。

然而，這不過是身為一個魔術師的邏輯驅策她這麼做，是被寫入腦中的程式如是判

斷。

「就因為是個卓越的魔術師才沒有人察覺吧。主人她——內心抱持的倫理價值觀非常有人情味，已到了超乎想像的地步。」

沒錯，很有人情味的倫理價值觀。傷害、殺人不是可以容許的行為，欺騙、教唆他人也同樣不可原諒。

當然，魔術師也是在情非得已的情況下才會動手殺人。然而換句話說，就是「如果碰到情非得已的情況」，魔術師當然也會考慮殺人。

無論是怎麼不像樣的魔術師，心裡應該都早有覺悟，一旦碰到這類情況就得把法理人倫拋諸腦後。卡雷斯也一樣，至少在他參加聖杯大戰的時間點，他心裡已經能容許各種殺人或違法行為了。

當然，他並不想被殺害。雖然這聽起來很獨善其身，不過他一點也不想被殺。然而以一介生命體來說，這種想法理所當然，並不該被責難。

「這是我個人的看法，主人是否從小就讀過很多文字典籍？」

「啊——父母有說過，跟一般小孩比起來，她很早就開始習慣閱讀了。」

「所以才會這樣吧，主人多少有種以閱讀一篇故事的感覺活在這個世界上。如果只是要當一個『卓越的魔術師』就沒什麼問題，但若要她擔任一族之長——內心可能很快會產生糾葛，變得扭曲。」

要以千界樹族長的立場行事，即代表有時會被迫做出無情的判斷。例如要判斷必須捨棄一族中的某人時。

一開始應該不會有問題，畢竟菲歐蕾不是會獨自做決定的類型。她應該會聽取長老們的意見，思考並整理狀況，仔細評估後才加以裁定。

然而——隨著這樣的過程，她的內心會出現糾葛。殺害毫無罪惡的嬰兒，將之作為材料發展魔術理論的魔術師會受到讚賞；放過目擊魔術的一般人類就必須視為罪行——她會因魔術師與人類之間的矛盾痛苦不堪。

當卡雷斯想以「不過」反駁的時候，忽然想起過去。因為姊姊表現得太痛苦，他也盡可能不去回想的一段忌諱的往事。

「……怎麼了嗎？」

面對弓兵提問，卡雷斯猶豫了一下才決定坦白一切。他是導師（凱隆），絕對不會做出對姊姊無益的事吧。

「以前，我們家養過一條狗。」

「狗嗎？」

那是非常非常遙遠過往的事。原本在三代之前還是由女僕打掃的寬敞洋房，變成由母親召喚出的低級靈負責。然而，這麼做仍無法避免洋房本身的頹朽。

兩人就是在各處損毀、氣氛顯得凋零的洋房內出生成長——這是發生在成長過程中的一件小事。

「嗯，是老爸不知道從哪裡撿來的乖巧野狗。老爸應該是想讓我們利用牠學習降靈術，但老爸因為有急事就出門了，我和姊姊無可奈何，只能負責照顧狗。」

弓兵可能多少猜測到這段故事的結局了，他一句話也沒說，只是默默點頭示意。

「那是一條遲鈍、悠哉的狗。姊姊意外地很熱心照顧牠，儘管自己雙腿不良於行，還是花費了大把心力幫牠洗澡，用喜愛的梳子幫牠梳毛，那可是她自己在用的梳子喔。接著購買教養書籍，研究起飼料。我問姊姊為什麼要做這麼多，她用覺得很不可思議的表情回答我。」

『因為，我們要疼愛寵物才對啊。』

卡雷斯停了一拍，繼續說：

「姊姊並不理解連我都懂的道理，但我什麼也說不出口，只能隨口應聲，讓狀況惡化下去。我明明知道卻沒有告訴她，真的是糟糕到不能再糟糕的一件事。」

「那條狗，應該是被當成實驗魔術的對象遭到殺害了吧——」

卡雷斯點點頭，輕輕踢了一下石牆想排解煩躁之情。

「過了一星期左右，老爸邊賠罪邊笑著回來。老爸拖出那條狗，並在我和姊姊眼前示範若降靈術的附身『失敗會有什麼樣的結果』。看到皮膚翻起慘叫不已的狗，姊姊整張臉都僵了，緊緊握著輪椅的扶手，甚至整隻手都發白了。」

菲歐蕾知道如果摀住耳朵就會挨罵，如果哭泣也會挨罵，所以她只能看著這一切發生。

「過了一分鐘左右，狗死了。老爸讓低級惡靈附身上去，肉體失控而亡，並告訴我們要是不注意也會有這樣的下場。然後姊姊微笑著回答老爸：『是，父親，明白了。』姊姊很優秀，所以很輕易就導出在這種情況下的最理想解答。」

卡雷斯不悅地嘀咕：真是太噁心了。

「主人在那之後怎麼樣了呢？」

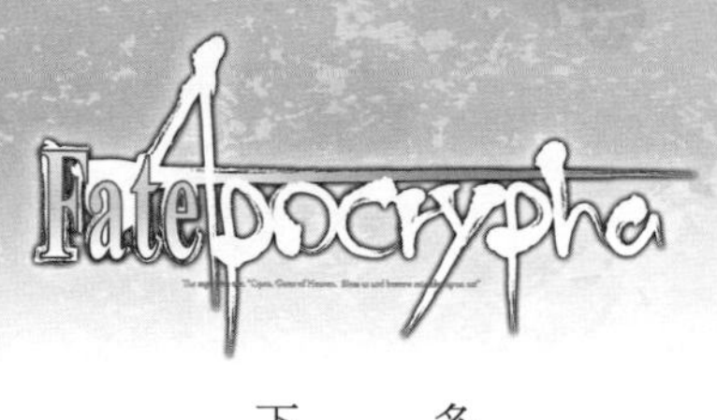

「作為一個魔術師，姊姊真的優秀。她沒有當場哭泣，也沒有吐。只不過那之後，我倆一起為那條狗挖了一個小墳，埋葬牠的時候，姊姊一邊道歉一邊痛哭。」

在那之後，菲歐蕾就再也沒提起那條狗，並且把與狗有關的一切都丟了。或許該說幸好，之後父親再也沒有在菲歐蕾面前殺生了。

然後，父母都沒有察覺菲歐蕾的變化，注意力應該都被她的才能吸引了。

父母沒有發現她有好一段時間無法吃肉，會不斷嘔吐；沒有發現她沒辦法一個人睡覺，必須握著卡雷斯的手。完全沒有注意這些小細節，只知道讚賞她實行降靈術不再失敗的成果。

她之所以不再失敗，是因為打從心底恐懼。

似乎不是因為害怕失敗後會像那條狗一樣，而是害怕一旦失敗便會想起那條狗。

就像許多人的人生有各式各樣的心理陰影，這件事其實沒有給菲歐蕾的人生帶來過多影響。

菲歐蕾沒有發瘋，沒有煩惱地自殘，只是很平常地以一位魔術師的身分學習，活了下去。後來她也變得能吃肉，可以一個人睡了。

或許因為卡雷斯自己也盡可能不要想起這件往事，所以他也差點要忘了。

然而，如果、如果，菲歐蕾並沒有忘記這件事，還有——若這件事依然深深烙印在菲歐蕾心裡。

「……姊姊或許無法承受。」

「我擔心的就是這個部分。畢竟這牽涉到我離去之後才會發生的事，也不能隨便找人透露——以現況而言，一旦開始追蹤空中花園，就沒有餘力跟人說這件事了。」

他說得確實沒錯，菲歐蕾會不會成為千界樹族長，是打完這場聖杯大戰的事。這件事也可說跟戰爭結束後就會回歸「座」的弓兵毫無關連。

「你為何要特意提這個？」

「引導迷途的孩子是教師的職責，所以這是理所當然。不能因為成了英靈，就怠忽生前的職守。」

「——唔，原來如此。」

不愧是教出許多英雄的人類——不，半人馬，說出口的話分量就是不一樣。對了，據說凱隆在天性野蠻的半人馬族中也是例外地深思熟慮，有著穩健的性格。

「……所以你才會被召喚出來吧。」

才會被這位活在魔術師群體中卻擁有人類般溫和性格的少女召喚。

或許是認為這位在暴力群體中負責引導人們的半人馬最適合這名少女吧。

「卡雷斯閣下，一旦我不在了，主人能依賴的只剩下你了。」

「我明白……我會好好跟姊姊談這方面的事情。如果她決定不再當魔術師，那也無妨。如果她依然要以魔術師身分成為千界樹的族長……我會從旁協助她。」

聽到這番話，「黑」弓兵安心下來般將手放在胸前。

「卡雷斯閣下，非常感謝你……我最遺憾的一點，就是沒有足夠時間教導你。」

卡雷斯聳聳肩說：「沒關係啦。」畢竟凱隆不是他的使役者，要求這麼多只會遭到報應。

「弟弟就是跟隨在姊姊身後的生物，這是自古以來的慣例。」

「是嗎，是這麼回事嗎？」

看弓兵睜大了眼確實有點有趣，卡雷斯不禁「咯咯」笑了出來。

「就是這麼回事。」

弓兵似乎很感佩地點了兩三下頭……卡雷斯沒聽說過他有姊姊，所以他應該是第一次聽到這種說法吧。

「原來如此，真是讓我學到一件好事了。這個世界果然很有意思，還有許多值得學習的事物……我就此失陪了，如果有什麼需要，我會在方才那兒待命。」

「好，辛苦啦。」

卡雷斯揮揮手，他還想在這裡待一下子。

「那麼最後，我覺得幸好『黑』狂（弗蘭肯斯坦）戰士的主人是你。我想她本人也這樣認為吧。」

卡雷斯連忙回頭——但弓兵已經化為靈體消失了。

「……呿！那傢伙真是個徹頭徹尾的老師呢。」

卡雷斯並不會因為這一句話就獲得救贖。無論如何，讓她白死了的這項事實都重重壓在卡雷斯身上。而弓兵這番話只是單純的臆測，即使他身為大賢者，也不可能知道狂戰士的真心。

即使如此——即使如此，弓兵還是無法不這樣說吧。

「哎，也好啦。」

雖然這番話沒有任何保證，仍給卡雷斯的內心帶來些許慰藉。從她死後一直虛張的聲勢在此脆弱地瓦解。

「……可惡，好想睡覺。」

倚靠著石牆的身體無力地緩緩滑落、倒下。

卡雷斯這下總算能睡了。在意識斷線的瞬間想起這裡是瞭望台，但無比疲勞的腦部拒絕驅動身體。

會議結束，菲歐蕾等人退出房間後，獅子劫界離、「紅」(莫德雷德)劍兵兩人沒有逗留在城堡內，準備動身回到藏身處。

「好了，先告辭啦——我是想這樣說啦。話說裁決者小姐，麻煩妳兌現一下之前講好的約定嘍。」

「……原來你記得。」

裁決者嘆口氣。獅子劫和「紅」劍兵兩個人都露出奸詐的笑容，令裁決者不禁想起難怪人們常說「寵物和主人一個樣」。

「我明白了。那麼，我會將一道令咒轉移給獅子劫界離。擁有主人身分的獅子劫界離，你同意轉移令咒嗎？」

「當然同意。來來來，儘管動手吧。」

獅子劫說著伸出左手。裁決者輕輕握住他的手，嘀咕兩三句類似聖經裡面的語句後，原本在她手臂上的一道令咒便轉移到獅子劫的身上。

「咦，就這樣喔？真沒意思。」

原本興致勃勃地看著程序進行的「紅」劍兵臉上浮現失望的表情。

「這只是轉移令咒，妳期待什麼浮誇的視覺效果啊？」

「我等妳之後把剩下那一道也給我們，掰啦。」

說完，「紅」劍兵便跟著主人獅子劫界離離去。她真的是有如一場風暴的使役者。

或許因為光是在場就帶著異常氣勢的劍兵離開了，會議室陷入一股奇妙的虛脫狀態。

留下的是裁決者、齊格，以及齊格的使役者「黑」（阿斯托爾弗）騎兵。

「呼……啊，對了，齊格小弟，可以打擾一下嗎？」

齊格點點頭，靠近過去。裁決者輕巧地抓起他的左手臂，確認令咒的現狀後，稍微收斂表情。原因不用說，就是因為那「沒有消失」的令咒吧。

「最開始的那一次，以及打倒那個巨人時變身那一次，你合計應該已經變身兩次了，沒錯嗎？」

「嗯。」

「……令咒是馬奇里設計的魔力結晶體，因此一旦失去，基本上應該會消失。」

「但它沒有完全消失。」

「對，沒錯……雖然我很在意這部分，但更重要的是你只剩下一道令咒。所以，我會把我擁有的令咒轉移兩道給你。」

「是原本屬於『黑』（齊格菲）劍兵的令咒嗎？」

「是的。我之前也提過，我持有的令咒各有兩道能分別用在每一位使役者身上，齊格小弟你既是名為齊格菲的使役者，同時是一位主人，我想毫無疑問可以使用。」

說完，裁決者再次執行剛才的程序。確實如她所說，左手順利湊到三道令咒，找回原有的光輝。

但皮膚上的暗沉沒有改變。齊格沒讓另外兩位知道，但推測胸口和背部應該也呈現較為暗沉的顏色吧。

「……裁決者，是說，這個真的沒問題嗎？」

「老實說，我也不確定。包含展開超過百次的亞種聖杯戰爭，齊格小弟是過往一次也沒出現過的型態的主人，同時是使役者。我也沒有在你身上發現的這種黑色令咒的記憶，只不過——」

接下來的話語，裁決者刻意含糊其辭，齊格本人也多少有感覺到，這些黑色令咒不可能是正常的產物，一定是某種扭曲、某些錯誤的存在。

但是——即使如此，因為有這些令咒，齊格才能披上齊格菲的外皮，投入作戰。

「謝謝妳。還有三次機會，我會盡全力加以活用。」

「……是兩次。齊格小弟，聽好了，你絕對不可以使用最後一道令咒。」

裁決者露出極不尋常的嚴肅表情告知齊格。

「為何？」

「因為，你不覺得這很不祥嗎！令咒真的不可能會像聖痕（Stigma）那樣留下痕跡啊！齊格小弟，你知道嗎？你現在的狀態真的是奇蹟喔，而且我想應該是『有代價的奇蹟』。那些令咒，會從你身上奪走某些重要的事物。」

「……我沒有什麼值得被奪走的東西，跟這樣的奇蹟呈現並不相配。」

「即使如此也一樣！唉……騎兵，要麻煩妳也監視他了。」

裁決者這番話讓從剛剛開始就想插嘴的騎兵兩眼發光，不斷點頭，並用右手比出一個V字手勢高聲宣告：

「我知道，交給我吧！我會盡全力看護主人！等等……這不是看護吧，該怎麼說，

呃……監禁？」

「妳為什麼沒辦法直接想到護衛這個詞呢，騎兵？」

「大概是被前任主人影響了吧。」

「齊格小弟，你也是一個主人了，要好好抓緊騎兵的韁繩啊。」

「我知道，我是知道……」

就算抓緊了，或許也於事無補吧——齊格雖想如此抗議，但覺得會被兩人責怪，只能忍下來。

「好了，齊格小弟，你打算如何？我預定先回鎮上一趟，畢竟我欠教會人情……」

裁決者說著解除身上的鎧甲，英氣瞬間從她身上消失。雖然高潔與清廉的氣氛依舊，但不禁覺得有些害臊的齊格別開了眼。

「我——嗯，留在這裡應該比較理想吧，我打算隨意借用一間房。」

老實說，這裡對他而言很難算是有什麼美好回憶的地方，但這裡仍是他誕生的場所。雖然已經半毀，不過安全性高，受到奇襲的可能性也低。更重要的，即使他回到鎮上也無處可去。

「這樣嗎？那麼如果有什麼事情，請儘管用念話呼叫我。尤其若你發現身上有什麼異狀產生，一定要報告。你還沒吃飯吧？那麼，我覺得你先吃飽比較好，現在你已經是很普通的生物，肚子餓會很難受喔。這是我的親身經歷，絕對錯不了。還有——」

「妳、說、夠、了、吧！」

裁決者的話排山倒海而來，讓齊格連喘氣的時間也沒有，而「黑」騎兵用雙手推開裁決者。

「騎兵，等一下，我還有話必須跟齊格小弟……」

「明天再說就好了吧？好啦好啦，快點回去回去！我們也經歷了很多事情，快累死了耶，妳真是的！」

騎兵以天生的怪力不斷推開裁決者。

「等一下，不要這樣推我……齊格小弟，要好好睡覺喔——！等你醒了之後我會再過來！那麼，晚……」

在聽到她口中最後的「安」之前，門就被一把關上。

「真是的，她是你媽還是誰嗎？」

「你這個問題誰不好問，偏偏問我，我也很傷腦筋啊……不過，這樣沒關係嗎？」

齊格想像離去的裁決者身影，心裡產生些許不安——她會不會又因為肚子餓而半路倒下？

「沒關係是指什麼？」

「……沒什麼。」

仔細想想，這對裁決者來說似乎是很致命的情報，於是齊格決定把這股不安壓在內心深處。沒關係，她起碼可以撐到住宿地點吧，應該。

「是說騎兵，我打算睡了。」

「好，那我們回房去吧。去我的房間就可以了吧？」

「……不，我們分房睡也沒問題吧。」

既然目前沒有危險，就沒必要睡同一間房。那麼，比起需要顧慮彼此，分房不是比較樂得輕鬆嗎？更遑論對方是騎兵。齊格雖然這麼想，但「黑」騎兵堅持要同房。

「我知道了，那就打擾了。」

「啊哈哈哈哈，別在意別在意。來，走——走——走————！」

就像方才對待裁決者那樣，騎兵不讓齊格發表意見，推著他的背走。兩人就這樣走進分配給塞蕾妮可的房間，騎兵讓身上鎧甲靈體化，抱住齊格之後往床上一倒。

床的彈簧以柔和的感觸包住兩人，這一瞬間，齊格身上湧起一股強烈的疲勞。騎兵在他身邊似乎覺得很有意思地咯咯笑著。

「啊啊——還活著。」

說完，騎兵將手放在自己胸前，之後挪到齊格胸前。

「還活著、還活著、還活著！啊哈哈哈哈！」

他看起來是打從心底覺得愉快地笑著，齊格也漸漸比較有明確的實際感受。

從這裡逃脫、折回、戰鬥，然後現在——還在這裡。最值得優先提起的重點，當然就是自己還活著。

同時，身體突然竄過一陣寒氣，感覺某種類似蛞蝓的可怕物體在臟腑內爬動，噁心得想吐。

他知道，這就是恐懼。

在戰場上完全沒有感受過的恐懼，到了這時候才反撲而來。冰冷的手接連不斷糾纏在身上。

——你為什麼還活著？

這不是哲學問答，而是單純的疑問。「就算死了也不奇怪」——不，應該是非死不

可才對。

與使役者互相殘殺；與巨人對戰。他已經不想去數自己在這一天究竟跨越了多少死線。

不住顫抖。

「……！」

「啊，來了來了，ＯＫ，沒事沒事！聽好了，你還活著！然後，我也活著！現在只要這樣就很好了！」

抬起上半身的騎兵笑著這樣說，並握住齊格的手。

這樣的鼓舞勉強拉住了齊格的意識，溫熱濕滑的惱人汗水被床墊吸收，差點凍僵的身體逐漸恢復溫度。

「……不好意思，我沒事了。」

「是嗎？哎呀，我生前也有過同樣的經驗啊──！那時候確實是那個，在我找回理性的時候開戰，讓我自覺平常覺得沒什麼的每一項行動，都是『因為我的理性壞光光了才做得到』，真的好可怕唷！我在帳棚裡面蓋著毛毯，一個人不停發抖呢。」

騎兵笑著詳細說出過往的回憶，那絕對稱不上雄壯──甚至以一般騎士來說，絕對是想徹底隱瞞的歷史，但「黑」騎兵（阿斯托爾弗）似乎沒有這方面的矜持。

「睡著的時候覺得可怕得無法承受，醒來之後才發現自己吐了。哎呀，睡著的時候吐真的很噁心耶——！嘴巴裡面好酸、嘴唇好粗糙——啊，那時我吃的東西是……」

「……暫停，你不必說你都吐了些什麼出來。」

「啊哈哈，抱歉抱歉……反正就是啊，剛剛『那種現象』會發生在每個人身上，所以你不用太過擔心。不用怕，有我在你身邊。你是我的主人，我則是你的使役者……啊啊，沒想到我竟然有能堂堂說出這句話的一天，被召喚出來總算有價值了！雖然有點對不起前任主人就是！」

這番話簡直有如告白。騎兵以全身表現出喜悅後再次躺下，齊格見他這樣，也跟著笑了。

「——我也這樣認為。我也覺得，你成為我的使役者真好。」

「哼哼，主人，現在說這話還太早唷——等一切都結束之後，我一定會讓你這樣表態，讓你覺得我是你的使役者真好！」

說完，騎兵臉色一變，突然露出陰沉的表情。

「哎呀，可是，如果被說『你不是很弱嗎』……這我無法否認，即使如此，我還是

會努力。」

齊格認為騎兵根本不需要悔恨。強、弱、快、慢、硬、軟，這些都完全不需要。就算他只是個普通人類——

「你很強，我如此深信。」

沒錯。

毫不猶豫拯救了自己的堅強，撿起該被丟掉的小石頭的溫柔。作為一個英靈，這些或許都不需要。真正的英靈應該是指那些不被小石子侷限，會顧全大局，擁有懂得捨棄的堅強之心者吧。

……這想必是正確的。至少齊格認為在當時的狀況下拯救自己，對騎兵來說是毫無益處的行為。

所以——齊格認為能鼻子一哼笑著拯救這種不起眼小東西的騎兵，是一位值得打從內心尊敬的對象。

齊格這麼說完，騎兵笑著摸亂他的頭髮。看樣子他似乎害羞了。

「喵哈哈哈，主人，謝謝你。好了，快睡吧？馬上就要天亮了，不快點睡，醒來又是晚上了。」

齊格心想這倒也是，於是閉上眼——周圍因為天明泛著淡淡光亮，或許因此讓齊格對黑暗的恐懼不知不覺間消失了。

騎兵並沒有靈體化，保持這樣的狀態。幸好齊格作為一位主人的適合度超乎一般魔術師，只是要讓一個騎兵維持實體化完全不是問題。

這麼說來……齊格忽然想起這狀況跟上回一樣呢。當時是因為床太小而感到困擾，但這張床很大，不用擔心會睡到摔下去。

——她現在怎麼樣了呢？

齊格最後想著這個，意識中斷。

抵達教會之後，貞德接受了平穩聲音帶來的說教。

「早上起來後發現城堡變成那樣，我當然很擔心啊。因為妳出門之後，就再也沒回來了。」

艾瑪．佩崔西雅言如其實，帶著憂愁的表情對貞德說道。貞德當然不可能說自己就是當事人，正好在極近距離下被那波攻擊鎖定，但因為聖旗與信仰的加護而平安無事。

「總之，妳之所以沒事，想必是基於神的引導。我們一起謝神吧。」

「是，謝謝。」

「話說回來，沒想到真的會發生隕石墜落這麼可怕的事情呢。」

看樣子托利法斯居民都認為那是隕石。暗示本身能避免在城鎮引發恐慌，以裁決者的角度來說也是很感謝。

「所以，我今天打算小睡一下之後就回去。」

「哎呀？調查結束了嗎？……哎，也是吧，城堡都變成那樣了，已經不是說調不調查的狀況了。」

「呃……沒錯，是的，調查已經完成了。」

裁決者這才想起：對喔，自己對她宣稱是學生。艾瑪略顯開心地笑了笑，最後補上一句「不可以因為是學生就亂來喔」。

「那麼，晚安。我接下來要準備禮拜。」

「好的，晚安。」

裁決者回到閣樓房間，整個人倒在床上。雖然必須睡覺、進食有些不便——但光是必須這麼做，就比單純以使役者身分降臨此世更有「活著」的實際感受。

——天草四郎時貞。

裁決者想起那位少年不受任何事物所動搖的眼眸。那並不是如同小孩作夢，而是胸懷大志的雙眼。

在禮拜堂見到他時，裁決者便確定了。

僅靠言語無法阻止他；僅是敗仗也無法阻止他，即使殲滅了「紅」使役者，奪回大聖杯，他也「不會停下」。

說起來——他打從根本缺少了停止行為的邏輯。若不是完全執行了計畫，或者完全停止了生命機能，他都會不斷向前吧。

在冬木市展開的第三次聖杯戰爭，約莫於六十年前爆發。換句話說，這位少年道成肉身已超過六十年，而他仍持續尋求聖杯。

確實，冬木的大聖杯非常特別。若要論有什麼能與之匹敵，也只剩下「真品」，也就是神之子的聖遺物，所有人不斷追求，至今仍無法獲得的神祕。

四郎也是篤信神之子的人之一，才會追求聖杯——不，不是這樣。貞德理解他倆所

信仰的對象為同一人，而聖遺物當然非常寶貴，卻不是該賭命奪得的東西。

不，應該說不可以是這樣。值得信仰的對象是神，不是聖杯。而被譽為「奇蹟少年」的天草四郎應當不可能不理解這番道理。

歸根究柢，雖說是萬能的願望機，仍有其極限。對魔術師而言，這是取之不盡、用之不竭的魔力之渦，同時——是通往「魔法」的路標，的確可視為萬能的願望機。

然而天草四郎並非魔術師，裁決者也不認為他對魔法有興趣。這麼一來，他應該是想利用那龐大魔力引發某種「奇蹟」吧……

無論是怎樣的奇蹟都無法拯救眾人。許多聖人、超人挑戰這項難題，並粉身碎骨而去。英雄們只能認清事實，進而拯救能力所及範圍內的人們。例如弗拉德三世，他毫無疑問是羅馬尼亞的奇蹟英雄。然而，他或許拯救了本國人民，但對外界——也就是攻入羅馬尼亞的鄂圖曼帝國來說，他毫無疑問是「惡魔(Drăcule)」吧。

要拯救一個人，就會有另一個人陷入危機。

為了救九個人，必須犧牲一個人；或者僅僅為了拯救一個人而殺害九個人。

這就是此世之理，無論怎樣的英雄，理應都接受了這樣極端無情的倫理，一路奮戰下來。

儘管如此，為何天草四郎能毫不遲疑到這種程度？他想到的究竟是多麼創新或者多麼瘋狂的手段呢？如果是瘋狂的方法，裁決者當然必須阻止他。

但是————又或者，如果他的手段其實「正確」呢？

「我要怎麼做？」

那個時候，自己會如何判斷、如何採取行動？即使知道他的方法正確，也該阻止他嗎？或者——

「或者」——

想到這裡，裁決者蓋上被子。繼續想下去，無論如何都會陷入難以承受的不安。只要是聖人都夢想過的理想。裁決者真的能斷定自己（貞德）絕對不會受到誘惑嗎？不……不可以輸。裁決者一邊呢喃著祈禱文，一邊閉上雙眼。

——忽地想起另一位少年。

四郎提出的「拯救人類」是否包含了那位少年？想到這裡，原本焦躁的思慮突然奇妙地平靜下來。

雖然不甚明確，但裁決者認為四郎的救贖應該不包括像他那樣的人工生命體。

既然這樣，裁決者就不可能協助四郎執行拯救計畫。

一旦確認了此事，少女便在平穩的心情中失去了意識。

§§§

「紅（莫德雷德）」劍兵猶豫著該嘆氣還是該用別的方式表達，最後覺得符合自己作風的方式還是這樣吧，於是一拳搥在地上吼道：

「為什麼我們又回到這種地方（地下墓穴）了啦！」

「紅」劍兵以為主人獅子劫界離一定會在那座城堡逗留，但獅子劫堅定地拒絕對方這項提議，乾脆地回到地下墓地。

雖然靈體化就沒事了，但劍兵還是想在柔軟的床鋪睡上一覺，或者不是只能用溫水淋浴，而是想好好泡個澡——即使這麼做沒有意義，但這是很基本的欲望。

獅子劫鑽進睡袋裡，並回答強烈抗議的「紅」劍兵。

「我說妳啊，那邊可是敵方大本營喔，哪來的笨蛋可以在那裡呼呼大睡啊。」

「這……是這樣沒錯啦。」

「紅」劍兵一臉不滿地坐進睡袋裡。

「真拿妳沒辦法。劍兵，妳聽好了，我們確實答應協助那些傢伙，而這麼做也是當然，畢竟要是放著讓事情繼續發展下去，真的會被逼到無法挽救的境地。救了裁決者與「黑」弓兵(凱隆)也是正確答案，但一起行動與協助不盡相同喔。」

「在字面上沒什麼不同吧。」

「不同。一起行動就代表露出破綻給對方看，表示『信任對方』的意思。無論怎樣誤會，都不可以讓千界樹的人看到破綻。」

「……意思是那些傢伙不足以信任？」

「紅」劍兵露出疑惑的表情。確實，魔術師是一種絕不輕信他人的存在。既然親兄弟都有可能互相殘殺，那會有這種想法也是當然——

「不不不，是『對方』會變得不相信我們。一旦我們表現出信任對方的態度，他們反而會變得不相信我們。」

使役者歪頭，等待獅子劫繼續說下去。

「好吧，這樣比喻應該比較好懂。假設這裡有一隻脖子上有項圈的老虎，且有負責養育的專員保證牠是一隻乖巧的好老虎。然後，妳必須跟牠一起過夜，而妳手上有一把槍。妳得跟老虎一起打獵，但很遺憾，到了最後的最後，妳跟老虎還是會落得互相殘殺

的局面——」

「……你意思是說我們是老虎？」

「就是這麼回事。我們愈信賴對方，『對方就愈不信任我們』。只要給錢，為錢行動的傢伙就值得信任；但人都會擔心免費服務的人是不是『遲早有一天會窩裡反』。」

這樣的情況套用到彼此對立的人身上就更明顯，而現階段獅子劫界離並不在可以向千界樹要求金錢報酬的立場。

「所以你才不在那座城堡住下來？」

「嗯，其實呢，我打算跟妳商量一件事情，要是在那邊就不好說話了。」

看著嘴角上揚的獅子劫，「紅」劍兵也勾嘴一笑。

「你早說啊……所以，具體來說打算怎麼辦？」

「首先，我們會分頭行動。只要跟千界樹那邊說畢竟一起搭飛機移動很危險，他們應該就會接受。我們要抓準『紅』(阿塔蘭塔)弓兵或騎兵迎戰裁決者等人的空檔——」

「『接收聖杯。』」

兩人異口同聲笑著說。

「哼，沒想到主人到了這一步還沒有放棄啊！」

聽到劍兵這麼說，獅子劫突然壓低聲音。

「……妳覺得我這樣很沒出息嗎？」

少女默默地搖了搖頭。

「怎麼可能沒出息。只不過──我有些疑惑。之前你說希望對聖杯許下子孫繁榮的願望，對吧？」

「對，我說過。」

「那是騙人的吧？我不覺得形式這麼不明確的願望可以讓人執著到這種程度。」

劍兵突然斂起笑容，以再認真不過的態度，彷彿訴求什麼般看著獅子劫的臉。

「──所以，主人，告訴我，你真正的願望是什麼？」

獅子劫稍稍從劍兵的注目下別過臉，接著死心似的嘆了口氣，然後摸摸懷裡，掏出香菸。

「我可以點根菸嗎？」

「我很想拒絕，因為會烏煙瘴氣，但若你需要抽，我也沒辦法。」

他聽到劍兵說的話後微微笑了笑，接著點了菸。吸滿一口煙之後吐在空中。

「……妳好像誤會我了，但我要聲明，我沒有說謊。儘管如此，我也沒有全盤托出就是。哎，一旦去了空中花園就再也沒機會說了，所以趁現在跟妳講清楚吧。」

就這樣，獅子劫界離開始述說。

獅子劫家似乎是在幾代之前從歐洲輾轉來到日本的魔術師，當然，獅子劫這個姓是來到日本之後重新取的。

當時這一家族的魔術刻印已經消失，小孩的魔術迴路數量也不足，在這樣情況下移居日本，對他們毫無疑問是致命的打擊。對魔術師來說，離開魔術基礎所在的土地就是如此要命的行為。

不出所料，還沒經過一代，這一家出現了劇烈衰退，甚至無法繼續成為魔術師。

這樣下去不行，會在此玩完，得想點辦法解決，想辦法，現在還來得及，現在還有可以緊抓魔術這項奇蹟的力量在。儘管要把一變成十很簡單，但要從零生出一則是無比困難。

所以該怎麼辦？遠離魔術基礎的他們已經無法學習新的魔術。每經過一秒，他們就衰退一些。到了下一代，應該就會變成不足以稱為魔術師的存在了。

該怎麼辦？

該怎麼辦？

該怎麼辦——？

以結論來說，獅子劫家選擇出賣靈魂。

「妳想嘛，很多故事都有這種情節吧，跟交易惡魔(梅菲斯特費勒斯)定下契約。我們家的祖先就是這麼幹了。」

當時究竟在日本締結了怎樣的契約，這只有簽約的獅子劫當家知道。究竟是讓時間回溯還是單純只是復活，抑或是賦予新的魔術刻印與肉體呢？連這部分都曖昧不清。

目前知道的，只有那擁有如自我強制證文般強大的約束力。而且它完全沒有曲解願

望，以非常正確的方式實現。

總之，獅子劫家得以奇蹟般恢復權力。魔術刻印復活，甚至發揮了超越全盛時期的力量。差點要消失殆盡的魔術迴路品質與數量都順利增長，獅子劫家就此以極東魔術師大宗之姿復甦。

他們忘了過去所學的絕大多數魔術，相對地學會了死靈魔術(Necromancy)，但為了成大事還是必須有所犧牲。

——而當然，要實現這樣的奇蹟，必須付出相應代價。

「那代價就是我。」

結果，那項契約其實是一種詛咒。犧牲未來，優先成就當下……以人類來說這是致命的愚蠢行徑，但如果是魔術師這麼做也就無可奈何。因為這邊所說的未來是「身為一個人類的未來」。

尊爵不凡的魔術師怎麼可能顧慮這種事情？未來怎樣無所謂，重要的是現在，獅子劫一族是否能以魔術師之姿大成，只有這點重要——

於是詛咒在幾代之後確實啟動，雖不知道啟動契機是什麼，有可能是單純那樣設定，或只是像俄羅斯輪盤那樣「偶然」發生。

不管是哪一種，總之犧牲的就是獅子劫界離。這項詛咒對魔術師來說，著實是最惡劣的種類。

獅子劫界離無法有後，「絕對」無法。因此，擁有貴重魔術刻印的獅子劫家注定要在他這一代滅絕。

「這什麼鬼，找個小孩領養不就結了。」

聽「紅（莫德雷德）」劍兵這麼說，獅子劫用手指捏起嘴上叼著的香菸，按在地上熄滅。他的臉上在這麼做的途中露出奇妙的微笑。

「……嗯，我家族的人也是這樣樂觀看待。但是當靠著我老爸的關係接收過來的養子因為移植我的刻印就死了之後，也變得無計可施了。」

並不是出現排斥反應而死。那是一個稍微繼承了獅子劫家血緣的遠親少女，在移植前的調查也顯示她擁有非常高的適合度。

解剖屍體之後只知道原因出在獅子劫界離的魔術刻印。魔術刻印會散發致命毒素，而這刻印只完全符合獅子劫界離的身體，一旦移植到其他肉體，毒素就會立刻發作。

知道此事的獅子劫界離阻止仍打算繼續找方法移植的父親燈貴，放棄了這個方法。他已經認定獅子劫家就到自己這一代了。

獅子劫界離於是離家，墮落成為一位利用魔術賺取獎金的獎金獵人（局外人）。其實以他本人的立場來說，算是從自出生以來便束縛著自己的責任解脫了。

獅子劫界離認為自己應該會死在戰場上。這樣就好。如果可以，也希望自己的屍體被切得粉碎。雖然只有短短一百年，獅子劫家還是享受過身為魔術師的榮華富貴，除此之外還奢求什麼呢？

但是——獅子劫界離「遇上了」聖杯大戰。

若有聖杯的奇蹟，想來應該可以消除魔術刻印的毒素，也可以生出繼承自身血脈的小孩。

因此，獅子劫界離想要聖杯。

「……哦～」

獅子劫界離說完，「紅」劍兵只吐露了含糊的低吟。

「怎麼，劍兵，我可是全盤托出足以稱為一族之恥的過往耶，妳有什麼不滿嗎？」

「——沒啊，說到底你想要聖杯，果然還是為了子孫的繁榮嘛。」

「要是妳期望可以聽到什麼超乎想像的特殊狀況或賺人熱淚的情節，我也很傷腦筋耶……」

「紅」劍兵像洩了氣一樣速速鑽進睡袋裡。獅子劫見狀，也再度鑽回睡袋。

或許因為天花板很低，劍兵覺得有些悶。她有一種世界漸漸要壓扁自己的錯覺。為了逃避這股感受，她茫然地反芻方才那段故事。

與某種存在締結契約，在幾代之內繁榮與命定的沒落，以及——

「是說，主人，我可以問你最後一個問題嗎？」

「只要是我能回答的範圍內。」

「『你還記得死去的養女嗎』？」

在漫長的沉默之後，獅子劫界離低聲嘀咕：

「世界上有些事情是不可以忘記的。」

低沉且平靜的嗓音迴盪在狹小的洞窟內。剛才那句話蘊含了之前述說的過往，與一開始告知劍兵想對聖杯許下的願望之中所沒有的東西。

——想要聖杯，並非為了子孫繁榮。

——想要聖杯，並非為了讓獅子劫之名流傳下去。

——只是為了那不可忘記的事物，想把不能當成無意義的事物變成有意義罷了。

那是宣誓的聲音。是為了自身的榮譽，以及即使賭上性命也必須守護的矜持。

「……哦～～」

「妳滿意了？」

「嗯，滿意了。主人——我們來奪下聖杯吧。」

劍兵與獅子劫在黑暗中互相輕敲對方的拳頭。看向天花板，再也感受不到剛才那股壓迫感了。

§§§

戈爾德很焦躁。雖然不是今天才這樣，但以他的狀況來說，這回的焦躁也屬異常。

「……抱歉，我已經什麼也做不了。」

躺著的人工生命體輕輕拍了另一位失意地垂下肩的人工生命體的手臂。

「別介意，你已經做得很好了。」

人工生命體彷彿面臨死亡的病患那樣，以嚴肅的態度回應。這景象讓戈爾德大為焦躁。躺著的人工生命體是被關在魔力供應槽內的類型。

因為一出生就有缺陷，所以無法離開，只能在供應槽終結一生——

『愚蠢、愚蠢、愚蠢！所有人都是蠢材！』

戈爾德咬緊牙根，終於無法忍受地站起身子。

「……！」

或許察覺到戈爾德靠近，人工生命體擺出戒備態勢，但戈爾德只是默默讓對方退縮，接著蹲在地上，幫躺著的人工生命體把脈。

「什、麼——？」

戈爾德輕拍躺著的人工生命體少女的手臂、肩膀及鎖骨部位後，理解似的點點頭，

接著令人工生命體張口。戈爾德從對方不禁張開的嘴裡看到喉嚨後，嗤之以鼻地說：

「愚蠢至極，妳從外觀雖然看不出來，但呼吸器官沒有發育完全，輔助呼吸用的道具設置在魔力供應槽內部，馬上去拿來。」

「咦……？」

戈爾德瞪了困惑的人工生命體一眼，表示自己不會再說第二遍。人工生命體說「我馬上去拿來」，接著急忙從走廊跑了出去。

「請問——」

「怎樣？」

「為什麼？你應該只是單純把我們當成電池看待啊。」

人工生命體很明白，儘管不像喜好犧牲他們的塞蕾妮可，或者會拿他們當實驗道具的羅歇那麼嚴重，但達尼克或戈爾德等人都把人工生命體當成單純的道具、單純的電池看待。

「我現在也這樣想，只是，混帳，你如果看到很不會打掃的人，也會忍不住想糾正對方吧！我現在就是這樣！如果看到拿吸塵器打掃浴室的智障，誰都會很煩躁吧！」

並不是到了會對人類愛開竅的年齡。這跟老經驗的工匠一把奪走菜鳥手中的扳手，要對方「閉嘴，看就是了」的行為一樣。

「我讓你們學會的是治療外傷和簡單抵抗精神支配的相關魔術，再怎麼樣也沒教過你們治療呼吸功能障礙的方法。沒學過的東西，當然不可能會吧。」

「……是這樣沒錯。」

想想確實理所當然。從魔術師的角度來看，要把最基本必須的東西塞進去就已經費盡全力。

「您說的是這個沒錯嗎？」

方才離開的人工生命體回來，雙手抱著類似氧氣面罩的物品。

「就是那個，給我。」

戈爾德說著像搶劫那樣搶過來之後，將點滴針頭插進血管，接著把管子接在利用骨頭加工打造成的盒子上。

「那是……？」

「輔助呼吸的氧氣循環機。好了，戴上這個。」

把面罩戴上口鼻的瞬間，少女的臉孔似乎取回了一些生氣。但即使看到此景，戈爾德仍一副覺得沒意思的態度說道：

「很遺憾，妳一輩子都得跟這個玩意兒作伴了，可憐啊。喂，那邊的……算了，那邊那個，反正都這樣了，你就帶我去找其他人工生命體，我想你們應該都像這樣不知道該如何是好吧。」

聽到這句話，人工生命體憨傻地眨了眨眼。

「……可以嗎？」

「不想的話我也無所謂喔，如果要演剛剛那種爛戲我是不會阻止啦。」

戈爾德仍不忘挖苦，態度尊大地說道。人工生命體有些猶豫，但還是以伙伴的性命為優先。

「麻煩您了。」

「麻煩個頭。你們連這麼簡單的事情都不會還想活下去，就是大錯特錯啦。」

——聽到這番話的人工生命體心想：真想揍他。想必戴著氧氣面罩躺在地上的人工生命體也是同樣想法吧。

即使如此，仍不改他是救世主的事實。人工生命體露骨地嘆氣，接連搬運狀況逐漸惡化的人工生命體來找戈爾德。

第一個——臉色鐵青，毫無血色可言。見對方用手按著腹部，於是調查該處——戈爾德馬上理解了。

「大部分內臟已經沒有功用，幫你調整成可以用魔術迴路替代的方式。下一個。」

「腦的指示顛倒了……你要暫時刻意採取反向思考的方式做事，把右邊想成左邊、上面想成下面，想走路就想成讓手臂上下揮動就可以了。過一個月腦部應該就習慣，即使不用特地去想也可以順利活動。下一個。」

「肉體開始壞死了，不可能完全治好，只能在體內埋入復原術式。達尼克持有的魔術禮裝應該有類似的東西，去他房間找找。啊，等等，除了族人以外的人進去有觸發迎擊術式的危險性啊……沒辦法，我去吧。」

這麼說完，戈爾德站了起來。儘管除了使役者以外的所有人都累得睡著了，他仍喝下清醒用的藥水保持凜然態度，走在走廊上。

一位人工生命體略顯慌張地跟了上來。那是最開始跟齊格交談，現在是人工生命體們實質領袖的少女型人工生命體。

「怎麼？禮裝很輕，不需要跟著我幫忙啊。」

「我不懂理由，你為何要做到這種程度？」

「我也不懂！這種狀況我怎麼可能理解！混沌（Chaos）！混沌（Chaos）！混沌（Chaos）！跟魔術統一的神祕相去甚遠的世界！使役者、聖杯大戰、大聖杯！『都是王八』！那些東西都是假象！」

戈爾德如此大吼，繼續走在走廊上。或許因為覺得不耐煩了，人工生命體將手中的戰斧抵在他耳邊。

「我要你回答。」

「……我說了，我已經『什麼都不懂了』。這明明應該是一場爭奪聖杯的戰爭，結果一個叫四郎的莫名其妙的男子從旁把好處整個拿走。如果只是這樣也就罷了，但他居然鬼扯什麼要拯救所有人類！我們才不想要那種東西！我們想要的是經過鑽研的魔術與召喚出來的英雄所打出的高尚戰鬥！但是為什麼？為什麼這麼不順利？是槍兵戰敗的關係嗎？是『紅』刺客寶具的關係嗎？還是……」

「——你逼得『黑』劍兵（齊格菲）自殘造成的？」

人工生命體平靜地說道，講個不停的戈爾德總算住口了。她嘆了一口氣，緩緩放下戰斧。

「……不是我的錯。」

「不對，至少『你自己認為都是你的錯』。」

「囉唆！區區人工生命體不要頭頭是道地跟我說教！」

人工生命體毫不在乎戈爾德的反應，斬釘截鐵地說：

「是你的錯……但不會只是你造成的。每個人都基於自身判斷、自身信條、自身願望而行動，結果造成『黑』陣營敗北罷了。即使劍兵跟你之間培養出感情，也不確定未來會不會改變。」

「……但我就是做錯了吧。」

戈爾德在充斥著冷冽空氣的走廊上如此嘀咕。他縮著背，散發失落情緒，身上已經完全沒了尊大氣勢。

——結果，這個叫戈爾德的男人從一開始到最後都像這場聖杯大戰的旁觀者。即使他是魔術師、主人，若沒有使役者，就無法參加爭奪聖杯的戰爭。

戰爭就在他如此困惑的途中結束了。如戈爾德所說，「他真的什麼都搞不清楚」。

「沒錯。所以，你該切換想法了。你個性尊大、容易得意忘形，以一個人來說實在無可救藥，但以一個鍊金術師的角度來看——『還算不錯』。」

「……妳就不能換個說法嗎？」

「我並不想被拿去跟艾因茲貝倫比較。」

人工生命體順口這麼說，戈爾德一臉苦悶地閉嘴了。穆席克家曾一度發展到足以觸及艾因茲貝倫身後的程度，但榮華也僅此為止，之後便一路迅速衰退。

「——哼。反正那些傢伙接下來會花個幾百年專注建構新的大聖杯，在這段時間，就看我穆席克家追上他們。」

這幾乎是痴人說夢。失去冬木的大聖杯導致艾因茲貝倫大大衰退，即使如此，他們的技術仍遠超過其他。穆席克（他們）家若不在戈爾德之後連續三代都生出擁有奇蹟才能的小孩，就肯定不可能追上。

「……原來如此。既然這樣，首先就延續我們的生命看看吧，從這裡應該可以誕生一些新的東西。」

然而就算這樣，戈爾德似乎還是選擇了不放棄這條路。或許因為他天生就是個彆扭的人，伸手去抓理應無法觸及的星星對他來說是理所當然的行為。

「不用妳說我也知道。好了，我們沒空扯這些無聊的事情。人工生命體，我們去拿禮裝了。啊～～麻煩耶，妳也像齊格那樣取一個容易辨別的名字啦。」

人工生命體冷笑了一聲。

「傻瓜，取名字是父母的工作，應該是你要替所有殘存的人工生命體取名字吧。」

接著打從心底揶揄般回話。

「……」

「要是你敢隨便亂取，我就拿這個（斧槍）削掉你肚子上的肥肉，自己注意點。」

戈爾德咬牙低哼了幾聲——很不巧，對方是戰鬥用人工生命體，雖然壽命設定得短暫，但近身戰鬥能力與使用魔術戰鬥的能力可是一等一。也就是說，比製作者（戈爾德）還強。

「真是一場惡夢！早知道該為了讓你們完全服從設下一些限制！」

看到戈爾德誇張地感嘆，人工生命體稍稍揚起嘴角。

「憑你的本事做不到這點。放心吧，只要還是伙伴，我們就不會迫害你。」

人工生命體說完，以一副親暱的態度拍了拍戈爾德的肩膀。戈爾德本想出口咒罵——後來放棄，在心裡下定決心，之後要是對方死了，一定要好好恥笑一番。

結果，戈爾德在調整完所有人工生命體之後才睡下。

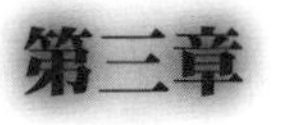

第三章

第三章

——能說的都說了，結果三人儘管並非能夠接受，仍答應暫時維持現狀。也就是願意保護空中花園與聖杯不受「黑」使役者的襲擊。

只要他們願意這麼做，即使不承認自己是主人也無所謂。

在某種意義來說已經度過最大的難關。英靈們的榮譽心強、想法陰晴不定、高尚且毫不猶豫。當自己報上名號、奪下主人權時，就算遭到誅殺也不奇怪。

「……好。」

他坐在本來是塞彌拉彌斯該坐的王位上，仰望高高在上的天頂。雖然目前還不是可以鬆懈的階段，仍然無法隱藏安心。

「——好了，主人，坐在那王位上的感覺如何啊？」

不知何時來到身旁的「紅」刺客化為實體。四郎說了一聲「失禮」打算起身，但刺客用手按住他的肩膀，接著繞到他身後，在他耳邊呢喃：

「無妨，你坐。喏，你成為王感覺如何？想像一下聚集於此的英雄們低頭臣服於你的景象吧，不覺得愉快無比嗎？不覺得一股成王的榮耀湧現嗎？不覺得想沉醉在支配一切的快樂之中嗎？」

四郎默默搖頭，順勢握住放在肩膀上的手起身。

「很遺憾，並不會。我果然不適合支配他人，這裡還是讓妳坐吧。」

四郎這麼說完，儘管女王露出些許不滿的表情，仍坐上了王座。

「……真是無趣。吾主明明可以說出——世界乃吾囊中之物之類的話啊。」

「如果我是這樣的主人，只會被妳引導至破滅之路吧。妳會說出此世不需二王之類的話。」

見四郎一臉若無其事地如此指謫，刺客也毫不覺得抱歉地咂嘴。

「……嘖，被看穿啦？」

如四郎所說，在他的計畫之中，最終坐上王座的是「紅」刺客塞彌拉彌斯。四郎安排計畫、實行計畫、拯救人們，然後就「結束了」。因為他的目的就是救贖，在那之後什麼也沒有。

「所以吾覺得都到了那一步，你可以成王啊。」

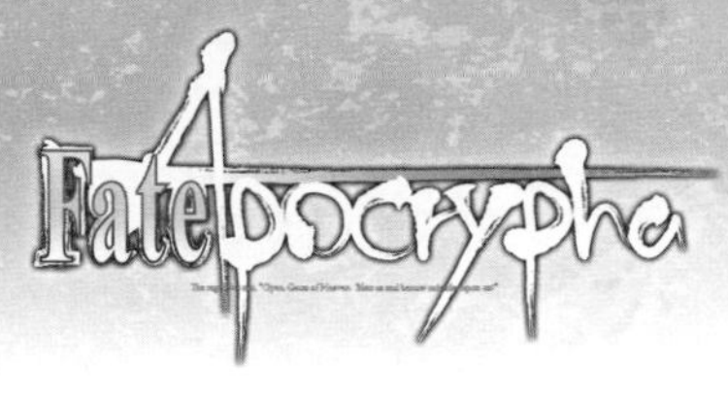

「……等到了那一步再決定吧。」

四郎笑了笑，說要去看看大聖杯後便離開了。女王的姣好面孔上出現幾分憂愁。

「哎呀呀，無欲的人真麻煩。對錢財沒興趣，覺得權力沒意義，沒想到甚至連女色都無法勾引啊。」

對亞述女王塞彌拉彌斯來說，男人就是玩具。在她的言語教唆下被奪走一切的人真是數也數不清。

而對她來說，所謂的女人只有她一個。當然，為了繁衍子孫的雌性生物有其存在必要，但能作為一個女人行動，自由地玩弄男人，是屬於她個人的特權。

——原本她就只能這樣活。

她想起了剛出生時的事。雖然不甚明確，但她記得拋下自己，急忙逃往河川的女人身影。

她的母親——魚神得耳刻托與敘利亞的男子通姦，懷下一名女孩，而這女孩便是塞彌拉彌斯。

母親對她說：妳是我的恥辱。她確實告訴塞彌拉彌斯：與人類生下的孩子是恥辱。

塞彌拉彌斯事後覺得這真是一位愚蠢的女神，明明是妳自己無法抵抗男人的誘惑。

於是母親拋棄塞彌拉彌斯，父親則遭到倍感羞恥的母親殺害。但母親留下了一樣好東西給塞彌拉彌斯，繼承神明血脈的她一生下來便非常適應被拋棄的水邊環境，不只如此，鴿子在聽到嬰孩的哭聲後竟主動前來養育她。

無數鴿子聚集，包住因寒冷而發抖的塞彌拉彌斯，並在喙中裝滿不知從何取來的牛奶餵給她喝。

塞彌拉彌斯就在不輸給任何風雨的鴿子羽翼保護下與取來的牛奶滋潤下成長。

就這樣過了十年，她被一位男性牧人發現——塞彌拉彌斯被帶到了人類世界。但是，塞彌拉彌斯這個人大致已經成形，在那之後成為父母的人教導她的舞蹈或化妝等技巧，僅是她為了存活下去握有的武器、技術罷了。

憎恨女人——即使對方是被男人玩弄的墮落女神也不留情。

嘲諷男人——小看女人，說到底不過是滿腦子獸性的他們是該拿來玩弄的對象。

這就是她的哲學，也是她對世界的認知。好了，那麼她該怎麼解讀身為她主人的言峰四郎——天草四郎時貞呢？

「不是女人，也不是男人……唉，真是個麻煩的存在啊。」

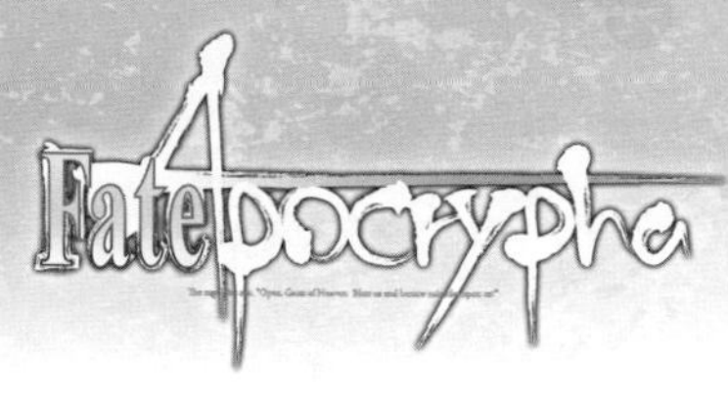

不會因為冶艷的笑容暈頭轉向，面對權力誘惑也能明確地拒絕。人類雖然是充滿欲望的生物，但那個少年毫無私利私欲可言。拯救全人類可不是能用一句私利私欲打發的事情。

若要說他是不是瘋了，那麼毫無疑問是瘋了。也因此，刺客覺得與那位主人同在正是如此愉快。

如果六十年來的執著能夠實現，那也好。

但若力有未逮而墮落了——也很有意思。看看夢想遭到剝奪的聖人將如何絕望，將走上什麼樣的末路，也是挺有趣的。

「那麼那麼，究竟是何者較愉快呢？」

「紅」刺客愉快地笑完之後消失了身影。她的寶具「虛榮的空中花園」並未被無關的人發現，持續飛翔於羅馬尼亞的天空。

大聖杯依舊保持清廉的光輝。將之從靈脈上切除下來時魔力有些洩出，但量不會造成太大影響。

言峰四郎——天草四郎時貞很熟悉這個大聖杯。他花錢向捨棄了聖杯，想嘗試透過別的途徑抵達根源的遠坂，以及家道中落，只以口耳相傳的方式向後世傳遞聖杯情報的馬奇里兩家，買下相關情報。

雖然怎樣也無法從三大家之中唯一未放棄聖杯的艾因茲貝倫家獲得情報，但他仍取得了聖杯的架構與機能等相關有用情報。

大聖杯花了六十年歲月吸取魔力，開拓了通往魔法的道路，即是穿出一個通往世界之外的孔洞。

這個世界有所謂的「外側」存在，而據說萬能的力量與一切真理便在外側。也就是說，這即是被稱為「根源之渦」的存在。所有魔術師都以此為目標，但幾乎所有魔術師都失敗了。

即使將希望寄託到下一個世代，甚至再下一個世代，仍是一條魔術師們打一開始就會被教導「要適時放棄」的絕望路途。

這麼說來——在某些典籍中指出，世界也有所謂的「內面」存在。而那裡單純是個異世界，如今為已消失於這個世界的幻獸移居之處。

……總之，聖杯能實現許多願望這點其實只是其次，其真面目是奉獻祭品給過去的英靈們，使之在世界上穿孔的終極魔導器。

剩下的工作還有一個。

一回神，發現自己手上已經冒出了汗。天草四郎時貞這雙引發眾多奇蹟的手，現在已經昇華為他的寶具。

「右手，惡逆捕食（Right Hand-Evil Eater）。」

「左手，天惠基盤（Left Hand-Xanadu Matrix）。」

話雖如此，這寶具只是輔助用的對人寶具。

右手可利用未來視等能力在戰鬥方面負責輔助，左手則負責補強自身。這本來並非天草四郎時貞擁有的能力，他的寶具將之以「奇蹟」形式顯現。

雖然這在各種場合下足以稱為萬能，但假如四郎是以一般使役者的身分被召喚而出，則會被評為缺乏最終手段的二流吧。硬要比喻的話，擁有不老效果的寶具雖然稀奇，卻不是能在戰鬥派上用場的能力。

然而——就是因為擁有這兩種寶具，言峰四郎現在才能做出非常胡來的挑戰。

「……我會成功，我一定會成功。『那段十七年與這段六十年』，我會用上所有神經、所有細胞、所有肌肉、所有魔力去做。」

少年背對大聖杯。很遺憾，現在其實並未湊齊他能使盡全力的條件，還差一塊拼圖，只剩下耐心等待這個部分湊齊了。

……就這樣，聖杯大戰暫時迎向了終結。千界樹坐擁的大聖杯被奪，而這場聖杯大戰中心的「黑」槍兵(弗拉德三世)與「黑」劍兵(齊格菲)遭到殺害，「黑」狂戰士(弗蘭肯斯坦)與「黑」術士(亞維喀布隆)則從這個世界消失。

「黑」刺客完全與兩方陣營敵對——能算是「黑」陣營戰力的，實際上只有兩位，也就是「黑」弓兵(凱隆)和「黑」騎兵(阿斯托爾弗)。

但是，「黑」陣營現在有此次聖杯大戰的裁決者貞德·達魯克站在同樣陣線，還有「紅」劍兵(莫德雷德)算是利害關係一致的同夥。

四位，加上——在危急時可拿來當作王牌使用，還可以用三次，每次可現身三分鐘的「黑」劍兵。包含他在內，這邊總共有五位戰力。

另一方面，「紅」陣營不只將領(使役者)數量，在質這方面也徹底壓過「黑」陣營，再加上待在空中花園這極為堅固的自律式移動要塞內貫徹防守。將領數量較少的一方必須包圍

貫徹防守的要塞，而且這場包圍戰必須在短期間內分出勝負。

若要單純計算有利與不利，首先「黑」陣營毫無疑問處於不利狀況。

即使知道這些，「紅」陣營仍不可能大意輕敵。不管是「黑」陣營還是「紅」陣營，使役者都是一群聲名遠播的神話傳說的英雄們。

所謂英雄，是在跨越許多苦難之後才得以冠上的名號。「黑」陣營也毫無疑問會再次挑起決戰吧——

——作了一場光輝閃亮的夢。

那是光輝的榮耀，彷彿所有祝福都齊聚於此的儀式。皇太子查理七世凱旋回到蘭斯大教堂，正準備登基成為法蘭西之王。

此乃全法蘭西人民的夢想，也是希望。貞德·達魯克突破了奧爾良的包圍，在那之後也持續與英軍作戰。

隨後在帕提戰役戲劇性獲勝之下，終於實現了在蘭斯進行登基儀式。

指揮軍隊的，是一個年僅十七歲的「小姑娘」。對口無遮攔的人來說，她只是單純的象徵，看起來只是擺飾罷了。

但是，跟隨她的士兵，每一個人都會反駁相關言論。

——如果只是象徵，那躲在後方揮舞旗幟就夠了。但那位少女不是躲在後方，而是來到最前線揮舞旗幟。雖然少女一次也未曾讓身上的聖劍出鞘，但確實挺身作戰。

……夢境流逝，榮耀漸漸轉倒、墜落。

異端審判。被所有人嘲笑、虐待、復仇的那些日子。

雖然是一段疼痛的經歷，但最終這場拷問並沒有改變什麼。祖國獲得解放，貞德（我）夢想的光景得以實現。

『妳確實挺身而戰了。』

她毫不厭倦地持續看著這以時間來算只有短短兩年左右的時光。聽取神諭、投身作戰；自己選擇戰鬥，並知道了什麼是遭到背叛。就這樣，儘管如此，她還是決定戰到最後的最後。

為什麼要這樣、為什麼會如此——曾經幾度如此自問。

『是為了贖罪嗎？』

為了補償——自己幫助殺害敵軍這種行為所犯下的罪過？

『是因為想多拯救一個人嗎？』

直到旗幟折斷為止，內心想拯救的是誰？

『抑或是——』

抑或是，相信這麼做乃正確。認識貞德（我）的人都說神背叛了我。

……我知道一個因為太過絕望而發狂的人。他說神欺騙了沒有任何罪過的少女；被神捨棄了——

『妳怎麼看待他？』

很傷心。他捨棄了主讓我很傷心，「我無法讓他知道主沒有錯，所以很傷心」。

貞德（我）是在知道最終會以那場火刑做結的情況下前往貢比涅包圍戰的戰場。

『為什麼在知道結果的狀況下，還前往作戰呢？』

因為我知道貞德（我）的死亡並非沒有意義，即使沒有回報，未來仍會來臨。貞德（我）之死將化為奪回故國的力量，終將止息持續流失的鮮血。

這在歷史上，或許只是開始之後並結束的事情。

這在時間上，或許只能拯救少數人的性命。

這在一切上，或許只是沒有任何意義、無謂的行為。

『妳不這麼認為？』

……是的，我完全不這麼認為。所以那個時候，被處刑的時候——我也不憎恨任何人、事。

因我已將此身委於主。

『妳很堅強。』

謝謝——若沒有妳協助，我現在也不會在這裡。我打從心底感謝與妳的相遇。

『最後一個問題。帶「那個人」走，真的是對的嗎？』

這句話化為尖棘刺入貞德(我)原本平靜的心中，閃過一陣悶痛，這就是我隱瞞了所有人的唯一猶豫。

自豪地自稱齊格的少年，生澀與老練並存的矛盾生命體。在所有人都祈禱不要被戰鬥連累的情況下，仍自願投入戰鬥的主人。

貞德知道這感情只是一種感傷，也知道該把他算進戰力之中，更重要的是有個聲音在低語——他是必要的。那是過往從沒有錯誤，來自天上的進言。

保有「黑」劍兵的心臟，並因遭到落雷劈中，甚至獲得了成為使役者的力量。不得不帶他上戰場的理由就是，必須先讓他死過一次後復生才行。

也就是說，今後也持續需要他身為使役者的力量。只有這最後的疑問不是貞德(我)可以回答的問題。

「我不知道，只有這點我真的不知道。」

提問的少女嘆息般陷入沉默。自己也切身體會，她是擔心他的安危。

聖杯戰爭、使役者、魔術——少女（蕾蒂希雅）接受了各種非現實的事物並旁觀。她相信貞德（我）的話，並將一切委任於我。裁決者的選擇就是少女的選擇，少女只是原原本本地接受。

……而這樣的少女只有一件事情無論如何都無法退讓。就是儘管遭到命運擺弄，仍不改變其堅強意志，持續前進的少年。

少女只是擔心少年的安危，少年並不知道自己體內有一位少女存在。少年看到的是貞德（我），而不是少女。

而貞德（我）對這點覺得很抱歉。因為比任何人都擔心、體恤少年的，其實是這個少女。

『——是這樣嗎？』

少女一副不可思議的態度詢問貞德（我）。這也難怪，名為貞德．達魯克的少女與名為蕾蒂希雅的少女，並不是感覺上「很相似」而已。

她們擁有相似的肉體、相似的性格、相似的出身，甚至連靈魂的顏色都同樣。這也就是說，若給予蕾蒂希雅與裁決者同等的知識與力量，她就會「採取幾乎一模一樣的行動」。

……所以，蕾蒂希雅才會認為貞德（我）應該是擔心、體恤、關照著齊格。

——不過，不是這樣，並不是這樣。

不期望戰鬥／然而不可能拋下不管。

希望你不要戰鬥／然而需要你的力量。

沒有說謊／但也沒有說出真相。

這之中有難以忍受的矛盾與謊言，她隱瞞了真相，視而不見。

對裁決者來說，有人能與自己並肩而行這般原本絕對不可能有的幸運，彷彿蒙蔽了她的雙眼。

她知道自己該拋下他，也肯定他會跟上來吧。

在聖杯大戰中，所有事情均有其意義，所有使役者都是必要的寶貴存在。

留有三次，分別一百八十秒「附身」的齊格，毫無疑問是必要的因子。

然後，這個想法就是貞德（我）與蕾蒂希雅（妳）之間決定性的不同。

裁決者這位使役者毫不留情地徹底踐踏了少女淡淡的意念。

所以，貞德（我）甚至沒有擔心、體恤、關照齊格的權利。只能將這樣的想法深鎖箱底，裝入袋中緊緊捆住，放在倉庫不起眼的角落。

避免被人發現、避免被人責難。

——作了一場無比厭惡的夢。

母親對年幼的自己嘀咕。

『親愛的兒子啊，你將成為騎士，並打倒王。身為我兒的你，擁有繼承王位的資格。然而，要是現在被察覺了，王肯定會■了你吧。所以，現在是雌伏的時刻，只能靜靜等待。』

雜音（我不想聽）混入、邪念（我不想聽）進入、想忽略（我不想聽）。

人造生命人工生命體，出身扭曲的小孩，因此成長得比人類快、老化得比人類快，也比人類早死。在村子裡天真玩耍的小孩，跟正在揮劍的自己同樣年紀。當他們長成大人的時候，我已經老死了吧。

——真令人羨慕、真令人嫉妒、真令人憎恨。

所以我發誓要成為比人類優秀的存在，因為我必須跑得比人類快，自然該認為自己比任何人優秀。

我在母親帶領下，於暗處偷偷看著王的身影。

勇猛、冷酷、穩健、剛毅。

『那就是你的目標，必須打倒的敵人，必須■掉的王。』

我心想不可能。

因為他完美得甚至讓我覺得美麗。其判斷、劍術、戰術，一切的一切都完美得過於完美。

所以，雖然對母親不好意思，但我放棄■了他。相對的，我想臣服於他，成為他的劍尖，決心當一個掃除汙穢者。

——成為騎士。

轉眼間長大成人的我最終獲得一個頭盔，並且不可在人前摘下。只要知道自己長相的人看到了，一切就會報銷。

母親這樣交代，我於是戴上了面具。即使如此，自身的劍術與騎士道精神仍是完美——所以獲得王賞賜寶劍，成為騎士。雖然敬陪末座，我仍獲得了圓桌武士的資格。

然而，幸福的日子同樣轉眼即逝。我以騎士身分剷除有害於王的對象，質問對方為何反抗王——並遭到反駁。

『那個王太過完美了。』

蠢材，王就是這樣才出色啊。在漫長的歷史之中，也未曾有過如此完美的王。

大部分的王都是殘暴、傲慢、不遜，將龐大的私人欲望視為人民之喜悅。王是給予人們夢想、奪走人們的夢想，然而一旦自身夢想遭奪，就會一副我不管了的態度離去的災厄。

『無論誰成為王都一樣，人民只會遭到掠奪、進行掠奪。』

騎士王沒有私人欲望，只保有必要的東西，沒有任何不必要的。他不作夢，也沒有任何夢想。

只是為了統一故國不列顛而不斷奔走——就是如此純粹的生命體。

他的生存方式有如打磨透徹的刀刃那般淒美，是我所嚮往、渴求，儘管認為自己的出身無比可恥，仍想貫徹騎士道。

我能說那是我的人生中最閃耀、最快樂的一段時光。

……宣告結束的日子很快造訪，等不下去的母親透露了自己的身世。

不只是亞瑟王的仇人莫歌絲之子這麼簡單。不知是以什麼方式獲得，總之這人工生命體是亞瑟王的嫡子，也是翻版（克隆）。

當時的我感到無上歡喜。原來我所渴望的騎士王竟是如此親近的存在，而自己是繼承了他血脈的唯一騎士。

也就是說，自己是唯一有資格「繼承」那個騎士王的人。

我告訴亞瑟王一切，包括自己為何配得上成為亞瑟王繼承人，一切的一切，而王則以一如往常的平淡態度告知。

「——原來如此。雖說是姊姊的奸計所致，然而你確實是由我而生。但是，我不承認你是我兒子，也不打算給你王位。」

現在提王位可能太急躁了，現在談論繼承人或許太早了。

但是，「不承認我是兒子」這番話深深刺傷了我。

這就是一切的前提，我認為他起碼應該會認我，即使因為繼承人問題而無法公然認定也無妨。

如果是我倆私下對話，他一定會表達出真心，會稱讚我是「值得驕傲的兒子」。只要這樣——

「——騎士王啊，你說，你不承認我是你兒子嗎？」

我低聲說道。

背對我的王講完，彷彿對騎士再也沒了興趣般漠不關心，只是看著未來（前方）離去。我充滿怨憤的聲音顯露了自出生以來從未表現過的憎恨。

仔細想想也是當然，誰會承認由仇人莫歌絲強行製造出的小孩呢？從王的角度來看，這小孩的存在簡直是詛咒。

所以今後自己將會永遠、永遠、永遠、永遠就這樣區居最下位騎士，優秀之處不被承認、積極之處不被關心、努力不被重視。

只因為我是莫歌絲所生——只因為這樣的理由，「我就不被認同」！

「好啊，我一定會讓你後悔說了這句話。」

當時我下定決心，因憎恨而重生的我將貶低父親的一切，無論是他的功勞、政績、戰果，要讓這個王花了十年得到的一切全變得毫無價值。

王（你）會恨我吧——這也無可奈何。

王（你）會懲罰我吧——做得到就試試看啊。

王（你）會看我吧——為了能面對彼此，我將捨棄一切。

漫長的不列顛之戰即將宣告結束，跨越重重困難，統一的國家終於要在騎士王的率領下開始運作。

戰爭為騎士帶來榮譽，為人民帶來貧窮與苦難。原本以為這樣的日子將要結束，沒想到不祥的動靜接連降臨。

王不動聲色地打算處理一連串的問題，但他內心應該難過得快發瘋了吧——沒錯，我如此想像，忍不住竊笑。

把當代豪傑湖之騎士蘭斯洛特與亞瑟王之妻格妮薇兒有染一事大肆宣揚的不是別

人，就是我。

亞瑟王沒有成王之器，甚至連妻子都被人搶走了——我放出這樣的謠言。我教唆對王有所不滿的騎士們，同時持續忠誠地臣服於王。

從王的角度來看，想必覺得詭異吧。自稱兒子的騎士至今仍忠誠地臣服自己。

啊啊——我非常能夠理解王有多苦悶，而亞瑟王多半在此犯下第一個，也是最後一個致命錯誤。

亞瑟王為了討伐叛徒騎士蘭斯洛特，決定遠征法蘭西，而受命留守的理所當然就是我。

這結果說當然也是當然，我透過其他騎士跟大臣宣揚自身優秀之處，而更重要的是，能夠執行政務的騎士只有自己這點，甚至連宣揚都不必。

王任命我攝政後，前往法蘭西。對於即將前往討伐過往最信賴的湖之騎士，在他心中有多麼煩悶呢？

我推測在法蘭西——與蘭斯洛特的戰爭應該會拖上不少時間，於是很快放出亞瑟王戰死的假消息，並召開緊急會議，促使眾人認同攝政的我足以成王。

從寶物庫取得證明王之地位的大劍「燦爛閃耀王劍」的我，在坎特伯里舉行加冕儀

式，儘管僅是形式上，我仍成為了王。

接著向格妮薇兒求婚。

「你胡說什麼，可笑。」

我笑著對表現出如此冷淡態度的格妮薇兒說：

「可笑的是『你們之間的夫妻家家酒吧』。」

我這麼嘲笑完，取下頭盔。我一輩子也忘不了那一瞬間格妮薇兒臉上僵掉的表情。

求婚原本就不是真心的。只是，這樣王會更加憎恨我吧。這樣就好，憎恨吧，恨我吧，更加恨吧。

理所當然，謊言被拆穿，亞瑟王立刻從法蘭西回到故國不列顛。原本我在謊言穿幫的時候就該被殺了，畢竟雖說是留守，我鬧出了這麼多事情，肯定是該處刑的對象。但被我威脅、被我勸阻、被我教唆的人們全都站在我這邊。

這可能是我很懂得怎麼勸說，不過更根本的原因在於，王其實到處引人不滿。因為王太合理、冷酷，「只要有必要」，無論是誰都能加以捨棄。

他們說跟王相比，我是一個相當有人情味的騎士。愚蠢也要有限度，我從未喜歡過除了自己的任何人，人類是一種只有會說話這個優點的畜生。

不管是天真的小孩還是大人，這點都不會改變。只要丟塊肉過去，人類想必會立刻開始爭奪。

我之所以不會殺害人類，只是因為我並不憎恨人類。儘管覺得成群的小蟲很令人煩躁，但我並不會憎恨。

所以我只按照我想做的方向去做，從沒替跟隨我的人著想，只是逕自行動。但很神奇地，他們居然說我很有人情味。

——想盡可能多拯救一個人的王，被人類咒罵不懂人心。

——完全沒想過要幫助人的我，被人類稱讚體恤人心。

可恨，我反叛並不是為了你們，只是為了我自己。

想跟隨我就跟吧，我才不管你們。我才不想管忘了那麼為你們著想的王，只知道搖尾巴結我的你們。

就這樣，最後之戰展開。儘管在多佛的一戰敗北，被對方登陸成功，但我仍消滅了

疲憊不堪的高文。

經過幾次小規模對抗後，我終於在卡姆蘭之丘與王對峙。在這個時間點，先不論誰會獲勝，這個國家的命運幾乎已經決定。

儘管如此，王仍表現得徹底冷酷。

我在戰場上不斷呼喚父親之名，而每喊一次雜兵就圍攻上來，於是我將之擊潰。殺、殺、殺了又殺，我突然想：事情為什麼會變成這樣？從他人的角度來看，應該會覺得這整件事都很愚蠢吧——誰管你。

如母親所預言，我將成為毀滅國家的大罪人吧——誰管你。

因為一己之恨就連累國家上上下下眾多人——誰管你、誰管你、誰管你！

「亞————————瑟————————！」

騎士王總算回應這呼喚——最後的一對一對決於此展開。

……爾後分出勝負，王的聖槍貫穿我的胸膛，我敗了，不，我勝了吧。

結果，王所獲得的一切都經由我手徹底報銷。

所以就是這樣，看著我，憎恨我吧。認為我的名字可憎至極、不想聽見，扭曲臉部表情怒吼吧。

然而，結果從一開始直到最後，王甚至不認同我的存在。翠綠眼眸冷冷地確認我已死，並在這個瞬間立即轉身，沒有憑弔、沒有流淚，甚至沒有憎恨。

我突然體悟了。

——啊啊，原來如此。

——人類說得確實沒錯。

——「王不懂人心」。

承認吧，王直到最後都是完美的王，但就是因為這樣才可恨。完美的王啊，儘管你完美，你執政卻是種種不順。

「我做得到」，我能做到王做不到的事情。父親啊，若說你是完美的王，那我就要超越你。

啊啊，希望以後還能有一次，一次就好，給我機會吧。讓我像過去的王那樣拔出選

定之劍吧。拜託，拜託了，一次就好——

——作了一場不可思議的夢。

在大地上奔馳。無限拓展的翡翠色草原充滿無暇的美麗。景色流逝而去，儘管知道這是場夢，雙腿的感覺卻無比真實。

奔跑。

我在奔跑。

只是一心一意地直直向前，甚至發出丟臉的聲音。我從未想過靠自己的雙腿奔跑竟如此爽快、如此刺激。

風景瞬間切換，最終我來到一處山腳下的洞窟。啊啊，等等，我確實知道這座山。沒錯，山的名稱叫皮立翁。在這座希臘著名觀光景點的山洞裡，住著一位聲名遠播的半人馬。

半人馬名為凱隆，是教育出許多英雄，全希臘最值得誇耀的大賢者。

來到這裡，身為凱隆主人的我也理解了，這是使役者的過去。因為跟使役者透過通路連結，會發生像這樣在睡眠途中讀取他記憶的狀況。

當然，這可以刻意將之切斷，但覺得切斷很可惜的我反而調整了意識等級，使自己更沉浸於其中。這是我不習慣的行為，所以花了不少時間——但今後只要作夢就能看到凱隆了。

能看到我所不知道的他。

接近洞窟後，就看到一位少年奔了過來，見他口中喊了「老師」，應該是凱隆的學生之一吧。

少年輕快地跳上旁邊的岩石，就這樣俯視凱隆，以帶著某種期待的表情宣告：

「老師，去打獵！我們去打獵吧！」

「不可以。」

凱隆的回答顯得太不在意，少年立刻嘟起嘴。看少年這樣，我忍不住輕笑出聲。少年很美，或許該用眉清目秀形容，散發一股不像男生也不像女生的中性氛圍。儘管如此，他的說話方式與舉止毫無疑問屬於「男孩子」。我也有一個弟弟，所以我很清楚。

「喜歡打獵很好。考慮到你的將來，練好打獵技術當然更好，但是，你的目標並非成為一個獵人，而是英雄吧？人們不會認可只懂得暴動的人為英雄。除了要能閱讀文字，若不學點音樂及禮儀，只會讓你自己丟臉。」

凱隆如此勸誡，似乎仍無法消除少年的不滿。只見少年板著臉，「嗯嗯」地低吟。

他知道凱隆講的都是正確的道理，所以沒辦法耍任性。儘管如此，接下來要發生的事對他來說又不是什麼值得興奮期待的狀況。凱隆見狀，帶著苦笑對少年說：

「——話雖如此，一整天窩在洞窟裡對你來說也是無法忍受的痛苦。那這樣，我們折衷一下，你在今天之內記住所有剩下的文字，並刻在石板上。如果在入夜之前可以完成，我就會教你在夜晚作戰的方法。」

「咦，真的嗎？」

「雖然有點危險，但你應該沒問題。當然，最基本的條件是你得在傍晚之前記住所有文字喔。」

少年當然不會反對。凱隆露出笑容，將手放在歡欣鼓舞、到處亂跳的少年頭上。少年害羞地笑著，沒有反抗。

我覺得羨慕，同時受到衝擊。我曾聽說凱隆有妻子和女兒，但他的妻女應該都是接近神的存在，而這位少年毫無疑問充滿人類會有的光輝。

不過，將手放在少年頭上的凱隆舉止就像一個疼愛小孩的父親。

「好了，『阿基里斯』，我們該開始上課了。」

——阿基里斯。

我驚訝地心想：怎麼會。但凱隆確實叫他阿基里斯——而被喚作阿基里斯的少年沒有否認。也就是說，那個少年的確是「紅」騎兵阿基里斯。

就是那個恐怕在這場聖杯大戰中最知名的大英雄阿基里斯。

沒錯，阿基里斯的父親英雄珀琉斯與其妻子海之女神忒提斯曾為了爭奪阿基里斯而對立。

忒提斯想讓阿基里斯完全成為神，但珀琉斯主張既然阿基里斯生為半神，一旦使他完全成神，就等於消滅了身為人類的阿基里斯。

最終，忒提斯接納了珀琉斯的意見，但同時她也離開珀琉斯和阿基里斯，回到自己的故鄉海底去了。

就算拿小孩阿基里斯當兩者之間的橋梁，神與人類要一起生活還是很難。

珀琉斯決心將年幼的阿基里斯交給自己的老友凱隆，因為阿基里斯是英雄與女神之間產下的孩子，在珀琉斯所知範圍內，凱隆是最優秀的教師。

凱隆爽快地答應老友請託，徹底教會了這個才華洋溢的少年各種事物，包括文學、音樂、詩詞、道德、禮儀以及狩獵和戰鬥技術、騎術，甚至醫術。

對年紀小小就不得不與父母分開的阿基里斯來說，凱隆正是嚴格又溫柔地守護少年的父親角色。

……或許因為這是場夢，過往轉瞬便過去了。

阿基里斯漸漸成長茁壯，原本生疏的槍術甚至將達到神技領域。只要讓他騎上馬背，他便能在草原上無盡地縱橫，以那雙飛毛腿跨越所有障礙。

當然，在知識方面他也相當完美。他只需要在野外觀察一輪，就可以找出能食用的野草和樹果，也充分理解受傷時該採取什麼樣的手段應對。

作為一個英雄該怎樣待人處事以及在宮廷內的禮儀等也是完美，而令人驚訝的是，當時的阿基里斯可能甚至還不到十歲。

在這個時候就被凱隆宣告「已經沒有東西可以教你了」的阿基里斯，究竟是怎樣的人物呢？

總之，道別的時候到了。凱隆和妻子凱瑞珂龍一起目送即將踏上旅程的阿基里斯離去。

「老師、凱瑞珂龍師母，謝謝你們送我。」

「阿基里斯，你要保重，小心別生病了。」

凱瑞珂龍眼中噙著淚水，緊緊抱著阿基里斯。如果說凱隆教導了阿基里斯許多，那麼或許她是教導了阿基里斯一心一意傾注愛情有多麼可貴吧。

「不用擔心，我會努力發揮，不辱凱隆學生之名。」

此番話非常踏實，並不是像鸚鵡學舌那樣重複別人講過的話，而是自己思考過後以正確的話語說出口。

……才十歲就有這種表現，讓人充分理解他明明年紀還小仍被譽為英雄的理由。看到這樣的阿基里斯，凱隆最後將手放在他頭上。

「阿基里斯，你很出色。但是，你剛剛的表現是在我們或珀琉斯以外的人面前才該有的道謝方式。你不需要勉強，因為你──已經是英雄了。」

聽到這番話，阿基里斯略顯驚訝，同時點了點頭，接著急忙轉過身，用手臂抹了抹眼睛。凱隆和凱瑞珂龍則慈祥地看著少年這樣的舉動。

「──那麼，老師，我走了！」

成為英雄的少年直到最後都沒有讓人看到眼淚，踏上了旅程。在那之後，誠如凱隆所說。阿基里斯成為出色的英雄，在各方面都極為活躍。

但也如同其母忒提斯的預言，阿基里斯因在特洛伊戰爭中過於暴虐的行為，遭到太陽神阿波羅追究，被借助了阿波羅力量的帕里斯射穿全身唯一仍是「人類」的腳跟部位後，接著射穿了心臟。身受致命傷的阿基里斯在大鬧一番之後死於戰場上。

這是熟悉阿基里斯的每個人都知道的一段故事。沒錯，阿基里斯在那之後再也沒有機會和凱隆見面了。

如同阿基里斯迎接了悲壯的生命結局，凱隆也是死於非命。

所以兩人這次道別等於是這輩子再也見不到面了。

當我察覺這點時，不禁愕然。凱隆與阿基里斯之間確實存在親愛之情，那是他們身為父與子、兄與弟，以及家人的明確羈絆。

那麼，現在正打算撕裂他們之間情感的是什麼？

不用說，正是聖杯——聖杯大戰。換個說法，不就是身為主人的菲歐蕾（我）嗎？

不對，即使作為使役者被召喚出來時並不知情，但在那之後他們曾交手過兩次。

——「並不是我的錯」。

然而，那是因為他們是使役者——若不服從主人的命令，就會受到令咒強制，甚至被斷絕提供魔力而亡的奴隸（Servant）。

——「我讓他們親子互相殘殺」。

不過，弓兵應該能接受這點，如果他不願一戰，應該會告知我。

——「妳對他一無所知」。

我應該知道，我應該知道，我對他根本……！

我遮住雙眼，希望能從夢境中醒來。即使膚淺、滑稽，我仍選擇了逃避。

——作了一場自由的夢。

那位騎士似乎喜歡在天空遨翔，若問為什麼，則會得到在空中可以自由往上下左右移動這個答案。

……難道是覺得能前往的方向愈多愈好嗎？

總之不用多說，那位騎士非常自由。儘管生為英格蘭王之子，卻全面拋下王位之類麻煩的事情。

簡而言之，應該是個會被人覺得討厭的傢伙，但因為天生好個性，每個人都很喜歡這位騎士。

天生不會遭人怨恨、天生能與人親近，而且靠的不是聰明才智，而是不知該說天真、憨傻，還是莽撞。總之，就是這樣的一個騎士。

騎士沒什麼欲望，總是很隨性地把從敵人手中奪來的貴重物品贈與他人。騎士不懂絕望，因此被可怕的魔女阿厄琪娜變成一棵香桃木。

……不過騎士處之泰然，悠哉地等待總有一天會有人把自己變回來。

騎士總是會因為某些小地方疏忽導致失敗，與強敵對峙也偶爾會戰敗——偶爾會戰勝。若論強弱這方面，騎士的能力平庸，但若論經歷過的冒險的質與量，其非凡的成就不是一般騎士能夠望其項背。

雖然勇氣十足，但很弱小，數度經歷挫折，卻一次也沒被打垮。

他的死也是很乾脆明瞭。在隆塞斯瓦耶斯隘口戰役中，面對突如其來的背叛，查里大帝的勇士們仍持續奮戰。

儘管如此，戰況是四十萬大軍對上兩萬，當一個人必須面對二十名士兵前仆後繼的狀況延續下去，無論是怎樣的勇者都撐不了多久。

驍勇善戰的勇士接連倒下——而這位騎士也在這些倒下的勇士之中。他嘆口氣，想往空中伸手——接著露出笑容，停止了。

那是沒有任何後悔的滿足笑容。騎士泡在從身上流出的血泊之中，儘管受到漸漸邁向死亡的痛苦所折磨，仍打從心底覺得愉快。

只是，如果。

如果即將死去的自己能許下最後一個願望——

『啊啊，好想再去一次那裡喔。』

對騎士來說，那是最美好的一段回憶吧。據說地上沒有的一切事物均存在的無盡頭世界，沒有任何人看過的異次元另一端。

這或許只是臨死之際意識迷糊中脫口而出的話語，不過這是正確的願望，該被實現的念頭。

那麼，身為主人的我想實現阿斯托爾弗的願望。不管其他人抱持著怎樣高潔的願望也一樣——

世界瞬間扭曲，那是一段不留下任何所謂夢境與深層意識等精神層面的安全地帶的跳躍。在這可怕的強大力量掌握下，被拖了出來。

皮膚火熱得快要灼傷，身體卻有如從體內往外凍僵一般。那麼，在這裡的當然就是——「那個怪物」吧。

根本無法別開目光，也無法拿起武器抗戰——不需要這麼做。我理所當然般知道。

我知道總有一天得面對牠，我早就知道牠的真面目為何。在聲名遠播的大英雄齊格菲的眾多冒險事蹟之中，最有名的一段「屠龍」故事。

據說齊格菲手握幻想劍巴爾蒙克，前往挑戰邪龍法布尼爾。沒有什麼故事比這更適合英雄了吧。

嚥下唾液。

雖然這是一個廣大無比的洞窟，但同時又有種「難以言喻的狹窄壓迫感」。理由有二，一是占據洞窟一半以上面積的財寶。只需抓一把，就能保證一輩子富貴榮華的寶藏山。

而另一個則是整隻俯臥覆蓋在那財寶山上的黑色質量。儘管身形完全與黑暗融合，仍能感受到那股可謂異常的沉重壓力。那股壓力刺激著想像力，黑色鱗片、火焰舌頭、蛇般的雙眼、毒氣——然後，一切的一切都非常強大的完全生命體。

這恐怖強烈到甚至覺得不可思議，內心竟然沒有因此崩潰的程度。或者是其實已經徹底粉碎了，所以根本沒有自己已經崩潰的認知呢？

那是只允許一條生命存在的場所，也就是說，除「邪龍（法布尼爾）」以外的所有生命都將死絕的場所。

現在在這裡只讓人感到無比可怕，即使想逃，雙腳也像被定在地上動彈不得。一動就會死，甚至覺得「看到就會死」的念頭有如常識。

龍張開下顎。

更恐怖的是，龍果然是生命體，既然已經達到這種層次，要什麼都不吃地活下去應該並不難，這條邪龍純粹是為了玩弄其他生命才進食。就像持續玩弄老鼠的貓、慢慢消化青蛙的蛇——這類的補食者（Predator）。

恐怖緩緩灼燒皮膚。若這是夢，之後會醒來。但眼前的景象——真的是夢嗎？

如果在這裡被吃掉，可以保證自己還是能醒來嗎？

若無法便只能一戰，但肯定無法戰勝。如果手中有一把劍，起碼還能選擇自殺……

「……什麼？」

這時我察覺我的右手握著一把劍，我的手臂戴著護手，然後醒悟——看樣子現在的我似乎是「齊格菲」。

那麼就能一戰——心裡懷抱著類似這樣的渺茫希望，可以不別開目光，直盯著這條惡龍看。

龍停下動作，膨脹而出的殺意收縮，轉化成謹慎觀察事物的眼眸。我緊緊握劍，甩開些許猶豫——一舉奔出。

法布尼爾瞬間擺出應戰態勢，隨著足以捏碎我靈魂的咆哮，人與龍之戰於焉展開。

砸在周遭的火焰漩渦瞬間點亮整片黑暗，但那肯定不是正確的光，而是為了顯露地獄而出現的地獄之火。

在不知道該如何攻擊的狀況下，只是一心一意地揮著劍。儘管每一劍都灌注了全身的力量，卻幾乎沒有「砍中」的感覺。

彷彿無數蟲子鑽過背部的惡寒讓自己反射性地滾倒在地。接著一條尾巴粗魯地從頭上揮過。

蒼蠅與人類……不，差距更甚於此吧。只要擦到一下，就無關自身幸運與否，肯定會斃命。

大聲怒吼以轉移自身恐懼，往身體一刀，再轉朝尾巴一擊。屠龍者感覺是那麼遙遠，自身死亡卻是如此貼近。

——不可能贏。

這個念頭閃過腦海——實際上真的覺得不可能贏。立於眾多幻想種頂點的怪物，這

就是所謂的龍種。能吐出火、冰或毒氣，強壯程度超過城堡，而且那些利爪能輕易撕裂鋼鐵，尾巴一揮，甚至連鑽石都能加以粉碎吧。

但是，我的身體確實收拾掉這條龍了。那麼，沒道理我打不倒牠。

……照理來說是如此，然而我完全看不到任何通往勝利的道路。龍爪連同胸甲撕裂我的胸膛，身上的鎧甲就像紙屑那般粉碎，從胸口噴出鮮血，身上的肉大舉被刮走。

這可不是痛這個字眼就能打發的感覺，我感受到的是一股決定性的喪失。這致命的重大打擊，滿溢而出的痛楚究竟有多劇烈，只需聽那陣完全無法想像是自己發出的尖銳哀號便可明瞭。

眼前一陣朦朧——法布尼爾為了給我更進一步的打擊而採取行動。我在足以讓意識遠離的強烈痛楚作用下，軟弱無力地揮劍。

這一劍當然直接被彈開，被打飛的身體在地上打滾，遭到火焰灼燒。聲音早已沙啞，甚至連低語都辦不到。

肉體根本就是在生存本能或除此之外的某事物強行驅策下行動。那某事物拚命告訴我不得不這麼做。

我抬起臉——與異形團塊對峙。口中軟弱地嘀咕「不可能獲勝」，明明可以找出成堆失敗的理由，但獲勝的理由卻只有「現在的自己是齊格菲」。

不——或者是說……

恐怕就連齊格菲都陷入苦戰、絕望，尋找著些微光明，在激戰後最終才得以成功討伐這條龍。

但是，只模仿了他外表的我——或許會跟那時候敗給「紅（莫德雷德）」劍兵一樣，無法戰勝這條龍。

我顫抖著抹掉身上的血，儘管確定自己無法戰勝，仍站了起來。龍的眼神冷酷，不管我有沒有戰下去的意志，牠都將在幾秒後撲上來吧。

以雙手握劍，強忍胸口的劇烈痛楚與不斷流出的血液。因為我是用雙手握劍、用雙腿跳躍，不管頭或胸口受到多嚴重的損傷都無關。

自己也很清楚……這其實是很空虛的抵抗，但腦中莫名地並未浮現「逃跑」這個選項。

心跳因恐懼而劇烈，膝蓋因恐懼而顫抖。眼淚流個不停，是因為自己一命將絕而悲傷嗎？

儘管如此，還是——不能「逃跑」。龍張開下顎，自己發出不像樣的聲音，整張臉

皺起，但雙腿仍然往前，一股腦地往前。鎖定的部位也很曖昧，在不知該瞄準什麼部位攻擊的情況下舉高劍。

不過來不及，迸出的火焰如同洪水裹住全身的速度更快上許多……！

然後，眼前又是一暗。

當我回過神，一臉憂鬱的裁決者面孔呈現大特寫。

看樣子我順利從不是夢境也不是現實的那個世界逃脫出來，我呼著安心的氣，仍有一股心臟被一把掐住般的不安感覺。

最後那團火毫無疑問殺死了「那一邊」的我吧。那麼在當時，「這一邊」的我怎麼樣了呢——

§§§

——犯規。

那個魔術師慘叫。也難怪，因為眼前有一名使役者，同時有一名疑似該使役者主人的女性。目前聖杯大戰打得如火如荼，所以不管在哪裡看到使役者應該都不奇怪。

但──自己並不是主人。

這個使役者堂而皇之地入侵自宅，並事先關閉所有警報。不僅如此，還把自己給「■■」了，完全不留任何抵抗餘地。

別開玩笑了，難道忘記聖杯戰爭的原則了嗎？我並不是主人，只是一介魔術師，怎麼可能與使役者交手。

犯規，這樣違反規則。裁判在哪裡？快點懲罰這個使役者和主人啊，更何況自己和聖杯大戰根本沒有直接關係，只是負責支援的人。

喂，有聽到嗎？我抗議，強烈抗議。聲音沙啞、意識遠去，好奇怪，為什麼會這樣──就在這麼想的時候，那位魔術師下意識地摸摸自己的胸口。

胸膛開出了一個大洞，心臟遭到貫穿。雖然試著利用魔術刻印強行復甦，但僅靠已經衰退的自家刻印，光是延後死亡造訪的那一瞬間就無暇顧及其他了。

──啊啊，也就是說，看樣子我會死。

這項事實促使腦部損壞，因為太過恐懼而失去意識。一旦斷電之後，就再也不會醒

過來了。

確認魔術師已死，使役者說道：

「欸，媽媽（主人），這邊住起來應該很舒適吧。」

「這個家很漂亮呢。不過傑克，不可以喲，這裡是魔術師的家吧……如果聯絡網遭到破壞，一定會先調查出問題的地方。」

母親溫柔地提醒傑克（使役者），少女則率真地點點頭丟下屍體。這裡的地理條件很不錯，但另找地方似乎比較妥當。

兩人搜刮走一些必要的物品之後，準備往其他地方移動——就在此時，發現了過去闖入的家中都沒看過的珍奇物品。

「哎呀，是鋼琴呢，我都不知道原來魔術師也會彈琴。」

那是放在一個小房間內的平臺鋼琴。房間周圍的牆壁較厚，可看出這間房應該有改裝成隔音間。牆壁上刻有幾種術式，並設置了魔導器。從這些安排來看，這位魔術師似乎在研究以聲音為媒介的魔術。

說起來，對連魔術師都不是的主人——六導玲霞來說，這些安排毫無意義，重點是這裡有一架鋼琴。

「媽媽（主人），妳會彈嗎？」

「以前很常彈喔。」

那是她的父母還在世時的事情。雖然有些懷念，但她並不想回到那段時光。玲霞認為自己配不上那麼幸福的生活。

掀起琴鍵蓋一看，這架鋼琴雖常被使用，但也有確實好好保養。傑克興致盎然地看著琴鍵，輕輕用食指戳了一下。

清脆的聲音「咚」地迴盪於房內，傑克似乎喜歡這音色，於是又敲了琴鍵好幾下。

「傑克，我彈幾支曲子給妳聽吧？」

「……可以嗎？」

傑克抬起臉，眼中閃爍著異常興奮的光芒。玲霞要傑克去關上門後，坐上椅子。

接著將手放在琴鍵上——思索著有什麼曲子適合女兒（她）。儘管如此，玲霞本身會的曲子也沒多少，現在仍有自信可以彈好的的曲子更是屈指可數。

「我說傑克，妳有沒有想聽什麼？比方說悲傷的曲子、快樂的曲子，什麼都好。」

「嗯～～……我想聽溫柔的曲子，不要悲傷，也不要快樂的。」

母親（玲霞）嘀咕了一聲「這樣啊」，接著想到適合傑克的曲子，將手指放在琴鍵上。

「那麼，這首曲子應該最適合妳。」

玲霞開始演奏鋼琴。如她所說，這曲子的旋律非常溫柔，並不悲傷，但有點揪心的感覺；並不快樂，但可以感受到一點安心感。

傑克聽得出神，詢問這首曲子的名稱。

「夢幻曲，是童年即景的第七首曲子。」

「夢幻曲？」

「記得曲名是採用了德文的『Träumerei』，即『夢』的意思。」

天真的小孩沉睡作夢。知曉所有善惡的大人作著回想自己過往的夢。這兩者之一，或者兩種解釋都正確——總之玲霞認為這首曲子非常適合傑克。

傑克在鋼琴旁邊作夢般——聆聽著玲霞編織而出的音色，讓玲霞甚至不想結束彈奏曲子。

結果，同一首曲子她彈了三遍。

「還想再聽呢。」

「等我們穩定下來，我可以盡情彈給妳聽喔。」

玲霞溫柔地摸摸提出要求的傑克的頭。

這是——當那片草原處於激戰時，在托利法斯鎮上發生的事情。

§§§

裁決者在教會的閣樓房間醒來，大概睡了五個小時。或許因為睡得夠久，她的思緒沒有任何窒礙，非常清晰。

她仔細打掃過這借住的房間後，剛好來到午餐時間。她向艾瑪提出願意幫忙，兩人於是一起做燉菜。

當裁決者不斷攪拌開始冒出香氣的大湯鍋，在一旁烤麵包的艾瑪突然說道：

「貞德，可以問妳一件事嗎？」

「是，請說。」

「妳相信主嗎？」

這離譜的問題讓裁決者瞪大眼睛回過頭。艾瑪面帶困擾的微笑，等待少女回答。

「……我當然相信。」

「信者才會獲得救贖，這是在人間常被拿出來挖苦的一番話。換句話說，不信者將無法獲得救贖嗎？也不打算救嗎？」

「關於這點，應該是大前提就錯了……懷抱在大災難來臨之前就想被提的願望，便是一種傲慢。」

與歡喜之人共同歡喜，與哭泣之人共同哭泣，這才是作為信徒的前提。

「──是嗎？這果然還是『跟妳沒有獲得救贖有關嗎』？」

廚房突然被沉默籠罩。

聽艾瑪這麼說，裁決者看著湯鍋，默默地搖頭。

「不，跟我自己沒有關係。而且，火刑並不是因為神沒救我，那只是──『我選擇了自身命運』得到的結果罷了。」

燉菜終於完成了。

……艾瑪似乎是奉命監視千界樹一族的聖堂教會監視者。只要有動靜便加以呈報，若沒有就在教會當個普通修女。雖然不輕鬆，但在她開始負責這項任務的二十年來，千界樹一族都沒有什麼像樣的動靜。

而監視對象突然在幾個月前採取行動。族人從世界各地聚集而來，漏夜舉行儀式，運送大量資源入城，且明顯有使用過強大魔術的氣息。

然而儘管艾瑪聯絡聖堂教會，卻沒能及時應對，導致在聖杯大戰開打之前，聖堂教會都無法介入。

「妳從什麼時候開始懷疑我的？」

「我一開始以為妳是千界樹的魔術師，畢竟這座城市真的沒什麼觀光客。後來收到聯絡之後，我也吃了一驚呢。」

「唔，若妳以為我是魔術師，怎麼還收留我住下來呢？」

「哎呀，這個跟那個沒關係吧？這間教會永遠為有需要的人敞開大門啊。」

艾瑪露出高尚的笑容，裁決者也跟著笑了。

「我也可以問一下嗎？妳為什麼不驚訝呢？」

「我原本就不認為在托利法斯這座小鎮能有像樣的教會存在。先不論其他魔術師，千界樹是靠廣布血脈得以存活下來的一族。」

話雖如此，裁決者也不是一直懷疑艾瑪直到剛才。

「應該說，即使妳是聖堂教會的成員，而且知道我是誰——這也不構成問題。」

裁決者負責維持聖杯戰爭的秩序，換句話說是監督官。雖說此次聖杯大戰的監督官單方面協助「紅」陣營，但剛來到托利法斯的裁決者也不可能掌握到這個部分。而到了現在，她已完全掌握現況，也知道那是言峰四郎獨斷造成的失控。

「所以說，艾瑪，你們究竟知道多少呢？」

「大概只知道我方派遣的監督官已經失控這點吧。」

艾瑪表情和善地回答。

「這樣嗎……嗯，若是這樣就沒問題。聖杯大戰屬於我的管轄，所以我會處理。」

裁決者瞬間閃過請聖堂教會協助的念頭，但如果他們在這時候介入，恐將招致更混亂的局面。天草四郎時貞絕非被認定為聖人，但考量到他隸屬於聖堂教會，不排除將演變成同樣組織之間的鬥爭狀態。

「哎呀，是嗎？不過老實說或許該感謝妳這麼做。畢竟我們現在跟魔術協會也起了一些爭執。」

裁決者心想：這也合理。按照「紅(莫德雷德)」劍兵的主人獅子劫這男人所說，魔術協會也是以高昂的價格僱用了自由魔術師，在準備萬全的情況下投入作戰。

卻沒想到會遭到監督官背叛，而且這是對方打從一開始就計劃好的，魔術協會當然覺得面子掃地。如同獅子劫所說，若不是目前還算是合理範圍內的犧牲——也就是說，犧牲的不是自由魔術師的話，協會或許已經正式採取行動了。

「那麼魔術協會與聖堂教會基本上還是保持觀望態度，不會採取行動嗎？」

「……這個嘛，我想這樣認定應該沒問題。我們認為不需要如此拘泥在虛假的聖杯上。光是這項認知，就會讓我們覺得言峰四郎竟如此執著於想獲得所謂可實現許多願望的那個聖杯，實在令人遺憾啊。」

艾瑪肯定地答覆裁決者的問題，這讓裁決者安心地呼了口氣。雖然希望對方能出馬協助，但真的干涉又很麻煩。這場聖杯大戰的混亂狀況真可謂異常。

「也是，我們其實沒有完全掌握狀況，要在派遣的監督官背叛的情況下介入——只會招致無謂的混亂吧。」

「請你們按兵不動就好……那個，我可以問最後一個問題嗎？」

「嗯，什麼事呢？」

「妳為什麼要洩漏自己的真實身分呢？雖然不至於因為這樣就起爭執，但妳應該也不需要表態。」

「哎呀，貞德，妳忘了一件很重要的事情喲。」

裁決者歪頭，艾瑪露出惡作劇般的笑容說：

「貞德．達魯克，妳是為這個世界帶來光明的偉大聖女。有想跟這樣的人說說話的念頭，難道是錯的嗎？」

聽到這番話，裁決者睜圓了眼。

「呃，啊，唔……這麼說來，的確是這樣呢。只是……說偉大的聖女、給世界帶來光明什麼的，是不是有點太過了……」

裁決者害羞地低頭。確實，自己的本名還算為世人所知，不然也不能作為使役者被召喚而出。

但是這樣當面聽到對自己的崇拜之情，實在不知該如何反應。

「世上的人們知道妳的奉獻無不流淚，也都感到憤怒。即使妳並非刻意想做些什麼，但妳的行動仍觸發了某些事物，我認為這部分值得自豪。實際上——我就是知道了妳的事蹟，才決定成為修女。」

裁決者跟艾瑪開心地聊了一段時間後，才總算離開教會。雖然不捨，但也不能一直在教會逗留。

話說回來——裁決者想起不捨地揮手道別的艾瑪，心想留名後世還真是一種奇妙的感覺。

這和率軍解放城鎮時，受到鎮上居民歡迎又不太一樣。他們是將解放故國、在戰爭中獲勝的夢想託付給我。

不過，艾瑪不是。她知道貞德．達魯克最後的下場，對貞德這個存在抱持某種——類似信仰的情緒。被處以火刑燒死的聖女……這似乎就是流傳後世的「貞德．達魯克（我）」的標準形象。

『妳為世界帶來的影響遠超過妳自己的想像喔。』

艾瑪是這麼說的，這或許值得驕傲，但——覺得有點不對。

當裁決者發現這一點時，稍微陷入了憂鬱的情緒中。

所謂有影響，自己的存在「也確實給這個世界帶來了災難」。

她搖搖頭——雖然不能忘記這件事，但也不需要太煩惱，於是切換想法。

那些事情都已經結束了。即使被烈火燒盡，或許如果能跟他說說話就好了，或許能夠安慰他。

但這都是在遙遠的過去已經結束的事情，無法解決，也無法交付給未來。

即使如此，那位偉大的元帥後來變成那樣——仍讓人無比遺憾。

裁決者重振精神，造訪千界城堡。從時間來算，與這些人道別後還沒超過半天，但黎明時分常有的那種陰鬱氣氛已消散不少。

來到城門前，人工生命體開門迎接。

「是裁決者閣下啊，請問狀況有什麼劇烈變化嗎？」

人工生命體的眼神略顯銳利，手中握著戰斧——是那位負責指揮人工生命體的領袖少女吧。

「不，並不是這樣……」

「啊，妳是來看齊格的狀況吧。請跟我來，我為妳帶路。」

「……其實也……可以算是這樣？」

確實，沒盯著他會有點擔心。裁決者覺得齊格非常知性、溫和——話雖如此，他也是一旦覺得「要這樣做」就會一股腦蠻幹的類型。

然後他的使役者又是公認的亂來莽撞騎士，阿斯托爾弗。

「她不是負責限制，而是讓他運轉起來的那一個吧。」

不是煞車，而是後燃器，不僅會容許齊格做出莽撞的舉止，還會在那上面添柴火的使役者。

就在裁決者茫然思考這些事情的時候，引路的人工生命體停下了腳步。

「就是這裡。也差不多到其他人工生命體該起床的時間，所以我要換班去睡覺了，就此失陪。」

「謝謝妳。」

目送人工生命體離去後，裁決者重新面對門板。試著敲了兩下，但沒有回應，難道還在睡嗎？裁決者猶豫了一會兒才戰戰兢兢地打開門。

老實說，房間很亂。脫下來的衣服到處亂丟，還有好幾支喝光的紅酒空瓶。石牆上某些部分還有粉碎的痕跡，究竟為什麼會這樣呢……？

房間中央有一張較大的雙人床，蓋著被子的齊格整張臉埋在枕頭裡面睡覺。

「原來還在睡啊……」

裁決者出聲嘀咕，他仍睡得安穩。沒看到騎兵，但知道人就在附近，所以應該是靈體化了吧。

「唔……」

或許因為原本是人工生命體，齊格的臉跟城內的大多數人工生命體一樣，屬於偏中性的感覺——硬要說的話比較偏女性，臉上看不到一根鬍渣。

這麼說可能會讓齊格有些不開心，但他們真的有種人造物的美。

如果說「黑」騎兵阿斯托爾弗是如清純綻放的花兒般美麗——那麼像齊格這樣的人工生命體，就是仔仔細細琢磨的精粹寶石，兩者間並沒有孰優孰劣之分。

……齊格睡得很熟，或許該讓他繼續睡到自然醒。

之前是兩個人都累到極限，勉強在狹窄的床上睡去，所以就算他現在一個人占據一張雙人床，這點程度的小奢侈也是可以被允許的吧。

平穩的呼吸就在這之後突然變化。

「……齊格小弟？」

齊格無聲無息地皺起臉露出苦悶表情，皮膚白得像大量失血的人。他的生命力瞬間虛弱得連裁決者都不禁嚇出冷汗。

「齊格小弟！」

裁決者急忙上前搖晃他的肩膀，並呼喚他的名字。待重複兩次之後，齊格才倏地睜開眼。

「……是裁決者啊？」

齊格以沙啞的聲音低聲說，將手朝她伸過去。裁決者急忙抓住這隻手。儘管軟弱無力，但發現齊格回握了自己的手讓裁決者安心下來。然而即使如此，仍不改目前狀況嚴峻的事實。

「你還好嗎？我幫你治療——」

「不，我只是作了一場惡夢。只是一場夢而已，我沒有外傷吧？」

齊格這麼說罷，將手放在過去的英雄、現在自己的心臟上……確實如他所說，冷汗消退，身體也漸漸恢復血色。既然沒有外傷，一旦他說自己沒事，看起來也的確像沒事的樣子。死神已經遠離，他的靈魂在這裡。

「真的沒事吧？並不是被施了類似詛咒的魔術一類——」

「裁決者，不是這樣，這不是魔術……並不是魔術。」

齊格仍將手放在心臟上面如此嘀咕。既然不是魔術，那是什麼？正當裁決者想這樣提問時，才後知後覺地發現不協調之處。

睡在床上的齊格已經抬起上半身，換句話說，只有剩下的下半身，也就是腰部以下整條腿的部分還蓋在被子下面——不過感覺這部分的隆起「特別長」，並不是錯覺。

「齊格小弟，騎兵上哪去了？」

「噢，騎兵的話——『在這裡』。」

齊格掀起被子，就看到「黑」騎兵緊緊抱著他的腿。儘管鬧出那麼大的騷動，但看她睡得那麼熟的模樣，實在與保護主人的使役者相去甚遠。

然而，比起這個——

「……齊格小弟，這片慘狀是怎麼回事？」

裁決者發出前所未有的低沉聲音，那是與進入備戰狀態非常相似，足以震撼五臟六腑的低音。如果是伙伴，想必會受到聲音中的勇猛鼓舞——但若是敵人，就會因為其雄壯而顫抖吧。

齊格覺得奇怪，為什麼現在的自己聽起來好像是後者？

「這個……應該是他睡傻了脫掉的吧。」

齊格瞥了一眼亂丟在床邊地上的衣服。騎兵在入睡時確實換上了應該是塞蕾妮可為他準備的睡衣。儘管想過只要靈體化就好了，然而一旦齊格這麼說，騎兵就會哭訴「你覺得我不在比較好嗎？」之類的話。

齊格欠缺魔術師相關知識，但畢竟是以魔術迴路為核心打造的生命體，魔術迴路的品質堪稱一流。

因此，要持續讓騎兵實體化也不是什麼大問題——

「我不是說這個。」

「是。」

好可怕。

先不管這個，齊格推測裁決者介意的是騎兵幾乎半脫了睡衣。睡衣的鈕子全部解開，露出白皙腹部，睡褲也已經滑到腳邊，看來應該是下意識脫掉的。

嗯，確實這狀況有些不堪入目，甚至可算是半裸了。總之，應該叫他起來比較好。

「騎兵，起來了。」

「嗯？嗯唔。」

騎兵發出小貓般的聲音，緩緩起身，裁決者見狀不禁驚呼一聲後倒抽一口氣。騎兵瞇細了眼瞪了周圍一圈之後，才像是察覺了什麼般點點頭——

「嗯。」

然後又睡下去。齊格無可奈何，只好扯著他的耳朵把他拉起來。

「軟爛使役者，快點起來。」

「才不軟爛咧！我可是坐擁許多寶具的能幹使役者啊！」

反應超級戲劇性。起身的騎兵開始揮舞雙手，做出強烈的抗議運動。

「騎兵，早安。」

聽到這句話，騎兵「呵呵」笑著揮揮手。

「啊，這不是裁決者嗎？早喲——……怎麼？發生什麼事了？」

「要說有，的確是有，但可以先不要管那個，容我說句話嗎，騎兵？」

「嗯，什麼呢——？」

裁決者先清咳一聲，接著伸出手指指責騎兵。

「騎兵，那身不檢點的打扮是怎麼回事？」

「咦？喔喔，竟不知不覺脫了衣服……這樣很不檢點嗎？」

裁決者點頭如搗蒜，騎兵先「唔」了一聲，一舉脫下整套睡衣——立刻換裝完畢。

「復活啦——！」

「騎兵，不要穿著靴子踩在床上啦！」

「幹嘛啦，很囉唆耶，有什麼關係，又沒有弄髒……大概沒有。」

「……所以說，為什麼呢？」

「什麼為什麼？」

「為、什、麼！就是……妳會跟齊格睡在同一張床上！」

這回換騎兵露出搞不懂問題重點的表情，將頭歪了九十度。

「因為齊格是我的主人啊，然後我是齊格的使役者對吧？」

「可、可是啊，就算這樣也沒必要睡在同一張床上吧！」

「——妳不也跟他睡過？」

騎兵以平靜的聲音說道，裁決者整個人僵住，先是有如金魚張口閉口一會兒後才轉而面向齊格。

「……你跟她說了？」

齊格有些困惑地頷首。

「我想說這沒什麼好隱瞞的……不應該說嗎？」

「啊，不，那個，也沒什麼——」

裁決者有些忿忿地看著齊格。

「我們又沒做什麼虧心事，對吧——主人？」

奇妙的是，騎兵的笑聲聽在齊格耳裡只顯得無比空虛。應該說，瞪著裁決者的騎兵

眼中完全沒有笑意，究竟是為什麼呢？

「……唉，我也相信才過這麼短的時間，你們應該不至於做出什麼虧心事啦。」

「不過明天會怎麼樣可就不保證嘍。」

騎兵挑釁般笑著瞪了過去，裁決者也一臉正經地瞪回來。

「……煩請你們注意不要做出違反善良風俗的事情。」

「明明是英靈也要注意這個？這世上有很多全裸使役者耶。」

「即使是英靈也一樣！遑論齊格小弟還是個小孩，當然是身為使役者的妳該正經一點吧！」

「主人才不是小孩！他是個可以自己判斷、自己行動的出色成年人！而且妳又怎樣！一大早連門也沒敲就闖進我們的房間，不覺得羞恥嗎！」

「我敲過門了！是妳自己睡昏頭！而且現在已經中午了喔！」

裁決者和騎兵持續對峙。這時齊格舉起手，希望能勸兩人冷靜下來，卻完全被忽視，讓他有些傷心。

「……總之，煩請不要輕舉妄動。」

「我拒絕！跟主人一起睡可以讓我更有鬥志！」

「哪有這麼噁心的鬥志啦！」

「哎呀，感情糾紛嗎？」

——一道聲音突然傳來，裁決者和騎兵同時回頭，就看到弓兵從門後露臉，並用手掩著嘴嗤嗤笑著……以他來說，這樣的反應或許相當罕見。

「才、才不是感情糾紛……別說這些了，齊格小弟，我想重新跟你確認一下剛才的狀況。『黑』弓兵（凱隆），我也需要你提供看法。」

「……剛才？主人，你怎麼了嗎？」

「嗯，是這樣——」

齊格說明方才的「夢境」，當他說到胸口被挖開的時候，騎兵急忙扯破他的衣服，確認上面有沒有傷勢。而齊格當下立刻用手遮住變黑的皮膚部分，因為他覺得要是這時候讓大家看到，只會徒增混亂。

「太好了，我還想說要是主人受了致命傷該如何是好。」

「我覺得扯破衣服真的有點超過。」

「騎兵……妳為什麼老是……老是這樣……」

裁決者忍耐頭痛般按著眉心，弓兵則完全不介意這些，開始分析齊格敘述的夢境。

他擁有希臘諸神授與的知識，要分析夢境並非難事——但是……

「我先聲明，我無法明確判斷。應該說，齊格，你毫無疑問是世界上獨一無二，在過去的聖杯戰爭歷史也是從未有過的存在。」

弓兵先表示齊格的案例完全是未知領域。

甚至無法用稀少來比喻，而是如字面所示的唯一，沒有其他相同存在。

「你因為『黑』劍兵（齊格菲）的心臟得以活下來，又因為『黑』狂戰士（弗蘭肯斯坦）使用的寶具復活。問題關鍵在於你的心臟，本來當『黑』劍兵離開這個世界時，你的心臟也會跟著消失，但因為與你的魔力和魔術迴路連結，變成一種『道成肉身的狀態』。」

艾因茲貝倫的人工生命體著實是高級品，以他們的技術，甚至能打造具有自我管理能力的聖杯容器，也就是擁有「小聖杯」機能的人工生命體。儘管戈爾德．穆席克．千界樹也察覺到這樣的可能性，但達尼克命他打造的人工生命體並不需要這樣的功能。

即使是打造成用過即丟的人工生命體，在構造方面還是設計成能容納「容器」，只不過並未持有可容納使役者那般龐大靈魂的空間。

千界樹的人工生命體甚至容不下一位使役者，但若只是器官的一部分，而且是被賦予填補原本失去的器官的功用，同時當龍血這樣的不死象徵被注入體內時——所有原本不可能的事都有辦法變成可能。

「我想你的夢境毫無疑問是『黑』劍兵造成的影響吧……問題在於那是否真的『只是』一場夢。齊格，你自己怎麼認為？你感受到的那些，真的只是一場夢嗎？」

齊格默默搖搖頭。

「——不，我想不是。那不是夢，在那之前體驗的才是夢境。」

接著齊格瞥了騎兵一眼。就算是騎兵，應該也不喜歡自己的過往被隨意張揚吧，而且那也不是說了會有幫助的內容。

「既然如此，我認為應當可以將之當作一種不好的預兆。這只是我的推測，你——或許正要『成為』齊格菲。」

「成為齊格菲？」

「英靈的心臟這樣壓倒性的存在正在侵蝕你，這應該不值得驚訝吧？說起來，在那種情況下身體無法承受，侵蝕會引發崩潰，你會如字面所述，『由體內開始毀壞』。」

「可是——照我看來，心臟目前維持正常的機能。」

「裁決者，妳忘了嗎？他可是曾經『變成了』齊格菲喔。」

這句話讓裁決者一臉苦澀地點頭。

「你說得沒錯……那樣的附身只能算是奇蹟。」
「何止奇蹟。齊格，你確實兩度讓齊格菲附在自己身上吧？總計大概經歷了多少時間呢？」
「變身一次可以維持三分鐘，這就是極限了。」
「那麼，就是那三百六十秒侵蝕了你的身體。我無法得知你今後可以活多久，但齊格菲的三百六十秒應該可以比得上你的一輩子。你最好想成每讓齊格菲附身一次就會更接近死亡一步。」
「龍告令咒」——如字面所述，那是死之宣告。若能補充令咒，確實可以讓齊格菲多附身幾次。
但每附身一次，名為齊格的存在就會崩毀——且無法復原。
「意思是別再讓他附身了？」
裁決者介入回答齊格的問題。
「這麼做會比較好吧。齊格小弟，身為主人的你投身作戰並非明智之舉，戰鬥就交給使役者，希望你能以一位主人的角度採取行動。」
「但我們需要『黑』劍兵的力量吧。」

「……」

場面陷入沉默。裁決者別開眼，騎兵則揪著齊格的衣服不肯放開。

「而且，事情也並不一定就像弓兵說的那樣。很有可能只是我誤會，那真的單純是一場夢。」

「不過……！」

弓兵介入仲裁。

「關於這點，就算我們決定怎樣也無濟於事，關鍵只在於他有沒有意願要使用令咒罷了。」

裁決者心想：弓兵說得沒錯，這個問題的關鍵就看齊格本人的意思。他要在接受弓兵的忠告下仍決定使用令咒嗎？他打算不管未來將會如何，仍選擇往前嗎？

——這連問都不必，他「一定會選擇」，必須讓他選擇——不！絕不能讓他選！

「那麼，我先失陪了。還有，吾主有事想與裁決者和騎兵商量。稍晚一點也無所謂，總之麻煩二位來會議室一趟。」

弓兵離開後，氣氛硬是變得更為尷尬。裁決者和騎兵都心知肚明。

不管怎樣發誓、限制、強制，一旦時機到來，齊格一定會召喚齊格菲來附身吧。

即使揍暈他，或讓他口含銜枚、將之五花大綁也沒用，既然這樣，索性讓他永遠沉睡——當然更不可能。

「你們是不是在想一些很偏激的事情？」

齊格向投以憂愁眼神的兩人問道。

「沒有。」

「沒啊。」

兩人同步搖頭否認，齊格從床上起身。

「……這個問題應該沒辦法解決吧。裁決者、騎兵……我很感謝你們的好意，也知道不應該忽視你們的心意。」

但是，即使如此。

即使如此——

「抱歉，我打算去看看人工生命體他們的狀況，麻煩你們去找魔術師吧。」

裁決者和騎兵面面相覷，接著一同嘆息。

「我知道了。」

「了解。主人，你不可以隨便亂跑出去喔。要出去之前記得說一聲喔。」

「我又不是小孩子。」

兩位使役者一起離開房間，前往會議室並牽制般瞥向對方。

「……該怎麼辦呢？」

「怎麼辦才好咧～～」

結果，不讓齊格變身的方法只有一個，讓狀況變成不需要他變身就好。以壓倒性的力量作戰，擊潰敵人……如果能做到這點，也不必這麼辛苦就是了。

「能不能善加利用妳持有的令咒？」

裁決者搖搖頭否定這個想法。

「令咒對應各使役者的職階，原則上算是變成一種類似『鑰匙』的狀態。也就是說無法挪為其他顏色、其他職階所用。如果可以，我早就動手了。」

「為什麼要搞得這麼麻煩啊，一般令咒不是不管怎樣的主人的哪種令咒，都可以直接挪給其他主人用嗎？」

騎兵說得沒錯，所以一般聖杯戰爭才會由監督官保管令咒，甚至有因為改變規則而

作為報酬贈送出去的案例。

「因為不能保證我不會變成太執著於某位使役者就刻意將令咒全數挪給該人使用的裁決者。這是為了預防最糟糕的狀況發生。」

「我還是希望能設想到現在這種狀況就是了。」

「現在這個狀況一般都不會設想到吧。」

說起來，聖杯大戰本身就是很異常的狀況，系統會擔憂更低機率的事情發生也無可厚非。

但不幸中的大幸是對手四郎那邊雖幾乎湊齊了「紅」陣營每個職階的三道令咒，但這些令咒對「黑」陣營並不管用，而且他手中並未握有「紅」劍兵（莫德雷德）的令咒，他不可能透過令咒約束我方使役者。

「話說，菲歐蕾找我們有什麼事啊？」

「我也不知道……應該是跟要前往空中花園所必須安排的飛機有關吧？或者她已經掌握攻略的線索之類。」

「如果是後者就好了——」

「很遺憾，事情沒這麼順利。」

集合地點是跟昨天同樣的會議室，菲歐蕾帶著有點疲憊的臉露出笑容，「黑」弓兵（凱隆）如同管家隨侍在她身邊，卡雷斯則站在離她一步的位置。

「飛機這邊請再給我一點時間，目前預定會在三天之內抵達。」

「唔，真可惜。所以，有其他事情嗎？」

「是的，其實是關於『黑』刺客的問題。」

「……這麼說來，直到最後『黑』刺客都沒有現身呢。我還以為是千界樹這方為了暗殺主人而令其待命。」

菲歐蕾搖頭否定裁決者的說法。

「說來丟臉，刺客的主人似乎被搶走了使役者。」

「喔喔，真的很丟臉耶。」

騎兵對憂愁的菲歐蕾直接說出感想。裁決者想起四郎曾提及「黑」刺客的事，記得當時他是說——

「我們只能確定一點，就是刺客已經失控了。」

卡雷斯將報紙丟給裁決者和騎兵，拿到報紙的裁決者露出苦澀表情。

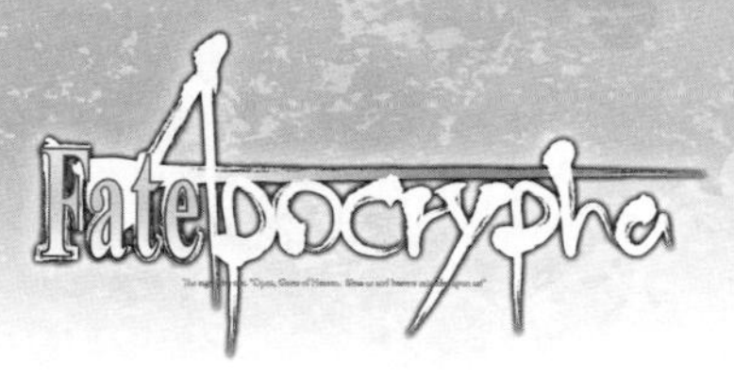

羅馬尼亞的開膛手傑克（Jack the Ripper），至今仍未掌握真面目。

「喜歡炒作話題的新聞大標有時候會道出真相。諷刺的是，被他們以開膛手傑克稱呼的殺人魔，是『絕無虛假』、『真正的』開膛手傑克。」

「『開膛手傑克』……」

「……你們召喚了開膛手傑克作為刺客嗎？」

裁決者皺眉，菲歐蕾垂肩回應：

「是的，族人魔術師相良豹馬認為原本應召喚作為刺客的哈山．薩瓦哈已經來到極限，於是在最新穎的刺客開膛手傑克身上找到了出路。」

每當包括亞種在內的聖杯戰爭開打時，主人之間會確定幾項戰術。基本上必須最優先打倒其主人且嚴加戒備的對象，其實不是包含劍兵在內的三騎士，而是刺客。

若不是能讓使役者隨侍在側，幾乎不可能防範活用「斷絕氣息」進行的偷襲。但是，若為了保障安全而將使役者安排在肉眼可見的範圍內，又會在與其他使役者對峙時衍生別的問題——被牽扯進戰鬥的可能性會非常高。即使是英靈，要在保護某個對象的情況下作戰，依然會陷入壓倒性不利的局面。

即使使役者沒死，一旦陷入動作遭到封鎖的狀態，很明顯會敗北。話雖如此，要因此支開使役者也是愚蠢。

再加上必須隨時戒備刺客會趁兩位使役者專注於戰鬥時執行暗殺。

有一段佳話是某次亞種聖杯戰爭，刺客的主人僅花三天就結束了該次聖杯戰爭。因此，主人們都會發瘋似的強化戒備刺客的措施，畢竟會召喚出來的刺客大名早以廣為人知。

哈山．薩瓦哈——中東傳說中的暗殺教團首領，也是成為「刺客(Assassin)」一詞來源的人物。但是，歷史上自稱哈山的人總計有十九位。

在召喚刺客時，通常會從自稱哈山的十九名對象中召喚一位出來……雖然也有可能召喚除他們之外的刺客，但機率非常低，基本上可以忽略。

總之經過許多次聖杯戰爭，十九位哈山別說本名了，連寶具的效用都已洩漏出去。即使如此，哈山．薩瓦哈仍非常可怕，被他們突破防範對策而遭殺害的主人不計其數。

但是，因為採取了防範措施而得以擊退哈山的機率也飛躍性地提升。最後演變成召喚出刺客的主人不是獲得聖杯就是死，一翻兩瞪眼的賭博——這已經是參加亞種聖杯戰

爭的主人間會有的認知。

但是，哈山會作為刺客被召喚出來，毫疑是「刺客」這個詞成為觸媒。因此，如果能在追加詠唱上做一些變化，透過加入非屬於哈山的觸媒，想召喚出哈山以外的刺客也絕非不可能。

例如四郎就是召喚出了塞彌拉彌斯作為「紅」刺客——

「在決定要召喚哪個英靈為『黑』刺客的時候，相良豹馬重視的是相關情報多寡這個層面，才看上了最新英靈開膛手傑克。」

「確實，那位殺人魔可是英國最大的謎團，甚至連他是男是女都無從論定。」

「咦？傑克不是男的嗎？」

卡雷斯搖頭否定騎兵這番話。

「開膛手傑克當初曾被稱為開膛手吉兒(Jill the Ripper)，因為他下手的對象都是女娼，而且對方幾乎都在毫無抵抗的情況下遭到殺害。不過，犯人是女性這個推論似乎很快就消失了……一般來想應該是男人沒錯。」

「我想應該是過往的聖杯戰爭中從沒有被召喚過的刺客，也無法想像寶具會是什麼。但問題在於『黑』刺客——」

「是的，相良豹馬在執行召喚前有與我方聯絡，在那之後就斷了一切消息。當初我們以為是魔術協會的某人打倒相良豹馬，強行奪走『黑』刺客——」

菲歐蕾看了一眼裁決者和騎兵手邊的報紙。

「照那篇報導來看，『黑』刺客已經抵達羅馬尼亞，並且做出非常不合魔術師原則的行為，於是我們前往調查。」

而弓兵和菲歐蕾在當地目睹了「黑」刺客與「紅」劍兵對決的場面。

雖然菲歐蕾想抓準機會——鎖定兩者交手的瞬間，但「黑」刺客只受了輕傷，逃離戰場。另一方面，「紅」劍兵和「黑」弓兵則激戰了幾回合，結果平分秋色。

「……唉，我現在才在後悔，自己當時太注重『紅』劍兵，導致忽略了『黑』刺客這點。」

對當時才剛失去「黑」(齊格菲)劍兵的千界樹一方來說，必須最先打倒的就是「紅」劍兵。

「當時主人的判斷很正確，是沒能順利收拾的我有問題。」

弓兵這麼安撫嘆息的主人。卡雷斯也同意弓兵的說法。

「總之以結果來說，沒有收拾『紅』(莫德雷德)劍兵是不幸中的大幸，也沒什麼不好。後悔已經過去的事情也於事無補啊，姊姊。」

雖然是結果論，但就是因為當時沒收拾「紅」劍兵，裁決者和弓兵才能活到現在。

「……然後剛才駐紮於托利法斯的族人傳來線報。就在昨晚，我們與『紅』陣營交手之前，潛伏在鎮上的魔術師們似乎失聯了。失聯的人有十位，而且幾乎都是儘管不算一流卻仍相當幹練的魔術師。」

儘管沒被選上成為主人，這十人裡面有幾位的能力在卡雷斯之上，也是擁有悠久歷史的魔術師家族。如果是跟魔術協會的魔術師交手，還是有很多方法可以取得聯絡，然而卻沒有聯絡——想來應該是無法聯絡吧。

「裁決者和騎兵，我想拜託二位的是——」

「討伐『黑』刺客，是吧。」

裁決者制止般說道。點頭同意的菲歐蕾的眼睛正謹慎地窺探裁決者的狀況。

「原來如此……菲歐蕾，妳在意的是這會不會與我身為裁決者該扮演的角色抵觸，是嗎？」

「是的，沒錯，畢竟是要出面討伐特定使役者。」

「妳請放心，『黑』刺客已經連累了許多毫無關連的人類。即使是普通的聖杯戰爭，在那個時間點也已經是必須處以嚴重罰則的狀態。」

說正確一點，是對連累了許多毫無關連的人類——而且還鬧到檯面上所必須給予的懲處。

但是，因為被選為裁決者的使役者不同，也會有無論是不是鬧到檯面上，只要連累毫無關連的人類，就必須加以懲處的人存在。

貞德．達魯克便是這類其中之一。她會嚴格判定聖杯戰爭的「外」與「內」，面對打算從內跨越界線來到外面的對象會毫不留情，而打算從外面侵入內側的對象則會盡可能以穩健的方式加以排除。

「附帶一提，可以搜查與討伐『黑』刺客的時間，只有在飛機抵達此地前的三天內。在那之後，我們必須將一切資源投入追蹤『花園』。」

「換句話說，就是『如果想在三天內出發，就出手幫忙吧』的意思吧？很詐耶！」

騎兵邊賊笑邊嘀咕，菲歐蕾則一臉毫不在乎地說：

「我們家的家訓就是『人盡其才，物盡其用』啊。」

「無妨。但我希望能不要讓齊格小弟參加，可以嗎？」

「……確實，我聽說那個人工生命體只能再讓『黑』劍兵附身三次，確實不需要把這僅剩的三次浪費在『黑』刺客身上。」

裁決者悄悄呼出安心的氣。如果讓他參戰，他肯定會讓「黑」劍兵附身吧。必須盡可能減少他使用令咒的機會。

「謝謝，那麼就由我、騎兵和弓兵出面……若可以，也希望一度和對方交手過的『紅』劍兵能參戰。」

菲歐蕾露出尷尬的表情。

「……這個案子，我不太想拜託『紅』劍兵和其主人獅子劫界離。」

「咦，為何？」

聽到騎兵單純的問題，菲歐蕾一副欲言又止的樣子。這時卡雷斯看不下去，於是出面解釋：

「說穿了，『紅』劍兵的主人獅子劫大叔是魔術協會的人。如果讓他參與討伐『黑』刺客的工作，就必須把我們的狀況告知對方……哎，雖然我覺得他應該多少察覺到了，但畢竟我們還是要顧及面子問題，並不想欠他人情。」

「而且對方並不是在場三位使役者無法處理的對象，我也曾經——」

弓兵很難得說到一半就停下來。所有人都看向他，不懂是怎麼回事。

「弓兵，怎麼了？」

「主人，妳知道『黑』刺客的參數嗎？主人應該親眼看過刺客對吧。」

「呃，這………」

菲歐蕾閉上眼，應該是想回想參數吧，但她立刻一臉困惑地看向弓兵。

「對不起，我不清楚。好奇怪，應該有讀取對方的參數才對………哎、呀？」

這時菲歐蕾驚愕地以手掩嘴。

「不，不只不清楚對方的參數，我和主人都目擊了刺客的樣貌，卻『連對方的長相都不記得』。」

「……這是刺客的既有技能或寶具的效果吧。」

「這個嘛，就像『紅』劍兵裝備著可以隱瞞真面目的頭盔，『黑』刺客就算擁有可以隱瞞真面目的『某物』也不太奇怪。」

「紅」劍兵的寶具效用能暫時隱瞞真名，一旦解除寶具也就不介意露出真面目了。

若是普通的聖杯戰爭，通常只會在要給對手使役者最後一擊的狀況下使用寶具。一般來說都會採用將風險壓到最低、持續隱瞞真名的戰術。若是在一對一且其他主人無法目擊的狀態下，就會非常難纏吧。

……但「黑」刺客的情況可不一樣，與其說她隱瞞真面目是基於戰術層面，更該說

這其實是開膛手傑克的生存之道。

儘管有許多不利搜索的因素，她卻是在至少殺害了五名女娼的情況下，完全不留任何線索。再加上還有一個運氣糟糕透頂的插曲，當時的警察署長因擔憂引發人種問題，把可能可以作為證據的塗鴉消除了。

並非隱瞞真面目，而是隱瞞這個行為本身才是與殺人魔的主體性相連。

「戰鬥中並沒有什麼不自然之處。我想應該是當我們認知刺客消失之後，我們獲得的情報也跟著抹滅。」

「那麼，我們只是知道『黑』刺客的真名為開膛手傑克，其他包括外觀、能力，遑論寶具什麼的都不知道嗎？」

聽到騎兵的話，菲歐蕾只能面帶憂愁地點頭。

「沒錯，這或許——是一項意外困難的任務呢。」

「不過姊姊，我們也不能放著刺客那傢伙不管吧。」

「是這樣沒錯……一般認知來說，所謂的刺客，是只要能撐過其突襲就容易打倒的對象，但要主動找出刺客並加以打倒卻很困難。更遑論目前沒有任何情報，會變得更加困難。」

「也就是說，我們必須從尋找開始著手……這樣對吧。」
「白天就開始搜索吧，我們會準備現代服裝，避免各位太引人注目。」
「嗯，我沒問題。」
裁決者因為穿著蕾蒂希雅的便服，基本上沒問題，只需要切換就好。
「啊，我想要衣服！最新流行的款式，還要騷包的！」
騎兵挺出身子跟上話題，但菲歐蕾以略顯冰冷的眼神看過去說道：
「……那個，我們不是去玩的喔。」
「我知道、我知道！……唔，真想帶主人一起去啊——」
「騎兵？」
如果方才菲歐蕾的眼神只是略顯冰冷，那現在這聲音絕對堪稱降至冰點。
裁決者的眼神有如冰柱刺在身旁的騎兵身上。
「我想不用我多說，妳也知道不可以連累齊格小弟。」
「呃，可是反正現在才中午，到傍晚為止應該可以當作出去玩——」
「不可以玩。」
「就小玩一下……」

「一丁點都不行。」

提案立刻被乾脆地駁斥，騎兵對裁決者沒得商量的態度感到不悅，於是趴在桌上。

「騎兵看起來突然沒了幹勁呢。我開始有點擔憂了，應該不是想太多。」

「喂，拜託你們了……」

姊弟傻眼，弓兵則露出苦笑。

「那麼，我和卡雷斯去別的房間換衣服吧。」

「我們的衣服呢？」

「我會請人工生命體拿過來。對了，關於提供弓兵魔力，暫時會由我和卡雷斯分擔這項工作。」

將戈爾德安排由人工生命體供應的魔力切換為以卡雷斯為主提供，不足的部分則由菲歐蕾補足。在出現主人間對決場面的可能性降低的現在，這麼做也不會造成太多負面影響。

而人工生命體這邊，雖然有點受到形勢所逼，但他們獲得在這座城堡的居住權，代價就是必須負責執行日常生活的雜事。

「這樣很好，這樣才是理想的主人與使役者間的關係。」

「謝謝。」

菲歐蕾顯得有些驕傲地微笑，弓兵則和卡雷斯一起走在走廊上。

「想請問一下，卡雷斯你供應了多少比例的魔力？」

卡雷斯心想弓兵這問題真討厭，只能略顯不悅地回答：

「就算用上我所有魔力，大概也只能幫忙供應你兩成左右吧。總之你當成是備用電池比較好。」

「原來如此，難怪我會覺得聯繫感有些薄弱。」

見弓兵一副理解狀況的態度，卡雷斯更是不開心了。

「可惡，不要你管啦，這方面姊姊是壓倒性地強啊，不論魔術迴路的質、量，以及相對應的魔力儲備量。如果說我是一個塑膠油桶，她可就是石油工業區。」

「唔，卡雷斯有勝過主人的地方嗎？」

「有……我比她懂電腦。」

弓兵本來想說：「身為魔術師，這能算是優點嗎？」但還是刻意保持緘默。畢竟男人有時就是即使逞強也不想認輸。

裁決者他們等了一下，人工生命體們便接連走進會議室，手中抱著尺寸是騎兵可以穿的當代風服飾。

「大致上都拿過來了，但我不負責管適不適合的問題喔。」

「ＯＫＯＫ，沒問題！哎呀——這件好可愛，那件也可愛，等會穿了請主人幫忙看看好了！」

「戈爾德叔叔現在怎麼樣了？」

「天明時表示自己的工作已經做完，又開始喝酒了。雖然很感謝他拯救了我們的性命，但還是對他的態度有些敬謝不敏。」

人工生命體一致點頭表示同意。

「……我會請他之後注意一點。」

菲歐蕾覺得很抱歉地回覆。

「那麼，請兩位更衣。」

「咦？妳呢？」

「菲歐蕾妳不去嗎？」

面對騎兵與裁決者的問題，菲歐蕾困擾地微笑，看了看自己的雙腿。

「畢竟我的腳是這樣，要在白天進行追蹤調查有困難。但若能使用魔術，情況就不太一樣了。」

菲歐蕾藉由應用降靈術的連接強化型魔術禮裝來補強自己不方便的雙腿，但這並不是可以在大白天拿出來用的禮裝。

「而且，即使在自己的房間也是可以進行分析工作。」

「原來如此，那就是我們成為妳的手腳執行調查了。」

「是的，我會派一位熟悉魔術的人工生命體跟隨你們。」

菲歐蕾說完，留在當場的人工生命體對兩位使役者低頭示意。那是一位少女型人工生命體，臉孔跟齊格相似，但留著一頭長髮。

「我叫愛琪雅，請多指教。」

騎兵和裁決者與對方握手表示善意。

「探查使役者的氣息、殘渣與其他線索的工作交給二位，魔術相關的探查則由愛琪雅負責。我打算透過念話聽取匯報之後，再加以分析。」

這裡是千界樹管轄的托利法斯，雖然安插了許多老練的魔術師，但這些人也沒有本

事追蹤或是發現使役者。

目前刺客就算已經跟主人一同潛伏在這座城市也不奇怪，如果能在白天找到某些線索——最理想的狀況，當然就是能直接找出主人了。

§§§

「她（傑克）」潛伏著。

原本就因為身形瘦小，哪裡都鑽得進去，只要穿上「母親（主人）」在布加勒斯特購買的衣服，搭配「斷絕氣息」，甚至可以完全融入大多數的人潮之中。

話雖如此，但因為托利法斯是一座小城市，觀光客不多，再加上隨處都有魔術師監視，無法隨意採取行動。儘管如此，「她」已經在昨天殘殺了十位魔術師。

她現在跟母親分頭行動，因為兩人都分別找到了絕佳的藏匿之處，短時間內並不打算離開。說實在的，她是按捺下想要玲霞彈鋼琴的情緒——因為她擅長埋伏，也很擅長忍耐。

敵方使役者總計三位——或者四位。「黑」弓兵（凱隆）、「黑」騎兵（阿斯托爾弗）以及一位不是「黑」的「某人」，而問題的關鍵在於「黑」劍兵（齊格菲）。他一下子在、一下子又不在，是有點難以捉摸的狀態。

「她」與那外表和行為舉止相反，慎重地行動。對她這個生來就像是特別強化了殺人的怨靈集合體來說，殺人並不是工作，也不是嗜好，硬要說，殺人才是她存在的理由，同時是生存動機。

就像每個人都要證明這點，她必須透過殺人行為來證明「我確實存在於此」。

她慎重地，只是無比慎重地等待時機到來。

真正下手的時間總是在夜晚，即使再怎麼評估錯誤也不會賭上自身性命。關鍵在於有多少機會可以下殺手，而「她」又選出了這之中的多少個機會。

戰鬥必須一對一進行，但殺害必須單方面才行。考慮到這點，與「紅」劍兵（莫德雷德）之間的戰鬥對她來說也算是意外狀況吧。

「……我果然算是打輸了吧。」

雖然光是回想就令人煩躁，但當彼此面對面時，「她」毫無疑問確定自己會輸。

自己的一擊甚至無法切斷她的喉嚨，而她的一招就能讓自己屍首分家。

雖然這是參數的差距、戰鬥狀況的不利因素、身為英雄的格調不同，以及其他諸多因素全都對自己不利所致——但「她」認為，並非完全沒有機會可乘。

參數的差距，可以用自己的力量彌補。只要在夜晚斷絕氣息，將不會有任何人察覺自己。

而「她」很清楚，只要殺害主人，無論對方是怎樣的英雄都不值一懼，對殺人魔（自己）而言，無論是魔術師還是女娼——都一樣是獵物。

非常悠哉地「呼啊～～～」打了個大呵欠的，是「紅」騎兵（阿基里斯）。

「好閒喔。」

「真的很閒。」

回話的是「紅」弓兵（阿塔蘭塔）。畢竟他們待在飛行於空中的花園裡，也無法外出。才過了半天，兩個使役者就已經閒到發慌了。

「很無聊嗎？」

成為兩位使役者的主人的言峰四郎領著他原有的使役者「紅」刺客（塞彌拉彌斯）前來。

「算是吧。我們先當作『黑』那幫傢伙三天後會抵達就可以了吧？」

「關於這點，我想對方必須準備能追上這座空中花園的『馬匹』才行——依狀況不同，可能會花上更多時間。」

「紅」騎兵和弓兵一齊發出不滿的聲音，刺客則嘆氣著嘀咕：

「不過就是短短三天，耐不住性子難道是在前線作戰的英雄本性嗎？」

「妳想找架吵，我隨時奉陪啊。」

四郎出面安撫互瞪的兩人。

「好了好了，兩位，別吵了。我這邊有一件事情想拜託弓兵。」

「……唔？」

被指名的弓兵困惑地板起臉。

「我想請妳出馬當斥候偵察『黑』陣營的狀況，雖說這任務原本該由擁有『斷絕氣息』的刺客擔任──」

四郎瞥了刺客一眼，刺客則略顯不滿地「哼」了一聲別過眼去。

「喔，雖說是刺客，不過畢竟是『這個樣子』嘛。」

「甚至會不會斷絕氣息都很可疑，也沒辦法啊！」

兩位訕笑的態度令刺客更是不悅地瞪了過去。四郎一邊安撫刺客一邊對弓兵說：

「於是，我想最適合擔任斥候的應該就是妳了。」

「呃，我──」

「很遺憾，我可以斷定在場的所有成員之中，應該沒有比騎兵更不適合擔任斥候的英雄了。」

四郎表情溫和地一舉推翻「紅」騎兵的意見。

「嗯，但我要怎麼回來？」

「既然我是妳的主人，精神層面上就會彼此連結。只要能用念話呼喚妳，便可使用令咒將妳召回。不管對面的裁決者怎樣命令妳，我都能以令咒封殺。」

魔術師使用的「空間轉移」是一種幾近魔法的神祕，對沒有學過洗禮詠唱以外的魔法的四郎來說，當然是一種不可能的範疇。

但只要有令咒便不足掛齒。

「因為這點小事使用令咒好嗎？」

「無妨。因為我繼承了其他主人的令咒，跟作為裁決者被召喚而出的她不同，能將所有令咒集中使用在單一使役者身上。我手上握有狂戰士的份，所以在這邊用上一道也沒問題。」

換句話說，無論擁有多強大的反魔力也無法反抗他。

「嗯，只要可以排解無聊就無所謂——當當斥候這點小事不算什麼。」

「那麼，就麻煩妳了。」

「紅」弓兵輕輕頷首，立刻化為靈體，抹去了氣息。

「我說主人啊，有沒有什麼事情可以派給我做？」

「……對了，術士好像在招募助手呢。」

「駁回。」

話說這邊所謂的助手，是要從書堆中選擇指定的資料，只為了攤開資料書籍給術士看就必須一直站著的工作。

「不然你去跟槍兵簡單練幾招如何？」

「這也駁回。」

「——喔，沒想到堂堂阿基里斯這般勇者，也會選擇避戰啊。」

刺客或許是想報復方才被揶揄而愉快地笑著說，騎兵則不悅地「哼」了一聲回答：

「我說啊，跟槍兵怎麼可能只是『簡單練幾招』，一旦交手，我們都會戰到獲勝殺了對方為止。」

「不能控制自己只出五分力嗎？」

「面對印度數一數二的英雄卻只出五分力也太失禮吧，我認定只有要跟他廝殺的時候才會交手。」

刺客理解狀況後便不再訕笑。身為女皇也專長權謀術數的刺客無法理解兩人的想法。不過即使從自己的角度來看，他們拘泥的點都是些無聊的小事，也不該加以取笑使對方不悅。踐踏英雄的尊嚴是愚者的行為。

「唔……考量到事有萬一，若騎兵離開這裡確實會有些困擾，但你現在正無聊得發慌是嗎？」

「如果主人要陪我練招，我就可以只出五分力。」

——騎兵出言挑釁。見他邊笑邊說，看來他自己也不是很認真當一回事。世界聞名的大英雄阿基里斯跟東方的小英雄天草四郎時貞之間的功勳、出身等差距都太大了。

在刺客瞪視下，騎兵正想說「我開玩笑的」時——

「可以喔，反正在大聖杯穩定下來之前，我也沒什麼事做。」

場面瞬間凍結。騎兵和刺客一時之間都無法理解身為主人的他回應的答案。

「刺客，妳應該有讓龍牙兵使用的槍或劍吧。把那個借我們，總比我們都用自有的武器好。」

「……等、等等、等等，你瘋了嗎？」

「這個嘛……要問我是不是瘋了，我自己也不太有信心呢。」

四郎很平常地這麼說，將手伸往刺客。騎兵原本因這意料外的狀況而默不作聲，後來突然放聲大笑。

「喂喂、喂喂喂！主人，你傻了嗎？就算你是英靈，居然說想跟挑戰了整座特洛伊

的我交手？」

這話並非嘲弄，而是在道出事實的同時包含了怒氣。騎兵雖然知道關於天草四郎時貞這個英雄的詳情，卻不清楚他的戰鬥技術。只不過，他有自信自己所經歷並一路戰勝下來的戰爭，比任何人的都嚴酷。

如果拿四郎當對手，很可能會與他的自尊抵觸。

但四郎平淡地接受騎兵的怒氣，握起刺客準備的劍後，將槍扔給騎兵。

「如果我損害了你的尊嚴，那我道歉，但要是這麼做能排解你的無聊……我隨時願意奉陪。」

四郎架起劍，騎兵先是露出不滿的表情，轉頭看向旁邊——

瞬間。

鋼鐵碰撞。

完全沒有準備動作的這一槍有如子彈，而接下這槍的四郎反應速度著實令人瞠目。

騎兵稍稍呼出略顯佩服的氣息，接著一轉已經刺出的槍，重新擺好架式。

「——你居然能化解剛剛那槍啊。好，就跟你玩玩吧。」

「……煩請手下留情。」

「這我不保證喔，畢竟我活到現在，使槍時手下留情的經驗寥寥可數啊！」

騎兵跨步過來的時間甚至連轉瞬都不到，在四郎的腦袋理解之前，一槍就已經穿了過來。

四郎不是用腦，而是身體做出反應，勉強化解了這一槍。

於是，玩鬧程度的廝殺於焉展開。

§§§

托利法斯這座城鎮，儘管鄰接羅馬尼亞首屈一指的重要城市錫吉什瓦拉，但過去都沒什麼值得注意的發展，想來今後也會是如此。

普雷斯頓——改名為千界樹前的達尼克一族，看上這裡有羅馬尼亞最一流的靈脈經過而定居於此。當然，這麼優秀的靈脈不可能沒有別人發現，儘管經歷過相當程度的廝殺爭奪，仍無人能敵過當時正處於極盛時期的普雷斯頓一族。

普雷斯頓在取得支配城鎮的權力後便積極採取行動。他們不是選擇默默守候他人打造出來的城鎮，而是積極參與其中，將城鎮打造成理想狀態。

不起眼、不在歷史上留名，儘管與鄰近的錫吉什瓦拉相似，卻因交通不便，必然導致觀光客人數稀少。雖然靈脈本身極為優秀，但這裡設置的強大包圍網足以讓外來魔術師無法下手。張設的結界甚至靈敏過頭，說到底即使與魔術無關，這座城鎮本身就對來自「外界」的人非常戒備。實際上，聖堂教會的監視者艾瑪．佩崔西雅花了二十年的時間，才終於排除了戒備。

托利法斯完全是一座受到魔術師支配的城鎮，如果將並非魔術師的相關人士計算進去，這座城市總人口的兩成以上都或多或少與千界樹有關係。

當然，在此次聖杯大戰中，這些人也收到相應指示。即使城鎮治安本身良好，但鎮上的氣息卻顯得劍拔弩張。

千界樹之長達尼克也倒台了，但知道這點的人不多——也不知道這場聖杯大戰往奇怪的方向扭曲了。

菲歐蕾為防情報洩漏，於是隱瞞了一切。說起來，這件事早晚會被魔術協會知道……但現在必須最優先解決的問題是聖杯大戰。

『潛伏在托利法斯的十位魔術師失聯了。』

裁決者和騎兵帶著擅長魔術的人工生命體，在菲歐蕾提供的情報下，決定先回溯他們留下的痕跡。

托利法斯分成被城牆包圍的老城區，與城牆外的新市鎮。雖說是新市鎮，但這邊的建築物也是從排除了鄂圖曼帝國以後開始建造，同樣有幾百年以上的歷史——

裁決者、騎兵以及愛琪雅負責新市鎮，弓兵和卡雷斯則負責老城區。原則上目前的計畫是一行先按照這樣分別前往魔術師潛伏之處，摸索失聯的理由並找出相關線索。

「那我們先去探查第一個人吧，往離這邊最近的魔術師家出發！」

騎兵幹勁十足地舉高拳頭，裁決者覺得有些丟臉地保持距離，愛琪雅則一臉冷靜地看著托利法斯的地圖，也就是說沒人理騎兵。於是他露骨地鼓起臉，放下舉高的拳頭。

「應該就是卡爾．雷克薩姆了，從這邊往前走兩百公尺左右的路左轉。」

三個人……嚴格來說大多是騎兵鬧哄哄地走在沒什麼人車經過的路上，不要五分鐘就抵達第一個搜索地點。

雷克薩姆家屬於老舊的石造房屋，呈現單純的立方體外型。如果是開放式的房舍，

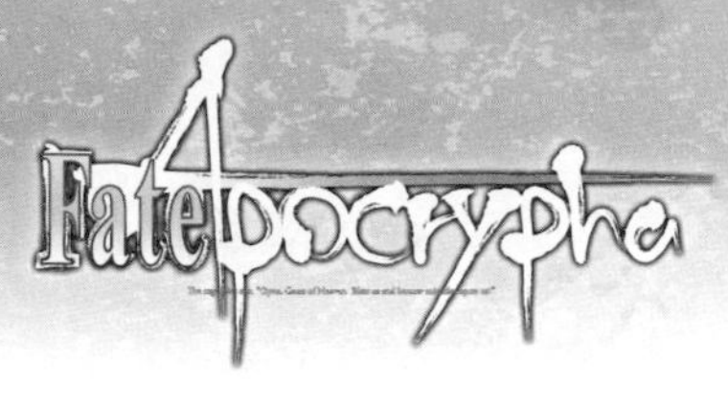

容易造成魔力流失，所以對不樂見魔力流失魔術師來說，這種封閉的構造乃屬理想。

愛琪雅使用菲歐蕾交給她的萬能鑰匙，解開內部嵌入了術式的門鎖。雖然那一旦發現不法入侵行為便會啟動魔術警告位在托利法斯的族人——但若之前侵入此處的是刺客，應該不會有任何影響。

房內狀況如從外觀推測的質樸，可以看到客廳、廚房、浴室，寢室八成在二樓。裁決者覺得這間房子裡面缺乏色彩，一般來說人類住在一棟房子裡一二十年，都會讓房子染上一些自己的「色彩」，但這幢屋子完全沒有給她這種感覺。

簡直像飯店客房，有種整齊劃一的氛圍。如果不是剛搬來——就是房屋主人的「色彩」體現在別的房間了。

「……嗯～～不覺得有股血腥味？」

一踏進房子，騎兵就動了動鼻子如是嘀咕。裁決者也嘗試聞了聞氣味，卻沒感覺到血的氣味。

「我是沒有聞到——」

「是我的錯覺嗎？」

「……我想或許不是。」

愛琪雅這麼說，組織了一小節魔術。那是很單純的「感知」魔術，目標是血。於是淡淡的藍色光點浮現，強調出殘留的血跡。這樣就可以看出房內到處都沾了血跡。

「啊啊，原來對方有『徹底打掃過啊』，難怪這麼難以分辨。」

「……我認為光是這樣就能察覺的騎兵非常厲害。」

「別說這個了，裁決者，妳不覺得──天花板也有血跡很驚人嗎？」

騎兵指了指天花板，裁決者也板著臉點頭。這幢房的天花板還算高，既然血都能濺到這種地方，恐怕──

「不是砍掉，就是砸爛了腦袋吧。」

「從噴出來的血跡範圍如此大來看，應該是切斷了頸動脈吧。像這樣……頭往後仰的狀況。」

裁決者仰望天花板，做出按著喉嚨腳步踉蹌的動作。

「……演得挺生動呢。」

「可以不必特地表演，用口頭說明應該就夠了吧。」

騎兵和愛琪雅的吐槽令裁決者紅著臉，清了一下喉嚨。

「我、我只是想讓妳們更容易理解而已。話說回來，要打掃這些血跡應該很累人

吧……難道是利用了魔術打掃？」

「如果是，應該會留下使用了魔術的痕跡……但這裡沒有。」

「明明是魔術師家耶。」

「就因為是自家，才更會嚴格訂定可以使用魔術的地點。屋主魔術師不會在這裡使用魔術，而是廚房，應該頂多就是解剖儀式用的小動物一類。」

「好像有地下室，會不會是那裡？」

察覺地下室存在的人依然是騎兵，看樣子他是從踩在地板上傳回的些微聲音分辨出來的。

「原來妳不光是鼻子，連耳朵也很靈敏啊……」

裁決者佩服地嘀咕，騎兵則得意地挺胸。

「因為這兩種感官在戰場上都很重要啊——」

地下室入口設置在客廳角落被書櫃擋住的地方。或許因為來回推動附輪子的書櫃很多次，在地板上也留下了摩擦痕跡。

「請等一下，保險起見，讓我使用解鎖魔術——」

愛琪雅出言制止要將手放在門把上的騎兵，但騎兵當然不可能聽進這樣的忠言，只見他「哼」一聲一舉往上拉開了門。

「打開了——」

騎兵說完，踩著輕快腳步衝進地下室。

「……剛剛有沒有什麼魔術啟動了？」

「有是有，但因為騎兵的反魔力強大得可與劍兵匹敵，所以也是白搭。」

現代魔術師無法傷及騎兵分毫，但潛入的「某人」應該是慎重地解鎖了魔術吧。

「好耶，發現屍體！」

騎兵者這番話讓裁決者等人急忙衝進地下室。

地下室跟地上的儉樸生活空間天差地遠，到處堆滿了魔導書，地上也有淡淡的魔法陣痕跡。從天花板垂掛下來的，則是藥草與化為木乃伊的小動物屍骸。

然後，房間中央可見一具人類屍體，這具屍體算「新鮮」，血的氣味也較濃。

「看樣子這邊的魔術師專門研究黑魔術。」

愛琪雅檢查了一些小東西後說道。裁決者和騎兵將趴在地上的屍體翻過來，同時皺起眉頭。

「心臟被挖掉了。」

「脖子以上如裁決者所推測，只是切斷了頸動脈啊——話說血的氣味明明這麼強烈，為什麼都沒有人提及啊？」

愛琪雅回覆騎兵的疑問。

「我想應該是利用魔術隱匿了氣味吧。黑魔術一般都會發出相當難聞的惡臭，所以若在鎮上使用，很難不像這樣遮蔽……所以若將屍體藏在這裡，無論散發多難聞的臭味都不會往外洩漏。」

「我覺得比起這個，更重要的問題是心臟……菲歐蕾說過，照報紙的報導來看——『黑』刺客開膛手傑克的作案手法都是會挖出受害者的心臟。」

騎兵點頭同意。

「沒錯沒錯，因為心臟對我們來說跟腦部一樣都是靈核所在之處，若能食用接近那裡的部位，確實可以補充大量魔力。」

「可是——看屍體這樣痛苦的表情，事情可能並不單純。」

「被割喉而亡的人不是這樣嗎？」

「我們使役者確實是噬魂者（Soul Eater），但會因為生前的喜好而偏愛不同情緒。這樣看來，傑克應該『特別喜愛恐懼的情緒』。」

「哎，畢竟是連續殺人魔啊……」

一行將處理屍體的工作交給千界樹，繼續巡視新市鎮。下一位拜訪的魔術師施威特·科切夫同樣於自宅身亡，不過他的狀況跟前一位有決定性的不同，就是屍體除了心臟之外的許多部位都遭到破壞，甚至無法保有人形。

「真慘。」

騎兵傻眼。

「……明顯有逼供的痕跡呢。」

裁決者冷酷地說。

「從手臂的生命反應來看，幾乎大多數的傷勢都是在死亡前受到的。他並不是死後才被分屍，而是苟延殘喘直到被大卸八塊。」

雖然沒了臉，但從屍體上受到的傷來看，可以很清楚得知他體會了多麼大的痛苦與恐懼。

絕對不會有人出手拯救，即使有也只是增加犧牲者。

「可是，這樣的逼供行為有什麼意義呢？」

裁決者的低語讓兩人歪頭。

「不是因為——這樣很好玩嗎？」

「確實有些殺人魔喜好拷問，但加諸此人身上的拷問已遠遠超過享受快樂的程度。除此之外還有一點，方才的屍體幾乎沒有拷問的痕跡，只用了割喉並挖出心臟這樣單純的殺害手法，但這具屍體卻出現了徹底凌遲的痕跡，落差太大了。性別、年齡、人種、職業、技術——可能因為這些不同所導致，或有更不一樣的『什麼』造成原因。」

「所謂『什麼』是指？」

愛琪雅發問，裁決者搖頭表示自己也不知道。

「……唯一可以確定的，就是『黑』刺客幾乎毫無疑問已經抵達托利法斯。當然若有人可以身兼連續殺人魔和魔術師身分，那又另當別論了。」

「問題在於刺客現在到底躲在哪裡呢。」

雖然這座城市不大，但人口還是有將近兩萬，每個人都知道這陣子的不祥騷動，所以靜靜躲在家裡。即使動員所有在地的魔術師，也很難進行地毯式搜索，而且若隨意追查導致行跡敗露，只會讓對方躲藏得更加隱蔽。

「我們去別的地方看看吧，我猜應該可以發現同樣狀態的屍體。」

裁決者的預言說中了。

雖然每一具屍體的心臟都被掏空，但拷問的嚴重程度分別非常明顯，不存在中間值。有的屍體已經被肢解成肉塊，也有除了心臟之外只受了輕傷的屍體。

裁決者一行花了幾個小時調查鎮上的魔術痕跡，卻沒有什麼理想的收穫。

愛琪雅一早便以念話與菲歐蕾聯絡，但根據菲歐蕾調查的結果，性別、年齡、人種的差異似乎並非影響拷問程度的原因。當然，比方男女之間還是存在差異，但這並不影響拷問行為的嚴重度。

「應該還有三位失蹤的魔術師——」

「卡雷斯大人應該會去確認這三位的狀況。我們要不要與他們會合，整合目前收集到的情報呢？」

「說得也是，也去那邊的家看看好了。」

將魔術師的屍體交給千界樹處理後，三人往下一個點移動，打算與卡雷斯會合。

「下一個點在老城區裡面。」

在愛琪雅帶頭之下，兩人走在石板地上。鎮上一片寧靜，偶爾可見的稀少人影都戒備著三人般離得遠遠的。以目前的狀況考量，甚至要感謝他們這麼做。

「不過呢，都是些看起來很熟悉的建築物呢……如果在美國紐約舉辦聖杯戰爭，就可以在現代化的大樓裡面一決勝負了。」

聽騎兵如此嘀咕，裁決者露出僵硬的笑容。

「我說，光是想像在那種大城市發生聖杯戰爭就夠讓人胃痛了，麻煩不要。」

要怎麼在那座大城市裡打聖杯戰爭啦。

「不過啊，這年頭聖杯戰爭不是到處開打嗎？既然這樣，我想紐約遲早也會變成戰場嘛。而且大概根本無法做好隱匿工作什麼的——裁決者就會被召喚出來喔——」

裁決者一臉蒼白，同時搖搖頭與手表示不要。

「不不、不不不，請不要做這麼恐怖的想像，我絕對不要！」

「哈哈哈，裁決者，命運是很可怕的喔。我肯定妳遲早——會以裁決者的身分被召喚到不是紐約就是倫敦、東京之類的地方展開的聖杯戰爭，然後必須執行亂七八糟的裁判工作。」

裁決者大概是經由這番話進行了具體的想像，只見她一副怨恨的態度對騎兵說：

「……騎兵，妳這個人挺壞心眼的耶。」

「會嗎？我只是表達明確的推理結果罷了。」

騎兵掩著嘴「嘻嘻嘻嘻」地笑著。裁決者見她這麼笑，忽然說道：

「妳該不會其實是想跟齊格小弟一起逛街？」

騎兵突然停下腳步，轉過來的臉上泛著些許紅暈。

「那、那又怎麼樣嘛。」

「——不，沒什麼。原來如此，我就想說是不是這麼回事。」

「唔，看妳一臉理解的樣子，我就覺得莫名火大耶，真是的！」

形勢突然變成騎兵找起一臉平淡的裁決者麻煩，聽見背後傳來這番對話的愛琪雅一個轉頭就說：

「兩位，我們就快到了，麻煩之後再放閃好嗎？」

「……這並不是放閃。」

「真要說的話，應該算是關於所有權的問題吧。」

愛琪雅露出一副很想說「不是一樣嗎？」的表情。

卡雷斯並不喜歡屍體。如果只是看到，還不至於那麼難受，問題在於——氣味跟聲

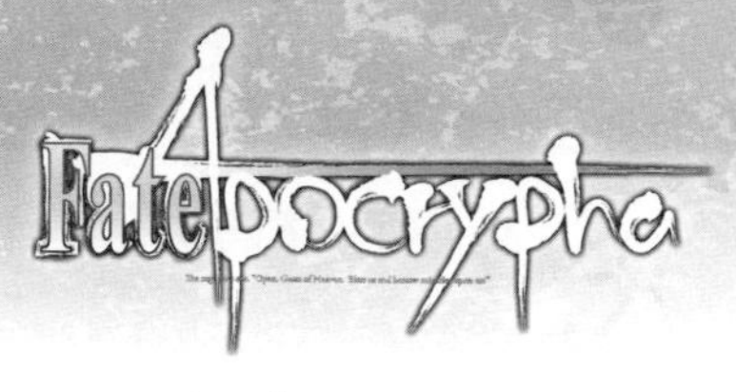

音。這次的氣味是一種像是烤過的肉的氣味，並非惡臭。然而，就因為「不是惡臭才有問題」。

平常用餐時會出現的氣味跟惡臭混雜在一起飄散，真的只能用慘烈形容。

「你還好嗎？」

「還好，沒事，但是……我先去吐一下。」

卡雷斯跑到廚房流理台，將早餐吃下去的培根嘔了出來。為了補充體力而選擇肉類為主的餐點真是糟糕透頂的判斷。

「可惡，我決定了，暫時不要吃肉。」

用杯子裡面的水漱口後，總算清空胃部暫時平靜下來的卡雷斯再次回到地下室。

「卡雷斯閣下，這裡的魔術師——」

「亞維．迪凱爾，跟我一樣專攻召喚術……本事比我好，應該是主人候選之一吧。雖然本事沒得挑剔，但只能說運氣不好。」

卡雷斯確認了從達尼克書房帶出來的魔術師名單，同情地嘆了一口氣。話雖如此，卡雷斯也不覺得他被毫無道理可言的命運束縛。很遺憾，魔術之路就是如此殘酷，而他走上了一條最糟糕的路線，只是這樣而已。

「燒死的屍體啊……」

「沒有發現魔術痕跡，應該是用了這個——」

「黑」弓兵指了放在地下室的塑膠油桶。卡雷斯拿開摀著鼻子的手帕，忍著想吐的感覺，聞了聞土的味道，就發現裡頭混了汽油味。

「難道是灑了汽油之後點火燒了？」

「嗯，但如果是刺客做的，這真不像刺客會採用的方式。」

「應該說，這麼做不太有意義吧。刺客應該可以徒手殺了魔術師，為什麼要刻意燒掉呢？」

「卡雷斯閣下，你突破盲點了。」

「黑」弓兵就像老師那樣豎起一根食指。

「啊——……雖然被稱讚不是壞事，但我的腦力大概就到這裡了。你怎麼看？」

「目前的狀況還不夠讓我有看法，因為我們甚至不知道這是不是刺客做的。情報一，『犯人』燒燬了魔術師。」

「黑」弓兵說著把像胎兒一樣蜷縮成一團的屍體翻身成仰躺，接著慢慢拉開雙腿，然後指著貫穿胸腔的洞說：

「情報二，『犯人』挖出了心臟。」

「那就是『開膛手傑克』做的了，報紙也有寫到她無一例外都挖出了心臟。」

「可能性暴增了呢。但是，這麼一來就跟情報有些抵觸。我也讀過報紙的報導，上面應該從未提及『犯人』燒燬屍體的記述，能確認一下嗎？」

「……你等一下喔。」

卡雷斯掏出手機，離開地下室，打了一通電話。過了五分鐘後，他帶著困惑的表情回來。

「我從潛入錫吉什瓦拉警察署的人那裡問到了。每一具屍體的心臟都被挖出來，所以死因是這個或因呼吸困難造成的窒息——不管是哪一個，都代表就算已死，還是會將心臟挖出。然後，之前從未發現燒死的屍體或被肢解成肉塊這種過度拷問的痕跡。」

「唔……」

弓兵看著屍體，思索這項情報。卡雷斯也嘗試思考了一下，但他根本無法得知傳說中的連續殺人魔（Serial Killer）開膛手傑克腦子裡會想些什麼。

頂多想到雖然職階是刺客，但會不會像狂戰士那樣也保有狂暴技能。

「弓兵，在嗎——？」

「是我們，我們已經調查過位在新市鎮的魔術師了。」

裁決者和騎兵前來會合，還有一個擅長魔術的人工生命體——愛琪雅也同行。

「狀況怎麼樣？」

「屍體全部位在兼作為工坊的地下室……這個也很慘呢。」

裁決者摀著嘴看著屍體，這番話讓弓兵和卡雷斯面面相覷。

「你們那邊檢查的屍體也是嗎？」

「啊——有的是心臟被挖開死了，有的是被弄成五花人肉三十克多少歐的狀態，很多種。」

聽取騎兵等人收集來的情報後，弓兵更加仔細地開始思考。

「所以說，分成有受到嚴厲拷問跟沒有的，這樣嗎——」

「這又怎麼了嗎？」

卡雷斯困惑地詢問，弓兵歪了頭回答。

「我總覺得哪裡怪怪的，這之間找不出任何必然性。」

「不是想到什麼就做什麼嗎？」

「不。雖然關於『黑』刺客的記憶消失了，但我還記得當時遇到她的狀況。我和主

人趁著『紅』(莫德雷德)劍兵與『黑』刺客交手的機會，打算一舉打倒她們而放箭，但我兩邊都失手了。『紅』劍兵轉而迎戰我，『黑』刺客則當場撤退了。」

撤退——也就是「理解現況對自身不利所做的轉進」。

「刺客不是狂戰士？」

「嗯，從報章報導來看，她從布加勒斯特移動到錫吉什瓦拉，再從錫吉什瓦拉移動到托利法斯的途中雖然殺害了幾十人，卻完全沒有目擊者。這不是因為她收拾了目擊者，而是打從一開始目擊者便不存在。」

「……就是說擅長隱匿。」

「原來如此，這些魔術師也是因為受到千界樹這邊掌握，才會這麼快被發現吧。如果他們是魔術協會那一邊的人，應該就真的找不到了。」

卡雷斯和裁決者表示佩服般彼此點頭。

「所以，這慘烈的拷打確實有其意義在，問題在於我們該怎麼查出她的用意——」

「……只要重播殘留思念不就行了？」

聽愛琪雅這麼提議，卡雷斯張嘴「啊」了一聲。召喚術裡面確實存在一種魔術，可以重播過去在場曾存在的意念。

「卡雷斯閣下，這有可能嗎？」

弓兵、裁決者、騎兵以及愛琪雅的目光都投射過來。

「啊——嗯，這個嘛，應該……大概、或許、可以吧。」

「你真沒出息，對自己有自信一點啊！你可以！你一定可以！大概！」

「我、我知道了！我做、我做就是了！不要把臉湊過來！」

騎兵的鼓勵讓卡雷斯嚇得瞪大了眼猛點頭，然後打開櫥櫃，從中取出幾樣魔道具。

「呃，所需材料……都有呢，我知道了，我試試看。麻煩你們都先離開地下室，我要集中精神。好了的話我會彈指，聽到之後你們就可以下來了。」

使役者和人工生命體面面相覷後，先離開了地下室。卡雷斯先呼了一口氣，接著面容緊張地看著燒焦的屍體。

……重播殘留思念並不是太困難的魔術，那是一種撿起烙印在此處的「聲音」的魔術，比起召喚惡靈或低級魔獸，實在不值一提。

雖然不值一提，但卡雷斯本人很不擅長這重播思念的魔術。因為當施術者重播這些殘留思念時，一定或多或少會與當時的狀況同步。

技術好的魔術師雖然可以調整同步與遮蔽痛覺之間的平衡，但這方面卡雷斯實在很難說做得好。也就是說，若要盡可能正確地掌握殘留意念，即使不需要照單全收，他也必須承接受害者相當大部分的苦痛。休克死亡的案例在召喚術者之間算是眾人皆知的狀況，是剛踏上這條路的魔術師常會發生的意外。

專攻降靈術的菲歐蕾應該也能使用類似的魔術，但為了這點事就特意把在城裡的她叫過來也太丟臉。

幸好時間已經接近傍晚——乃黃昏時分，儘管不如深夜，但不同於白天，波長將比較容易穩定下來。

「……好，來試試吧。」

卡雷斯下定決心，打開櫥櫃裡面的小瓶子的瓶蓋，滴了一滴具有刺鼻氣味的液體在手背上，接著舔一口。舌頭麻痺，頭暈目眩。

「準備同步。」

聲音裡帶有感情，而感情有時會感染在物質上。但是，最容易感染的不是別的，正是屍體。留在屍體上的意念將會不斷反覆死前的輪迴，當然隨著時間過去仍會消失，但愈是悽慘的死亡就愈會留下強烈的意念，甚至感染到無生物家具或建築物上，這就是形成鬼屋的機制。

這次的狀況，受害者死亡到現在有沒有超過一天都很難說，而且死狀悽慘。這具屍體的意念毫無疑問會留在現場吧。

「進行同步——時形倒流。」

回溯時間，肉體融解，只有精神回到過去。這時，卡雷斯的額頭突然冒出汗水，「好熱」……這是正在燃燒的感覺，被放火燒著。

「時形倒流，加速——停止，重播。」

在倒轉一些之後開始重播。卡雷斯命令肉體彈指，使役者們便再度回到地下室。

他們看到的是坐在木頭椅子上閉著眼睛的卡雷斯。騎兵本來想出聲搭話，但愛琪雅阻止了他，低聲說：

「要開始了。」

熱

啊嘰嘎

救救我

「啊啊啊啊啊啊啊啊啊啊啊啊啊啊啊啊啊啊啊啊啊啊啊啊啊啊啊啊啊啊啊啊！」

卡雷斯痛苦地慘叫，但愛琪雅仍阻止打算衝上去的騎兵。

「不要緊，這只是重播殘留思念而已。」

「真、真的嗎？這小弟看起來非常不妙耶。」

「……我想應該沒問題。」

「……吃！……了！……………用…………！」

慘叫之間斷斷續續夾雜著對話，弓兵將臉湊過去，集中精神在聽覺上。

痛楚有如雪崩席捲卡雷斯。他連忙想截斷這超乎想像的痛苦，卻無法妥善控制精神。小時候，他使用魔術時曾差點失控。那是常見的意外，只記得當時承受了非常劇烈的痛楚。

不，但是，這真的如字面所述，是「超乎想像的痛苦」。最糟糕的是儘管這痛苦如此劇烈，思考卻無比鮮明。給出這些痛苦的那方充分理解了人體結構。影響給予痛苦的關鍵在於點、量、手法，以及給予方式所帶來的視覺效果等四點。

『……要……嗎……？』

「誰要招供啊」的信念不到一秒就消失無蹤。

『……要招供嗎？』

我說，我都說，我什麼都會說！所以快點抽出這把小刀、快點把這根針從手指裡拔出來，好痛、好難過、好痛苦。

『……要……告……』

不，殺了我吧！拜託！「讓我解脫吧」！我無法忍受，雖然痛楚令我無法忍受，但自我存在崩毀更令人無法忍受！

說人是靈魂的生物什麼的根本胡扯，只要把內外都亂搞一通，這樣的存在便早已不是人，而是怪物！擁有腦的肉塊說穿了還是肉塊！可惡，我不要我不要我不要住手住手住手住手「請不要捏著我的心臟」！

『……要不要告訴我？』

我說的話就讓我死了吧！拜託……拜託了。

『……告……吧……』

啊啊，原來如此，難怪妳在這過程中保留了我的眼、鼻、耳朵和舌頭。眼睛必須看到拷問過程；鼻子必須聞到這股惡臭；耳朵必須聽到妳的問題；有舌頭才能說話！好，我說，我說。沒問題，「如果是我就可以回答她的問題」。太好了，我真是幸運，所以快點回答問題吧。

『……只有……這樣……？』

就是只有這樣但有這樣就夠了吧所以拜託不要不要不要不要那是什麼那是什麼這是什麼好臭好臭好臭好臭好臭好臭好臭不行不行不行不行那個只有那個拜託——

燃燒。

之前感覺到熱度的是自己的血流。但是以科學方式提煉出來的汽油，搭配工業製造品火柴所帶來的極度正確物理性熱量，將「真正的熱度」刻劃在他的身上。

「……………卡雷斯閣下！」

「黑」弓兵(凱隆)這聲呼喚總算讓卡雷斯醒過來，渾身冒出的汗水濕透了衣服。儘管解除同步就會立刻消除，但兩條手臂上仍殘留了駭人的燒傷痕跡。

「……啊啊，可惡，同步太深入了。」

那是足以致命的痛楚，而這具燒死的屍體甚至體驗了在這之上的痛楚。為了逼供嚴刑拷打，且在迅速獲得解答之後潑灑汽油點火。光是這樣就已經是非比尋常的痛苦了，拷問者竟然還「活生生將這個人的心臟挖出來」。

儘管因為火燒讓人「失去所有判斷能力」，還是能判斷自己失去了內臟。那瞬間究竟有多麼令人絕望呢？

他在嚴刑拷打下步向死亡、在烈火燃燒下步向死亡，最後因為心臟被挖出來而慘遭殺害。

「……所以？知道了些什麼嗎？」

「很遺憾，我只知道刺客是為了逼他說些什麼才加以拷問。只是被拷問的魔術師途中嘀咕了一些令我在意的內容。」

「是什麼？」

「『如果是我就可以回答她的問題』。」

「……我帶來的清單呢？」

愛琪雅遞出清單，接下的卡雷斯迅速翻閱，突然變了臉。

「我去聯絡姊姊。」

卡雷斯取出手機，衝出地下室。城堡裡面沒有設置市話，菲歐蕾和卡雷斯雖說是魔術師，但仍舊是年輕人，很輕鬆就能學會使用手機。

電話響了一聲，菲歐蕾就接聽了。

『怎麼了？』

「姊姊，妳手邊有沒有魔術師清單？」

『你在說什麼，我不是已經給你了嗎？』

聲音透露出傻眼。卡雷斯忍下焦躁，再度詢問：

「沒錯……但我手上這份只有寫每個人專攻的範圍和擅長的術式對吧。」

『除此之外你需要什麼嗎？』

「我想知道城堡的防衛機制跟哪些人有關連。」

『唔，這很難知道。不過城堡的結界大部分是達尼克叔叔設置的，除此之外就是戈爾德叔叔和塞蕾妮可了。』

「在我們一族之中的召喚魔術師（Summoner）亞維·迪凱爾有沒有涉獵？」

『你等一下喔，我現在正在整理達尼克叔叔的遺物，記得確實有相似的清單——啊啊，有了。』

「迪凱爾負責什麼？」

『保養負責城堡警衛的低級惡靈。』

聽到這句話，一股令人全身發毛的恐懼感貫穿卡雷斯。「警衛」，也就是城堡關鍵的魔術防禦。不管是走廊或是房間內，要塞內部都張設了警報結界。

說起來，昨晚入侵城堡的齊格原本就是內部人士，所以警報當然不會作用。但如果跟千界樹沒有瓜葛的人必須入侵的時候——

「也就是，迪凱爾知道解除城堡警衛的解除戒備暗號對吧？」

『應該就是這麼回事，但這又……』

「老姊，現在立刻逃離城堡，『刺客很有可能在那邊』！」

『咦？你到底在說什——————』

卡雷斯大喊的瞬間通話就切斷了，他急忙看了看液晶螢幕——並不是沒有訊號。接著他嘗試使用念話聯絡——這個方法也失敗了。

「弓兵！快化為靈體回去姊姊那邊！」

聽到卡雷斯這麼說，弓兵只消一個點頭就立刻消失。愛琪雅等人吃驚地看著卡雷斯奔了出去，接著也連忙跟了上去。

「欸，發生什麼事了啊？」

騎兵這麼問，卡雷斯邊跑邊回答：

「刺客逼供出來的情報是潛入城堡的方法！拷問的殘酷程度之所以有差異，取決於對象是否知道城堡警衛相關情報！面對知道的對象，她就會『很仔細地問出想知道的情報』！」

來到這一步，裁決者等人終於知道刺客屬於連環殺人魔中最棘手的類型。她不僅擁有無論如何就是想殺人的特性、擅長湮滅證據，甚至可以安排能完全獲勝的戰略。

棘手，無比棘手。儘管無謀，但那個殺人魔是真心打算打倒所有使役者，而且是利用打倒主人這種刺客最擅長的戰術……！

「這……」

「騎兵，你也快點趕過去！你的主人也有危險！」

騎兵連忙點頭後化為靈體，裁決者則轉眼間已超越卡雷斯，加快速度往前奔。

如果是使役者的腳力，不用五分鐘就可以回到城堡吧。但很有可能因為晚這五分鐘就造成致命的結果，卡雷斯只能祈禱最後那番話有正確傳達給姊姊。

他早已忘了方才那些拷打體驗所承受的痛苦，只是一心一意地奔跑——

§§§

清脆的聲音在中庭響起，長度約與戰斧相當的木製長槍與仿造雙手劍的木劍彼此劇烈衝撞。

儘管不像鐵製品那樣會迸出火花，兩把武器之間的衝突仍蘊含了敵意。

齊格「呼」地短促呼一口氣，打算果敢地殺進她的懷裡。槍與劍的攻擊範圍有差，出招的速度也不盡相同。

儘管是雙手劍，攻擊範圍仍不及戰斧。因此，他必須先以衝刺展開這一招攻擊。

但對於手持戰斧的戰士來說，這是常套手段，很輕鬆就被預測了。

人工生命體覺得無趣地呼了一口氣，旋轉戰斧迎戰，接著往後退開拉大間距，漂亮地化解了齊格逼近過來的殺招。

戈爾德為身為戰鬥用人工生命體，同時是領袖的她取了「圖兒」這個名字。

木槍直接命中齊格的側腹，他被戰鬥用人工生命體特有的怪力打飛出去。

圖兒眼見此景，將木槍立在土地上說：

「我說啊，我們已經打了一個小時，你差不多該死心了吧？」

「……」

起身的齊格默默地撿起劍，臉上表情顯得有些欠缺霸氣。

「你身上確實有劍之英靈附身吧，而且因為那個心臟，讓你雖然身為魔力供應用的人工生命體，卻擁有破格的生命力。但戰鬥能力只是一般，平凡、平庸，沒有特別值得一提之處。」

「被這樣點破，還真有點失落……」

看到齊格這樣無力垂肩，圖兒笑了。

「基本上，你不可能打贏我這種專為戰鬥強化設計的人工生命體，更別說要面對使役者了。」

「……嗯，但我有必要在最前線作戰。」

「如果你打算以這個模樣作戰，還是老實點放棄或者躲起來吧。所謂使役者，是在你就算花上百年鍛鍊也無法到達的領域的怪物們。不管看起來多麼弱小、多麼可愛——

依然不改他們是專門強化了鬥爭與殺戮的存在這項事實。」

無論是「黑」騎兵（阿斯托爾弗）、裁決者，都是能以一敵百的強者。即使是穩重的知識分子「黑」弓兵（凱隆），一旦讓他握起弓，也會立刻變為無比精確的狙擊手。

世界上擁有為數眾多信仰的英雄分靈，為了在聖杯戰爭取勝而受到召喚的極小卻最大的奇蹟，這就是使役者這類存在的真面目。

「我想我理解。」

「是嗎？反正這輪不到我多嘴——」

對話突然中斷，兩人茫然看著選來作為練習場的中庭。一直到昨天還美輪美奐，「黑」狂戰士（弗蘭肯斯坦）常來摘花的花園已經悽慘地遭到成堆瓦礫壓垮。

……儘管如此，餘暉將一切染成橘色的模樣有種虛幻感，讓齊格覺得著實美麗。時間來到傍晚，使役者們應該再過不久就會回來了吧。如果他們能掌握到關於刺客的情報就太好了。

「我就不客氣問了，妳什麼時候會死？」

齊格態度平常地問出口。

圖兒也顯得毫不介意地回答：

「老實說，大概剩下兩個月到三個月吧。」

齊格只嘀咕了一聲「這樣啊」，又把目光轉往中庭。齊格心想：在她死之前，應該會持續扮演這種角色吧。

「……話說，我好像沒有跟你道謝。」

圖兒突然這樣嘀咕，唐突得令齊格不禁歪頭。

「道謝？」

「對，道謝。多虧有你，我們才能得救。因為你來到這裡、因為你逃跑了、因為你想要逃跑，我們才能獲得自由，也可以像你一樣逃離——並投入作戰。」

圖兒很自豪似的說道。

「哪有……」

接續的話語不安定地擺盪，就這樣消失。做出選擇的是他們，齊格只是稍微推了他們一把而已。

他很清楚這點，雖然很清楚——

「我可以自豪嗎？」

「我認為可以喔。」

圖兒說完笑了……接著突然看向天空嘀咕：

「不知道是不是因為氣溫降低，起霧了。也流了不少汗，先回城堡裡吧。」

就在圖兒跟齊格一起折回城堡的途中，她突然臉色蒼白地倒地。齊格正打算上前關心時，也突然覺得一陣暈眩，膝蓋跪地。

「這什……麼……？」

齊格立刻察覺，那是某種滲透肌膚的可怕東西。是霧，這陣霧絕不是自然現象！

「快進去裡面！」

齊格勉強起身，抓著圖兒的肩膀強行將她拖進城內，接著一甩門板關上，並拍打圖兒的臉頰。

「喂，妳站得起來嗎？」

「……別管我，去照顧其他人……！」

圖兒虛弱地說完便閉上眼睛。冷汗瞬間竄過齊格的背，不過看來她只是昏倒而已。

齊格按照圖兒所說，呼籲在城內的人工生命體們「不要出去」，並打算出去救在外面的人工生命體。

但他光是將手伸出窗外，就有一股令他渾身起雞皮疙瘩的痛楚竄過——看樣子不準

備一些對策就這樣出去，無疑是自殺行為。

「喂，人工生命體！這、這陣霧氣是什麼鬼？」

聽到陷入錯亂的戈爾德如此大喊，齊格也在焦躁驅使下吼了回去：

「你都不知道了，我怎麼可能會知道！」

「啊啊，可惡，是使役者嗎……還是魔術協會那幫人……？」

「戈爾德！喂，戈爾德．穆席克．千界樹，這座城堡裡面有沒有可以截斷毒素的魔術禮裝？」

齊格抓著戈爾德的雙肩猛搖，他才總算恢復冷靜。

「在尋找凱隆的觸媒時有發現阿拉克妮的布匹……！應該收在倉庫裡，跟我來！」

倉庫裡塞滿了被認為在現階段的戰爭派不上用場的東西。據說是由阿拉克妮編織出的掛軸破片。畢竟是進貢給神的貢品，能防止一定程度的穢氣。

齊格用戈爾德取出的那塊布掩住口鼻後，在後腦杓打結。

「你聽好，雖然可以靠這個方法正常呼吸，但眼睛就沒辦法防範喔！」

「嗯，我知道……！」

齊格知道外出晾衣服的人工生命體們在屋頂上，於是奔上樓梯，來到戶外。

霧氣已經濃得非比尋常，簡直像一切都籠罩在一層紗之下。齊格膝蓋跪地，爬行著揮舞雙手，一邊祈禱能摸到三個人工生命體其中之一，一邊不斷摸索。

痛楚每過一秒就增強幾分，視野每過一秒就縮小一些。好像全身都要融解的感覺著實可怕——讓人感覺無比恐懼。齊格不斷要自己冷靜點，自己的心臟可是「屠龍英雄」的心臟，不管碰到什麼狀況都不可能停止跳動——！

過了一會兒，齊格的手臂碰到人工生命體的身體。幸好，她們似乎也察覺到了異常而集合起來，所以齊格很快就發現剩下的兩人。

「振作點……！」

感覺對方沒有回應。倒在地上的人工生命體共有三位，齊格不知道該先救誰，只能先扛起兩人。雖說人工生命體因缺少肌肉，較人類輕，但他還是頂多只能扛起兩個。

一起來就覺得一陣頭暈。因為眼睛沒有保護，視野立刻變模糊。他時而以手帕擦眼睛，勉強保有一定程度的視野，並將兩人拖回城內。當裡頭的人工生命體接下兩人之後，他立刻折返救援。

還有一個人。齊格再次回到霧中——這回不光是視野，連方向感都開始出問題了。只不過在幾公尺的距離間折返，但足以令人發瘋的痛楚就不斷由外往內刻劃。

感覺腦袋與脊椎都被燒過的針突刺攪拌似的。

每吸一口氣，肺部就有種灼燒的感覺；每呼一口氣，喉嚨就被壓迫一次。幾乎只能靠摸索的方式爬行前進，並一邊祈禱一邊吐出詛咒地向前。

手碰到柔軟的物體。已經不能再爬了，只好強行站起搖搖晃晃的身體，灌注全身力量扛起最後一人。但一回頭，只看到滿滿的霧氣、霧氣、霧氣——

（……可惡。）

齊格咬牙，仰賴依稀的記憶勉強沿著路前進。皮膚整個被融成潰爛，貫穿全身的痛楚實在駭人，甚至有血從眼球流出。

「……這邊！在這裡，快點！」

順著人工生命體微弱的聲音，齊格拚命拖著身體向前。伸出去的手被某人抓住——並強行被拉了過去。冷水一舉灌在齊格與他扛回來的人工生命體身上。

疼痛馬上獲得舒緩，接著再用毛巾按住之後就紓解到思考能力得以恢復的程度。

「這樣應該所有人都回到城內了。」

聽到人工生命體平淡的聲音，齊格先喘了一口氣，接著問：

「大家都沒事嗎？」

「你最後扛進來的人工生命體……已經死了。」

這句話讓齊格轉頭看向扛過來的人工生命體——啊，原來如此。確實如她所說，齊格拚命救回來的人工生命體已經氣絕。

「……可惡！」

他遮住臉，原本就快剝落的皮膚就這樣一片片掉下來。

「但一開始的兩個人得救了，都是你的功勞。」

人工生命體這樣安慰，但齊格只是詛咒自己的無力。這時一陣尖叫，接著是玻璃破裂的聲音傳來——齊格立刻站起來。

剛剛的聲音不是人工生命體。充滿強烈感情的聲音……應該是菲歐蕾發出來的。

「我去。」

「喂，你等等……！」

齊格靜不下來，把痛楚什麼的都拋諸腦後，只是一心一意地往前奔。他心裡有股憤怒，也有股無法拯救大家的遺憾。

等他回神，發現已經不再覺得痛，視野也變得清晰許多。反正只要衝進霧氣，又會開始痛了吧——但現在齊格只關注這股怒氣。

不管對方是魔術師、使役者，或者任何人，都一定要打倒。

§§§

「喂？卡雷斯……？」

通話切斷，菲歐蕾看了看液晶螢幕，上頭顯示沒有訊號。雖然才剛到傍晚時分，但周遭天色感覺突然暗了下來。

對魔術師來說，直覺是很重要的能力，也是一種才能。菲歐蕾的直覺已經敲響劇烈的警告。直到方才為止的平穩時光早已結束，現在已是一瞬間的判斷就將決定生死的激烈戰場。

周圍沒有任何人，剛剛人工生命體幫她送了紅茶過來，但很快就退下了。然而說到底，即使那個人工生命體留下，也因為不是戰鬥用的，無法做些什麼吧——

（啊啊，真是的，我要冷靜啊！）

深呼吸一口氣，然後用拳頭敲敲額頭——找回冷靜。

（首先該做的是裝備魔術禮裝。這裡是叔叔的書房，我的禮裝則放在自己的房間。

所以我該先回房去，而且若是在我房間的工坊裡，就設有很多防範措施。好……）

她小心翼翼地留意輪椅發出的嘎吱聲響，緩緩離開走廊。從達尼克的書房到她的房間距離約三十公尺，既然不知道刺客是否已發現自己，就無法使用魔術。

冷靜點，慢條斯理地——但要盡快。只不過是短短三十公尺，而且是平常理所當然經過的走廊。

走廊非常安靜，平常稍微可以聽見的人工生命體之間的對話或使役者吵鬧的聲音都已不復存在……這也是當然，沒什麼好奇怪的。因為使役者全都出去，且人工生命體的人數大幅減少。

沒什麼好奇怪，這條走廊理所當然會一片寂靜，並不奇怪。

然而——

（覺得車輪的嘎吱聲似乎比平常大聲。）

（覺得走廊好像沒有打掃乾淨。）

（覺得走廊好像變長了。）

（覺得走廊好像比平常昏暗。）

（覺得好像從哪邊飄來了血的那種獨特腥味。）

（快點、快點、快點——）

這時突然「噹！」一聲，讓菲歐蕾的心臟猛跳了一下。不，不對，這是時鐘的聲音，時間是十六點，只是某個房間內的大型立鐘響了罷了。對手是殺人魔（刺客），最擅長無聲無息地逼近吧——

菲歐蕾強行忍住想要回頭的衝動。如果對方已經潛伏到自己身後，回頭確認只是浪費時間。

（我得動動手臂……）

動動手臂，感覺命令從腦部透過神經傳導的速度比平常慢。

時鐘又「噹！」一聲響起。對喔，因為是十六點，所以應該會響四聲。那這是第二聲，第二聲？才第二聲而已？難怪腳步幾乎沒有往前。時間被無止盡地拖延。

冷靜地……冷靜地……噹！啊啊，真是的！吵死了，會讓人分心！立鐘敲響的間隔是一秒，所以這樣就過了三秒。

平常是花多少時間走過這三十公尺？如果是全速奔跑……大概要花兩分鐘吧，房間在這走廊底端的左邊，要坐在輪椅上開門非常不方便，所以菲歐蕾早已決定使用開鎖的咒文。她只需要吟唱一次就夠了。

噹！第四聲，這聲音靜下來之後就沒什麼特殊狀況了，只有一片昏暗、一片寂靜。

「咦……？」

菲歐蕾驚愕地環顧周遭。好暗，「太暗了」！明明才剛過傍晚時分，天色不可能這麼暗！

她轉頭往設置在走廊的窗外看出去——「一片白」。

「這是……」

雖然周圍就像被顏料抹成了一片雪白，但絕稱不上明亮。不管怎樣看，都只能看到窗外一片白。

這不是下雪……是霧氣。

『——幾乎所有人類的肺都潰爛——』

『就像吸入硫酸那樣——』

『開膛手傑克活躍時的倫敦，工業革命造成的汙染正好開始受到重視——』

『霧之都（倫敦）！』

『霧之都（倫敦）！』

『霧之都（倫敦）！』

時間的觀念已經從菲歐蕾的腦中離去，她也不管會發出聲音，只是盡全力讓輪椅往前衝。

在這個時期，托利法斯不太可能起霧。當然，自然現象千變萬化，也不可能斷言一定不會——儘管如此，認定這陣包圍城堡的霧氣屬於魔術造成的現象比較妥當吧。

還有十公尺。

因為衝得太快，導致輪椅車輪嘎吱作響，但菲歐蕾顧不得這麼多了。一想到說不定對方已經來到身後，她根本無法保持平常心。

還有六公尺。

刺客擁有既有技能「斷絕氣息」。因為這個最適合利用來殺害主人的技能，只要沒有親眼見到對方，就絕對無法看穿對方是否已在自己身邊。即使如此，也應該會被架設在城堡內的多重警報結界其中之一逮到才對。

還有兩公尺。

然而——

如果——

刺客是根本不在乎那些警報結界的對手——

來到門前。

菲歐蕾停在門前，低語開封(Aperio)與解鎖的咒文。門打開後，推動輪椅——瞬間，她不經意往左方看過去。

這是下意識的動作，她沒有感受到氣息，也沒有任何聲音，完全沒有那種有人站在自己身後的獨特氣息傳來。這甚至不是直覺，只是她進入了安全區域後，想確認一下至今讓自己忐忑不安的「什麼」是否真的存在而已。

無論是誰，都希望能確認到追著自己的白色物體只是塑膠袋，敲得窗戶鏗鏘作響的其實是強風。

所以，這真的只是偶然。

沒有任何不協調與不自然的感覺，「少女」融合在背景之中，跑了過來——動作明明像獵豹那樣充滿動感，但踏出的每一步都寂靜無聲。

若要說幸運，就是這條筆直的走廊上沒有任何可以讓少女躲藏的地方。在驚訝地發出慘叫之前，菲歐蕾已經從輪椅上滾下來，搶先跌進房裡。

「鎖門（Claudere）！」

門板的防禦力能不能撐十秒都是問題，但這十秒非常關鍵。目標就在桌上，快點、快點、快點……！

「——開封。」

過不到半分鐘門就開了，愕然的菲歐蕾回頭——總算看清楚少女的樣貌。

那是一名少女。而且別說刺客了，她看起來甚至不像使役者。頭髮缺乏色素，面孔稚嫩，穿著束緊全身的緊身衣，以及——簡直沒有任何情感的冰藍色眼眸。

「……為什麼……」

「還問我為什麼，我剛剛不就說過了？我耳朵很好啊。」

聲音有種奇妙的渾濁感。聽在菲歐蕾耳裡，好像有兩三道聲音說著同一句話。

「妳就是『黑』刺客（開膛手傑克）……嗎……？」

「嗯！」

少女以可愛的動作點了兩次頭，然後右手轉著小刀把玩，小刀上滴著血……看來在來這裡的途中收拾了什麼吧。

「妳是主人對吧？我記得……是『黑』弓兵（凱隆）的。」

菲歐蕾一臉恐懼地往後退。

少女興致盎然地環顧房內，菲歐蕾一邊後退一邊感受到一股不明就裡的恥辱。因為比起自己，敵人還對房間比較有興趣——這代表她不把菲歐蕾當成敵人，而是當成獵物看待，就像自己被偷窺狂看個精光的羞恥。

「不管哪個魔術師，房間的擺設都差不多呢。」

刺客接連用小刀指向物體——調整房內魔力的護符、架設結界的寶石、執行降靈術所用的衣服、剛開始打造的義肢，以及無數魔導書。使魔野獸則以毫無感情的眼睛看著刺客。

菲歐蕾又往後退了一些。房間角落擺了書桌，上面有一個手提箱。

「……『黑』刺客，聖杯不在這裡喔，已經被人帶走了。」

「我知道喲，是『紅』陣營的人拿走了對吧。」

「什……妳既然知道，為什麼還來襲擊這裡？」

「先從好處理的地方下手不是常識嗎？」

　菲歐蕾只差一步就可以拿到手提箱，但要拿起手提箱、打開、將裡面的東西穿戴在背上——這期間她究竟會被殺死幾次呢？

　可是，就這樣下去肯定也是死路一條。

「哦——欸欸，妳想要那個嗎？」

　醫療用手術刀插在手提箱上，原本伸出手的菲歐蕾發出尖叫。看來刺客確實看出她打算伸手拿取桌上的東西。

「啊……」

　愕然的聲音絕對不是演技，因為收在手提箱裡面的，的確是她現在所用的最新型連接強化型魔術禮裝。

「這是妳的寶具（重要的東西）嗎？對不起喔，我不想給妳用。」

　但是——「這樣就好了」。

「是嗎？沒關係，既然這樣我就用這個吧……！」

「……？」

　菲歐蕾伸手拿取擺設在外的義肢。她邊後退邊尋找的是不必打開手提箱便可取得，直接擺在外面的舊型禮裝。

「同在（Educere）！」

出口的話語乃禮裝的啟動咒文（Gate Word），自動感應使用者（主人）的體溫，像蛇一樣蠢動之後，轉眼間便包覆菲歐蕾的背部，擴張成四隻手。

「戰火之鐵腕（Mars）！」

一條手臂發射光彈，刺客用小刀砍過去將之彈開。但菲歐蕾已掌握刺客的技能，遑論其真名既然是開膛手傑克，對魔力的抵抗能力應比一般魔術師差——！

菲歐蕾接連以光彈掃射，刺客就站在通往走廊的門旁，只要她一動，自己就會遭到殺害的前提條件仍然沒有改變，不能一直留在這個房間——但充斥整片霧氣的戶外也非常危險。

然而即使如此，只要不踏進死地，就毫無疑問會死。

「全手臂自動行動——目的設定為『擺脫霧氣』。」

菲歐蕾說完，以具有些許反魔力效果的手帕掩嘴，接著閉上眼睛。手臂遵從她的命令自動運行，打破窗戶玻璃，衝入霧氣之中。

「嗚……！」

皮膚接觸霧氣的瞬間有種要潰爛的感覺，儘管眼睛緊閉，仍感受到一股刺痛，隔著

手帕吸進的空氣既冰冷又刺激。

工業革命之後，倫敦因為伴隨工業發達產生的煤煙與頻繁發生的霧氣混合，造成了空氣汙染。包含煤煙在內的二氧化碳在大氣中產生化學變化，變成硫酸般的霧氣。

這就是開膛手傑克「活著時」的倫敦的空氣，以及讓真面目不明的殺人魔得以引伸的結界寶具──「暗黑霧都（The Mist）」。

每吸一口氣，肺部就有種刺激的痛楚，遭到腐蝕──身體從內部開始融解。但菲歐蕾背上的義肢仍彷彿不把這當一回事，以俐落的動作打算逃出這片濃霧。

無論從速度層面還是距離層面來看，都應該快來到城堡的出口處了。即使如此，還是完全無法擺脫這片霧氣，周遭甚至傳來「嘻嘻嘻」的訕笑聲。

『三──』

這聽來天真無邪的聲音讓菲歐蕾不住顫抖，有種好像在自己耳邊呢喃的錯覺。

『二──』

倒數計時，想到結束之後自己會有什麼遭遇，腦海裡只有壞的想像不斷浮現。義肢為了尋找出口來來去去，到現在仍無法抵達。

『一——』

尖叫聲衝到喉嚨，感覺聲音好像從背後來，又好像直接當著自己的面宣告一樣。

義肢對敵對行為做出反應，自動射出光彈。擁有感測體溫能力的這款魔術禮裝在什麼也看不見的情況下，是非常實用的戰力。

『零。』

但是，面對這個使役者仍毫無意義。霧氣乃是她的寶具，只有她能在這片霧氣中一如往常地行動。其他使役者的敏捷參數會自動降低一階，魔術師和人類則會永無止盡地持續受到傷害。

這時傳來奇怪的「沙」一聲。

那簡直不像聲音，只表達了事實般，義肢就這樣輕易地停止功能，同時菲歐蕾也失去平衡，悽慘倒地。

「啊……！」

義肢雖然努力地想動起來，但既然都已失去平衡，剩下兩隻手應該也很難說是平安無事。

「那麼，掰掰嘍。」

傑克朝仍閉著眼睛的菲歐蕾刺出小刀。菲歐蕾應該知道小刀近在眼前，只能發出悶悶的慘叫並呼喚自身使役者。

「弓兵……！」

只要割開喉嚨，就會如之前那樣安靜下來——傑克以俐落的動作將小刀抵在喉嚨上，一舉劃過。

但沒有手感，菲歐蕾的身影從眼前消失了。刺客瞬間感受到投射於自己身上的強大殺意，稍微怯懦了。

「使役者……？」

「正是。」

箭射出——但刺客以靈巧的動作在空中飛舞，於附近的高台著地。

「動作真快呢，我以為還要過一段時間才會回來。」

「黑」弓兵在千鈞一髮之際抵達。全力狂奔也絕對來不及，即使放箭也會被察覺殺氣的刺客防禦吧。

最後留下的手段是令咒，但菲歐蕾無法使用令咒，應該說她甚至想不到要使用令咒。這片濃霧似乎連思考能力都能奪走。

但她還是呼喚了弓兵，不是在思考之餘，而是依循本能這麼做。

聲音傳到弓兵耳裡。他理解了狀況，便不是對著刺客，而是朝菲歐蕾射箭。這一箭上頭沒有箭簇，相對地在箭尖加了能將物體彈飛的術式。

「——那麼，這回讓我們分出勝負吧，『黑』刺客（開膛手傑克）。」

「我不要，除此之外還有一位使役者吧，我沒有笨到在這種狀況下應戰。」

口氣天真無邪，說話聲音有如鈴聲清脆的少女平淡地分析刺客的狀況。而這樣的分析極為精確。

「所以說，掰掰。」

只要在霧氣之中抹去身影，即使是弓兵也無法追蹤。刺客就這樣抹消身影——理應如此。

連弓兵和菲歐蕾都無法預測，充滿憤怒、使出渾身解數的一擊使出。

「咦……？」

也難怪刺客一臉茫然。就在她要完全隱身到霧氣中的瞬間，手臂一舉被砍下。

不是使役者做的，如果是，刺客應該可以察覺；不是人類，人類無法承受這片霧氣的傷害；不是魔術師，魔術師下手根本無法傷及刺客分毫。

「——是誰？」

如果方才的發言因為天真而令人覺得恐怖，那麼這句話就只是充滿冰冷的殺意。

「……」

沉默的少年以手按著雙眼。他看起來並不像能看見東西，也不像擁有能抵抗這片霧氣的力量。

但是，他卻傷害了自己(傑克)，「做出讓自己很痛的事」。就像那些女人一樣、就像那些母親一樣，做出了不可饒恕的事情。

「我要，殺了你……！」

「……刺客，那是我的台詞。」

儘管瞇著眼，少年仍沒被壓倒，瞪了回去。

彼此的殺意都快達到沸點，但時間是殘酷的。騎兵使役者已經快抵達戰鬥領域了。

無論怎樣怒不可遏，刺客壓根都不打算挑戰打不贏的戰爭。

「下次一定。」

刺客就這樣隨著霧氣消失無蹤。霧氣瞬間散去，天空漸漸變回淡淡朦朧的暮色。

「——得救了。」

「黑」弓兵（凱隆）這麼說，抱起了主人。她看起來沒事。真虧她能在單獨對抗使役者的情況下存活下來。

「那就是刺客？」

「沒錯，是開膛手傑克……很遺憾，已經連長相都不太記得了。」

弓兵這番話令齊格愕然。儘管他與刺客正面對峙，甚至被對方說「我要殺了你」——他卻「連刺客的長相都不記得」。

戰鬥結束後會忘記一切有關刺客的情報——這就是刺客的技能「消除情報」。遭到襲擊、進行戰鬥、與之交手之類的記憶雖能留下，但具體的內容卻會從腦中消除。

以■■籠罩這座城堡，拿著■■的■■使役者——刺客。

「還有兩天，我們必須在這兩天內收拾那個刺客。」

齊格也贊成這個方案。有關刺客的事項，他只記得一點。

如果就這樣放著她不管，實在太危險了……！

第四章

第四章

（喂喂，這是怎麼回事啊？）

「紅」騎兵（阿基里斯）的槍突刺而出，不，應該用擊發而出形容更正確。毫不間斷的劇烈連擊，早就跟機關槍沒兩樣。

時間過了三分鐘，在這一百八十秒之間，騎兵持續壓制自己的主人四郎。不是彼此抗衡，而是壓制。

雖然在剛開始的幾招還能反擊，但也僅止如此。騎兵輕易看穿四郎的劍招，並使出了必殺三連擊。瞄準喉嚨、心窩、心臟——這三處要害的突刺，都被四郎在千鈞一髮之際化解。

這本應是無法化解的連招，是只能用奇蹟、神明相助、幸運之類的老套說詞解釋的狀況。

「紅」騎兵咂嘴，一腳踢開專心一志地衝過來的四郎，調整彼此的間距後，重新準備一波攻擊。然後同樣看穿四郎失去平衡的時機，對準要害送出一招——接著又被四郎化解。

騎兵毫無疑問壓制了四郎，四郎無法與騎兵抗衡也是理所當然的事實。

但四郎不會倒下，甚至連膝蓋都沒有跪地，也不放棄。

（不不不，這只是玩鬧而已啊，不必這樣賭氣吧。）

儘管騎兵內心這麼想，但使槍的氣勢毫無衰減。

——沒錯，他有種感覺，如果在這裡放水，將會失去自己重視的某種事物。

「紅」騎兵無庸置疑是絕對性的強者。

言峰四郎無庸置疑是絕對性的弱者。

對騎兵來說，四郎跟雜兵沒什麼兩樣，甚至可以斷定只要交手，他有十成的機率會獲勝，差別只在花時間或不花時間而已。

可是——四郎一直挑戰騎兵，讓騎兵甚至懷疑這機率是不是有問題。

（……不，不對。喂，這好傢伙該不會——）

騎兵總算察覺四郎的視線，「他並沒有看著騎兵」。不對，雖然他確實有把騎兵當成交手的對象看著，但少年的目光凝視著遙遠的彼方。

他眼中沒有與著名英雄交手的喜悅或恐懼，騎兵對他來說只是障礙、只是該跨越的高牆，僅此而已。

騎兵的情緒已經超越屈辱或憤怒，滿是愕然。

「——暫停。」

「紅」騎兵放下槍，擋住仍打算過來的四郎。

「唔……已經結束了嗎？」

「……看你喘成這樣還真敢說。我說主人啊，你為什麼要跟我交手？」

這問題讓四郎疑惑地歪頭。

「為什麼——你不是很無聊嗎？」

「但這樣對你沒有好處。」

「有喔，如果我不在這裡放棄，讓你看看我的真心，說不定你就會佩服起我。」

淡淡地笑——這並不是王對英雄的那種帶著諂媚與汙衊的笑；不是小孩會有的天真崇拜；更不是英雄會對英雄表現出來的信賴笑容。

那是聖人的笑容，穩重地接受眼前的一切——然而不管怎樣的絕望都無法打擊他。

剛才那番話應該不是開玩笑，四郎似乎真的只是想讓「紅」騎兵佩服自己才與他交手。

——而且最糟糕的是……

騎兵似乎被他那憨直的態度稍稍打動了。

仔細想想，騎兵雖然服侍過賢王與暴君，卻從來沒有將自己奉獻給聖人。

「……是不至於敬佩，但我覺得有些感動，也對你產生了好奇。」

這番話讓四郎安下心。聖人的笑容瓦解，少年特有的快活笑容閃過。

「謝謝你。哎呀，真是太好了，不枉費我這樣努力陪你交手。」

「好，這是最後一個問題。」

不知不覺，騎兵手上已經從原本訓練用的槍換成真正的槍——以世界樹(日本梣樹)與青銅打造的愛槍。

而騎兵重新握緊抓著槍的手。這動作讓「紅」(塞彌拉彌斯)刺客加強戒備，因為騎兵的舉止毫無疑問是帶著殺意的提問。一旦答案有虛假，或者答案中包含作為英雄不能容忍的某些事物，他就會馬上以手中的槍挖出四郎的心臟吧。

但四郎只是瞥了「紅」刺客一眼，讓她退下。

「——嗯，請說。」

「吾主天草四郎時貞啊，你……難道不恨嗎？」

「你是指恨誰呢？」

「這還用問，當然是殺了你和跟隨你的人們的人啊。」

「紅」騎兵透過閱讀術士書房內的書籍，得知天草四郎時貞的生平以及所經歷的一切始末。

因為景仰少年而聚集的三萬七千人曝屍在有如地獄的戰場上——這將會產生多麼深沉的絕望與憎恨啊。

「……那我反問你，如果是你，你會恨嗎？」

「當然。就算說什麼勝敗乃兵家常事之類的話，『那邊』是敵人，『這邊』被殺害了會憎恨這一點仍然不變。不管是怎樣的聖人君子也一樣，遑論你是為了在暴政壓迫下憤而蜂起的民眾才出面的……所以若說你不恨，我覺得一定是謊話。」

「紅」騎兵說得沒錯，也因此這問話之中包含了「陷阱」。

說自己不恨就是騙人，但承認自己恨的話，救贖所有人類這說法又會變成謊言。那已經是過去的事，已經結束了，所以不影響——要是真的讓這種笑話出口，「紅」騎兵會立刻出槍吧。

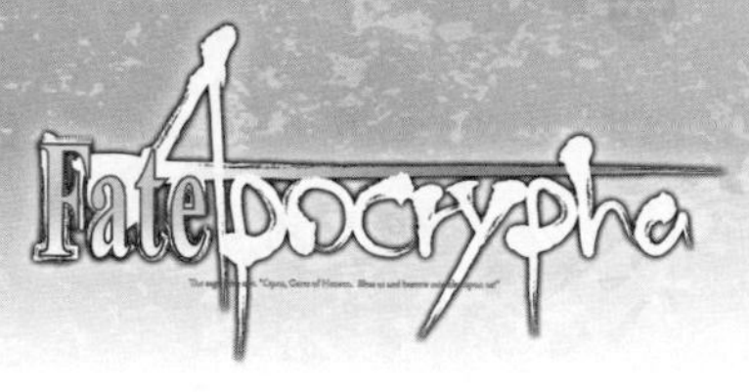

因為這樣絕對算不上救贖人類，就只是拯救了剛好活在這個時代的人類。所謂救贖人類應該要如字面所示——前提必須是拯救存在於世界各地、各階段歷史之中的所有人類才行。

「——我過去曾經恨過。」

四郎面對騎兵，沒有別開目光。他的眼中沒有絲毫瘋狂，也沒有強者的傲氣。四郎的眼清澈透明得令人發毛。

「我有過恨神、人類及一切的時候。騎兵，我向你承認，過去我確實痛恨人類，並不是因為自己被殺害，也不是因為同伴遭到殘殺，而是痛恨接受這就是歷史構造的人類本身。我只是單純地憎恨有強者、弱者之分，透過彼此吞噬的方式浪費生命並藉此成長的人類。」

這比完美存在的銜尾蛇更惡劣，會用頭吃掉尾巴持續成長的怪物大概只有人類了。人類的生命明明如此寶貴地閃閃發光，價值卻連塵埃都不如。

重要的是正確的選擇吧，而那是比想像中還容易的判斷。

十個人裡面，保住九個人，捨棄一個人——甚至不至於如此悲劇。因為只要一變成十就好，簡單來說不要變成零就好。

人類是以總體的形式增加，以總體的形式成長。不管掉落多少沙子，人類的宿命就是最終會獲得勝利。

這麼一來，當然聽不見單一個體的迫切祈求與悲嘆。

「所以騎兵，我捨棄了。『為了救贖全人類』，我捨棄了憎恨他們的心。所以我現在不恨。無論是世界上的誰，我都會拯救，一定。」

說完之後，場面一片靜默。

之後，「紅」騎兵（阿基里斯）才緩緩放鬆自己提著槍的手，當槍化為靈體消失之後，場面的緊張氣氛才趨於和緩。

「嗯，好啦，算你及格吧。」

「——小毛頭，你在得意地分析個什麼勁兒啊。」

「紅」刺客狠狠瞪向勾嘴而笑的「紅」騎兵。四郎只得安撫兩人，化解又緊張起來的氣氛。

「既然騎兵得以排解了無聊——我去看看術士的狀況吧。」

四郎輕輕示意後離去。刺客目送四郎離開，接著對騎兵投以略含敵意的目光。

「女王，妳有意見？」

「還『有意見』呢，蠢材。剛剛提問的時候帶著那麼明顯的殺氣——」

「這是當然吧，我可是完全不了解這個主人啊。既然要服從，還是有些事情必須知道啊。」

騎兵「咯咯」笑著，撿起訓練用的槍轉了幾圈。刺客見狀，嗤之以鼻說道：

「——喔，所以閣下認同他是主人了？」

「可以啊，反正我該做的事沒太大差別。即使如此，我還是有打算表現一下身為英靈的志氣的念頭嘍。」

「真廉價的男人。」

「女王，隨妳愛怎麼說。說起來啊，這件事輪不到我跟主人在談事情的時候一直在旁邊劍拔弩張的妳插嘴啦。」

「你……！」

「紅」刺客彷彿不知道把平時遊刃有餘的態度忘在哪了，顯得不知所措。

「妳是這樣吧，因為那是主人和使役者之間的真心問答，一旦隨意妨礙會損及主人的尊嚴——但妳早就決定即使惹主人不高興，該做的時候『還是會做』，對吧？」

「你——說什麼傻話。」

「紅」刺客大概是因為覺得丟臉而別過臉去，臉頰微微泛著紅暈。騎兵見狀，確定自己的判斷沒錯，笑得更是豪爽。

「我說擅長策劃陰謀，像隻追求權力的蟻后的女王啊，妳也會擺出意外可愛的態度嘛。」

光彈毫不遲疑射出，雖然只是想教訓一下人，威力卻大得足以挖開地板。

但騎兵可是堪稱世界上最迅捷的大英雄阿基里斯，他輕易躲開光彈後，以輕巧的動作遠離刺客。

「那妳儘管跟主人相好吧。」

騎兵似乎靈體化了。當然，在這空中花園，只要刺客拿出真本領，便可強行解除對方靈體化，但這麼做真的只是浪費力氣。

「真是，討厭死了。」

刺客這樣咒罵後馬上發現根本不需要這麼生氣。既然被認為是忠誠的使役者，其實是再好不過。

四郎和刺客之間有締結主人與使役者的契約，但與其說他們是主從，更像是利害關係一致的同盟伙伴。

四郎想要可以移動大聖杯的「腳」，刺客的願望則是以「女王」身分君臨這個世界。到目前為止，兩人之間沒有背叛對方的因素存在。在四郎成功拉攏「紅」陣營的主人之前，刺客不可以背叛。

問題在這之後，雖說四郎的目的已經達成一半，但為了救贖全人類，他還需要這座空中花園一段時間，所以不必擔心他會背叛。

然而——大聖杯只是存在就已經是取之不盡、用之不竭的魔力之渦。如果能在聖杯上動點手腳，自己就可以活用大聖杯的魔力了吧。

這麼一來，將不再有人能夠打倒包含這座空中花園在內的自己。沒錯，對主人四郎來說，他需要刺客；但對刺客來說，主人四郎並非必要的存在。

「……吾在想什麼傻事。」

刺客一腳踢開這些念頭。現在背叛四郎沒有任何好處，因為目前兩人之間並非利害關係相對的立場，也沒有產生意見紛歧。要說相對的部分——頂多就是彼此的生存態度，而這個部分，女王本身也能夠接受。

因為被奪取而知道何為背叛，渴望富貴的少女。

以及因為被奪取而知道何為憤怒，陷入極度絕望的少年之間，彼此的生存方式理所當然會有差異，也不需質問何者為正確。

『那麼，當利害關係不一致，當理解到彼此的利益將會對對方有害時，吾究竟會怎麼做呢？』

現在導不出答案。刺客嘆了一口氣，再次回到謁見廳。王座上沒有人，無論是聲名遠播的英雄、像小丑一樣的文豪，或者自己的主人都不在這裡。

只有一位女王、唯一的權貴——現在這讓她覺得無比空虛。

§§§

倫敦　鐘塔

「真是的……事情到底怎麼了？」

羅克・貝爾芬邦鮮少表現出如此慌亂的態度，艾梅洛閣下Ⅱ世不禁微笑。

這裡是魔術協會本部，也是滿懷野心的年輕魔術師們齊聚的最高學府——倫敦鐘塔。然後，目前位置乃張設了多層結界的地下禮堂，在必須瞞著學生召開會議，或者與聖堂教會之間進行機密交涉等各種特殊目的的情況下會加以利用。

在這場聖杯大戰中，魔術協會為了殲滅千界樹一族，僱用了被譽為一流的獎金獵人，並且在短短幾天之內便湊齊了足以召喚出高階英靈的觸媒。

根據湊齊這些觸媒的降靈科學部長布拉姆．納薩雷．索菲亞利所說，可以斷定唯一不滿的只有術士的觸媒，除此之外過往從未湊齊過比這更優秀的使役者。

到這個階段還算順利，但招來聖堂教會成員作為第七位主人的做法反而出了亂子。該名男子失控，殺害除獅子劫界離以外的五位主人，且令人吃驚的是，他甚至奪取了所有人的主人權力。

再加上派遣過去監視的魔術師們提交的報告中提到了更令人吃驚的事——

「他搶走了聖杯？簡直不敢相信。」

「但也只能相信了。」

也難怪貝爾芬邦要像個機械人偶那樣不斷搖頭。艾因茲貝倫、遠坂、馬奇里，建構了「冬木」聖杯戰爭的三大家。恐怕是在他們的全盛時期打造出來的絕世僅有的神域藝術品——就是千界樹持有的聖杯。

而這大聖杯居然被強行奪走，實在難以想像。何況不是在一個可能會遺漏此一行為的混亂時代，加上甚至沒有借助任何組織的力量完成。

「比起這個，目前聖堂教會的狀況如何？」

布拉姆明顯不滿地嘀咕。從魔術協會的角度來看，這說穿了就是聖堂教會越權的行為。魔術協會只是按照往常的慣例，招聘聖堂教會的成員擔任監督官。

世人已經知道那個聖杯並非原本意義的聖杯。對魔術協會來說，這只是一種禮貌性的行為，因為即使忽略聖堂教會也不會有什麼影響。

他們之所以沒有這麼做，是因為在聖杯戰爭中，當魔術師們的利害關係激烈衝突時，需要有立場中立的人出面調停。

但此次聖堂教會在聖杯戰爭中大大脫離原有權限，而且這可不是欠魔術協會一份情這麼簡單的小事，而是一個沒弄好就很可能爆發兩組織的全面性戰爭。

「對他們來說，這個發展毫無疑問也是出乎意料，那些傢伙根本嚇傻了。雖然有讓他們聯絡看看那個人的親人，但似乎完全沒人知情——」

「也就是說，是那個叫言峰的男人……獨自策劃這件事情？」

貝爾芬邦怒氣沖沖地回話：

「哼，八成又是被使役者的力量蒙蔽了雙眼，或者被教唆了吧。那傢伙的使役者是亞述女王塞彌拉彌斯，玩弄純樸的神父跟折斷嬰兒的手一樣容易吧？」

「老先生，你認為是我收集來的觸媒的錯？」

布拉姆表露些許怒氣，貝爾芬邦連忙否認。這時艾梅洛打圓場：

「我們根本無法確認神父是否純樸吧。就我所知，會想參加聖杯戰爭的聖職人員都是些讓人懷疑他們是否真有信仰心的可疑傢伙。」

不過說來應該不會有人這麼「脫序」，即使如此，躲藏在聖堂教會暗處的人才的確算不上什麼正經的聖職人員。

「——好了，總之聖杯被奪，我們派遣的主人們也遭到殺害。雖然還剩下一個人，但要靠他打倒所有人應該不可能吧。」

萬幸的點在於不會產生任何責任歸屬問題，因為這次的案件完全是聖堂教會的過失。而這點將會變成一大「利多」，在後續的諸多交涉事項將會更順利進行吧。

「積極介入、消極旁觀。索菲亞利講師、艾梅洛Ⅱ世，你們覺得呢？」

「旁觀。」「同上。」

兩人立刻回答。貝爾芬邦似乎也是相同意見，一副正如我意的態度點頭。

積極介入沒有絲毫好處，何況對手握有使役者這種最強使魔，實在不是魔術師處理得來的對象。

「聖杯戰爭擁有過了一段時間便會自動結束的機制，使役者會消失，那個什麼飛行要塞的也會消失無蹤。在那之前，我們架設精密的監視網才是比較理想的做法吧。」

「獅子劫界離該怎麼辦？」

「讓他就這樣繼續參戰便可，即使要求他撤退也不會遵守。他順利打倒所有使役者，奪得聖杯——這種奇蹟不可能發生。」

結果，魔術協會的方案決定維持現狀。不需要特地跳進火坑撿東西，相對地也不必擔負風險。而且從狀況來說，或許有機會獲得高報酬，因此是理所當然的選擇。

回到房間，艾梅洛對會議的結果露出自嘲的笑容。

「——哼，說當然也是當然吧，真是有夠軟弱的。如果他們是認真想要獲得聖杯，那真是糟糕透頂。一開始不認真當一回事，卻想要獎品是嗎？真不像羅克老頭子會有的樂觀主義，跟小孩子的玩鬧沒兩樣啊。」

艾梅洛閣下Ⅱ世想起十年前發生的讓自己被這樣稱呼的事情。

他經歷了一場戰爭，召喚英靈，與之並肩作戰。他害怕、嫉妒對方魁梧的身軀，被對方教訓——然後，最後離別了。

他看了看櫥櫃裡面。分別上了物理性、魔術性兩種鎖的那個櫥櫃收著一塊「布」。雖然那只是一塊普通的破布——但對他來說，卻擁有超越世上一切事物的價值。

他突然想摸摸那塊布而解鎖，取出青剛櫟製的木盒，輕輕打開。那是一塊有些許燒焦痕跡並且磨損過的紅布。光是看到這個，十年前那位大塊頭立刻在腦中浮現。

「哎，我也不是不理解這種心情。雖是經歷大風大浪、見過世面的老狐狸，也難免有童心未泯的時候吧……真是的，聖杯戰爭這種儀式，充滿太多這種情懷了。」

光是想起這些，嘴角就忍不住上揚——

「喔喔，吾兄啊，沒想到你竟然有看著一塊破布傻笑著自言自語的嗜好啊，難道是崇拜咒物（拜物教）癖好？天啊，怎麼會這樣，太令我失望了。」

艾梅洛僵住，發出「嘰嘰嘰」的聲音緩緩回頭。

一位少女手中端著裝了紅茶的茶杯，坐在會客用的椅子上。肌膚有如陶瓷白皙，一頭秀髮則纖細燦爛得讓人聯想到金絲縷。但是，一對帶著強烈火焰色彩，足以吹散這一切飄渺形象的眼睛，正饒富興味地注視著艾梅洛。

那是一位站著散發出高貴氣息，坐著表現出優雅的少女，年紀約莫十五歲。而一尊彷彿仿造女性假人的水銀狀物體像女僕一般隨侍在她身邊。

「女士，妳什麼時候在那……」

「差不多是你從桌子的抽屜取出櫥櫃的鑰匙，並解除術式的時候吧。」

「我有上鎖。」

「她幫我打開了。」

在身旁的女僕型魔術禮裝月靈髓液（Volumen Hydrargyrum）豎起了拇指。一旦有她出手，只需將手指戳進鎖孔裡面，就可以變成萬用鑰匙。

「怎麼沒聲音？」

「腳步聲這種東西隨便用魔術都可以消除，我完全不覺得你會感受到氣息。」

艾梅洛Ⅱ世看到少女意有所指地「呵呵呵呵呵」笑著，不禁大大嘆息。

她就是「公主殿下」，將某個名號交給過去名為韋佛・維爾威特的男人並藉此束縛

他的亞奇伯家真正繼承人——萊涅絲．艾梅洛．亞奇索特。

艾梅洛將盒子收回櫥櫃裡，上好鎖，並在心中默默決定之後要改掉解鎖術式的文句，然後才重新坐回椅子，以學生都怕的三白眼瞪向少女。

「隨便闖進別人房間，實在不怎麼妥當。」

萊涅絲一副不在意的態度回應瞪視。

「妹妹進哥哥的房間有什麼奇怪的？」

「亞奇伯家的人要是因為非法入侵被抓，只會是惡夢一場吧！」

「你安心吧，無論過去還是將來，我都不打算非法入侵哥哥房間以外的地方。」

這已經不能算是滿臉堆笑地拒絕，而是堂而皇之的犯罪預告。

「……我頭痛得以為自己的頭蓋骨都碎了。應該負責教導妳倫理道德的教師，到底在哪裡做什麼啊？」

「現在已經下十八層地獄嘍。我記得我的教師從地上戰戰兢兢地偷看地獄時，被你使盡全身力氣踹了下去不是？」

「——失禮，我更正一下。儘管是自學，但妳的情操教育非常完美，剩下的就是請妳學會淑女該有的含蓄。為了我這個主要受害者著想，萬分拜託妳了。」

少女略加思索之後，覺得非常不可思議地問道：

「……什麼意思？即使你可以為我做的事情無窮無盡，但我應該沒有任何需要為你做的事才對啊。」

「妳真的很差勁耶！」

「別這樣大吼，我會很高興——哎，別說這些了。剛才看到的那塊布，應該是觸媒吧？就算用偏心的方式評價，作為魔術師也只能拿到四十分的你可以在聖杯戰爭存活下來，想必召喚了相當強大的使役者。那為什麼沒有將這個拿出來用在聖杯大戰上？」

艾梅洛不發一語地別過臉去。少女直勾勾地看著他，過了一分鐘之後，青年彷彿拗不過般點頭說：「妳說得沒錯。」

「確實如妳所說，以這觸媒召喚出的使役者毫無疑問很強。」

如果將這塊布作為觸媒進行召喚，恐怕不管在什麼樣的聖杯戰爭都能召喚出一流的使役者，即麾下擁有許多英雄的征服王——

但艾梅洛Ⅱ世煩惱過後，決定收起自己手上的觸媒，這之中有幾個理由。收集觸媒是索菲亞利家的長子布拉姆全權處理，如果擅自介入很可能會造成侮辱他的結果——這是第一個理由。

第二個是他擔心這位破天荒到極點的英靈究竟會在聖杯大戰這樣的狀況下採取什麼樣的行動。如果只是單純的廝殺也就罷了，這可是七位使役者聯合成一方陣營的狀況，過去曾有過比這更符合他愛好的聖杯戰爭嗎？

『喔，這狀況真是太理想了。好，讓我們解決七位對手之後正式朝世界進軍吧！』

這不是開玩笑，征服王很有可能會支配世界。擔心這種事情發生也是理由之一。

「你擔心兩家之間的關係以及使役者失控，這樣嗎？」

「……當然，雖然並非自願，但現在的我也是一個學派的領袖，並不是能醉心於聖杯大戰勝敗的立場，收拾善後才是我的工作。不管有沒有獲得聖杯，都要妥善處理好在那之後的狀況，這不才是身為貴族（閣下）該有的行為舉止嗎？」

「——你很會說謊呢，對我這個妹妹有所隱瞞並不是好事喲。」

少女這番話直直刺進男子的胸膛。她又問了一次「為什麼」，眼中透露出如果沒有聽到真正的答案，絕不會善罷甘休的堅持。

艾梅洛II世舉起雙手表示投降。

「……好吧，我招，理由非常私人……過去還不成熟的我有一個朋友，而現在的我並不是聰明狡詐得會背叛那個朋友的老人，只是這樣罷了。」

如果過去艾梅洛Ⅱ世召喚出來的使役者被別人知道，那在現在這個世界各地都可能召開聖杯戰爭的狀況下，魔術師們一定會想方設法獲得這位使役者。

然後會在各個魔術師手中持續流轉。魔術師將只因為想利用那位征服王強大的力量而反覆召喚他，這之中沒有絲毫對英靈的尊敬……艾梅洛Ⅱ世不想看到這樣的未來。

「簡單來說，你就是個太天真的小伙子吧。哎，你用一副『我只告訴妳』的態度跟我說這種大家都知道的事情，我可擔待不起。然後這是我出於好心順便給你的忠告，你不認為不是過去還不成熟，是現在也不成熟嗎？」

「妳這已經不是多嘴，而是很多嘴了啦！」

「唔，如果能善用那個，就可以減少亞奇伯家的負債了耶。」

少女抱怨似的嘀咕。

在亞種聖杯戰爭多樣發展的現在，這觸媒的價格絕對呈現暴漲狀態。就算低估，至少也可抵掉負債的一半，視狀況甚至可以抵掉七成債務。

然而——

「女士，請妳記住，如果窮困到必須出賣朋友，還不如乾脆一點從頭來過。」

「……唔，意思是叫我自殺算了？」

「這也跳太快了吧。我的意思是要妳拋棄家族包袱，從零開始……哎，如果我這麼做，腦袋應該會分家吧。這就是重來跟再一次從頭來過的差別了。不管怎麼說，如果把自己的矜持拿出來待價而沽，這個家（艾梅洛）也就玩完了。」

艾梅洛II世有些不悅地斷言。但其實這還是有例外，比方說若他自己的徒弟參加了聖杯戰爭卻找不到理想的使役者時，他也不得不出借就是了——

「——哎，如果是這麼回事，我也不勉強。只是你要擔當艾梅洛的時間又會延長罷了。」

少女顯得有些開心地嘻嘻笑了之後起身。

「妳到底是來幹嘛的……」

「噢，對了，我竟然忘了原本的目的。」

正當少女握著門把準備離去的時候，聽到這句話便轉過頭來，接著指了指身旁的女僕問道：

「你有沒有讓她看什麼奇怪的東西？」

這莫名其妙的問題讓艾梅洛Ⅱ世歪過頭，女僕也像模仿他一般歪頭。

「奇怪的東西是指？不是因為妳的變態本性嗎？」

「嗯，讓她看那種對情操教育有極不良影響的有害且愉快狠毒的玩意兒之類——」

少女隨意帶過後半段。

「……我讓她看這類東西是能怎樣？」

「說得也是。呃，我的確也相信吾兄喔。」

少女安心地離開，水銀女僕準備跟著離去，但忽然轉頭面向艾梅洛Ⅱ世，接著如同方才那般豎起大拇指，以機械性聲音說道：

「我會回來（I'll be back）。」

門關上了。

……艾梅洛連歪頭狐疑這到底是怎麼回事的時間也沒有，馬上就有人沒敲門地闖了進來。

「教授！哎呀，我說絕對領域魔術師老師！我偷偷聽說目前打算持續觀望聖杯大戰的發展耶，是真的嗎？現在狀況不是變得超有趣的嗎！還有我剛剛跟擦肩而過的水銀女僕約好要一起去看電影，告訴我你什麼時候休假吧！」

差點因為衝進來的青年的連珠炮導致腦中一片空白——但看到青年的臉之後立刻理解、接受了狀況，然後——深呼吸，穩重地告知：

「好的，費拉特，讓我增加你的功課量來褒獎你吧，來個二十倍如何？當然我可以延長期限，從明天上午十一點延後到明天下午一點交，這樣如何，很開心吧？」

「咦，那個，教授，你在、生氣、嗎？」

「不，完全、徹底、壓根沒有生氣喔。所以——快去做，蠢材！」

「嗚哇啊，了解——！」

艾梅洛Ⅱ世看著青年與闖入時同樣有如暴風般離去的身影，不禁嘆氣說「好累」。

§§§

「黑」刺客——開膛手傑克。有關這位殺人魔的情報，會在戰鬥結束的同時從記憶中消除。千界樹的魔術師們認為恐怕是寶具，或者刺客的持有技能之類造成的吧。

「我想說死馬當活馬醫，試著拍照看看，結果拍到了。」

卡雷斯這麼說，把滿是霧氣的城堡照片拿給大家看。雖然是手機，但因為配備了相

當不錯的鏡頭，拍出來的照片很清楚。看來刺客的寶具或技能無法瞞過科學的法眼。

「是霧呢。融解人工生命體們的皮膚，導致肺部潰爛的，是否也是這霧氣所致？」

戈爾德聽到菲歐蕾說的話，點頭同意。

「十九世紀到二十世紀的倫敦，因為工業革命產生非常嚴重的汙染啊。對當時的魔術師們來說，雖然是可以用魔術簡單起點風就解決的問題……」

「但這片霧氣因為是概念性的問題，魔術師也無計可施。如果是使役者，似乎就不會受到太大損傷。」

卡雷斯瞥了「黑」弓兵（凱隆）一眼，弓兵看了霧氣的照片，點頭同意。

「是的，說得沒錯。這片霧氣對我們使役者造成的負面影響，僅限於妨礙視線以及導致敏捷層級降低。」

弓兵也失去了關於刺客的記憶，只有救了菲歐蕾這個部分還記得，執行救援時受到的影響並沒有那麼致命。

「霧氣與融解在霧氣中的奇蹟……刺客的能力大概就是這樣吧。」

菲歐蕾的聲音裡帶著掩飾不盡的不安。即使沒了記憶，她還是記得一件事……

「黑」刺客是超乎想像的強敵。

如果只是一般的異常殺人魔，就應該不會主動撤退。菲歐蕾在聽到刺客的真名時，原本將之認定為類似狂戰士的存在。

但事實上完全不同。至少在戰術方面，刺客非常理解自己的能力，可採取最理想的行動。她擁有刺客職階既有技能「斷絕氣息」，並且可以放出降低能見度後從中進行奇襲的濃霧。

她絕對不會正面挑戰使役者，而是專找主人下手。因為沒有身為英靈的榮譽心，取而代之的是無論如何卑鄙的手段都願意採用。更重要的是，刺客本人的基礎戰略就是長期抗戰法。

「弓兵，你有沒有什麼方案可以在兩天之內收拾刺客？」

「很難吧……如果前提是付出代價，那狀況又不太一樣了。」

弓兵面帶愁容，聽到這番話的菲歐蕾應該也露出了同樣的表情吧。這番話的意思就是要把刺客留在這邊，而這麼做會造成多嚴重的犧牲，根本無法想像。

「在這樣的狀況下，我不能容許有任何人犧牲。」

「是的，我明白。但刺客是使役者，既然她擁有麻煩的『斷絕氣息』，我們一定會處於被動。若要說有辦法採取主動，頂多只有身為弓兵的我——」

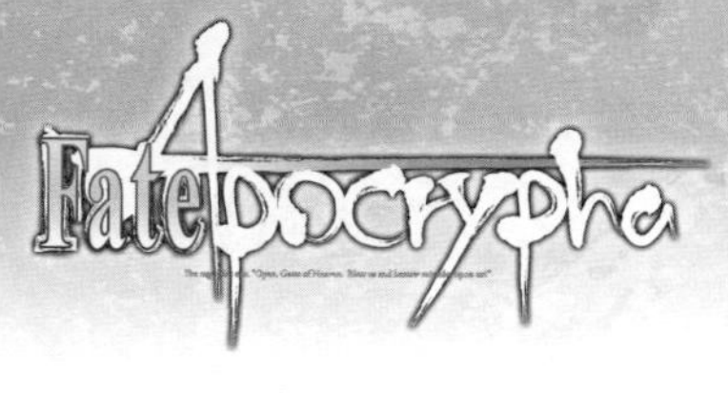

「黑」弓兵擁有如字面所述的千里眼，只要能先行發現刺客所在，或許就有機會先下手為強。但這之中還有一個問題。

「可是，既然使役者能察覺到使役者的存在，只要刺客察覺到我的氣息，一定會立刻撤退吧，她沒有愚蠢到正面挑戰我。」

無限迴圈。

只有弓兵有機會先下手，但弓兵「絕對無法先下手為強」。

有一個方法可以打破這個困境。

「因此，必須有人當誘餌引誘她搶攻。除此之外，使役者們還要躲在不會被她察覺的距離外進行包圍，在不讓她逃跑的情況下消滅她。」

「這方案還不錯啊。」

菲歐蕾笑著回應戈爾德：

「既然這樣，戈爾德叔叔，你願意當誘餌嗎？」

戈爾德馬上支吾其詞……沒錯，身為使役者的騎兵、弓兵和裁決者無法當誘餌，這麼一來，只有身為主人的魔術師能當誘餌了——

「我出面行不通吧，她已經知道我是弓兵的主人了。」

「啊——我覺得我的體力應該不勝負荷。」

戈爾德的目光轉向卡雷斯。卡雷斯嘆了口氣點點頭。

「我知道了，我去——」

這時，一位原本保持沉默的少年舉手發言：

「……請等一下，若是誘餌，我覺得我去當最理想吧。」

齊格的話嚇傻了周圍所有人，尤其騎兵的變化最是明顯，他一口氣逼近少年。

「主、主、主、主人你胡說什麼啦！」

騎兵抓著齊格的雙肩放肆猛搖，齊格則握住騎兵的手，要他冷靜後重新說明：

「不，我覺得比起卡雷斯當誘餌，我去還比較安全一點……這個狀態的我身上的使役者要素微弱，基本上不至於被察覺。」

「但、但是……」

「——更重要的是，我自己似乎怎樣都無法原諒刺客。我想應該是因為她又害死了一個人工生命體吧。」

即使沒有記憶，情感仍留著；儘管霧氣散去，屍體仍留在當場。確實有一個人工生命體因為霧氣而喪命。

「你認識她嗎？」

「不，別說有沒有講過話了，我甚至沒跟她見過面。但那又如何……不能因為我們是同種族就感到憤慨嗎？」

「……我沒有這麼說。」

騎兵垂下肩。看來他已經切身體會到無法勸退齊格了。

齊格接著說下去，想安撫騎兵的不安。

「而且，即使我因失敗而死去，千界樹這邊還是保有主人的權力，只要立刻轉讓主人權限，騎兵就不會因此消失。從邏輯方面來考量，我覺得還是我去當誘餌最理想。」

「————」

騎兵整張臉僵住。不，其他人也一樣吧。每個人都啞口無言，直直看著齊格的臉。

「怎麼了？」

齊格說話的同時，騎兵一巴掌甩在他臉上。「啪」一聲——以使役者甩出的巴掌來說，這聲音顯得有些輕。

「咦？」

齊格不知自己為何挨打，看著騎兵。騎兵吼了一聲「笨蛋——！」之後，一副快哭出來的樣子衝出會議室。

「剛剛——是我不好嗎？」

「呃……嗯，我覺得算是吧……」

「這個嘛，確實說得有點太過了。」

聽到菲歐蕾和弓兵的話，齊格開始認真思考自己究竟哪裡不對。裁決者似乎看不下去，拉了兩下齊格的袖子。

「裁決者，剛剛……果然是我不好嗎？」

「……齊格小弟，你該試著努力學習理解他人的心情。等會記得去找騎兵，跟她道歉喔。」

「我知道了。」

「裁決者，妳也跟騎兵一樣反對由他去當誘餌嗎？」

「現階段反對。雖然齊格小弟確實比一般魔術師更有戰鬥能力，但要面對使役者，還是會有不安存在。」

不過除齊格之外，沒有人更適合也是事實。說到稍微懂劍術，且使用魔術方面也有一定本事的人，只有齊格了。

更重要的是，只有齊格一個人自願前往死地。如果要卡雷斯擔任誘餌，他當然會去做，但要說他不害怕與使役者對峙，則肯定是謊話。

「裁決者，妳有什麼備案嗎？」

「嗯……我是有個方法，或許稱不上是什麼好方法就是了。」

這句話讓齊格上前，裁決者臉上露出難得一見的表情——她像個惡作劇成功的少女一樣嘻嘻笑了。

——而裁決者提出的方案的確讓所有人都大吃一驚。

§§§

只要藉助裁決者的力量，要找出鬧彆扭的騎兵並非難事。騎兵在城堡半毀的瞭望台仰望天空。

他應該察覺了齊格到來的氣息，只見他略略鼓著臉頰別過臉去。

「……幹嘛？」

「就是，該怎麼說——」

齊格猶豫了一下，來到騎兵身邊對他說：

「是我不好，我不會再那樣說了。」

「說什麼？」

「……你是我的使役者，我是你的主人。我沒有輕忽這層關係的意思，我只是希望能夠讓你安心。」

「安心是指安心什麼？」

「即使我死了，你也不需要跟著我上路，我只是想說這個。」

騎兵挑眉，明顯對這句話表現不滿。

「笨主人，你說這什麼話？對我來說你就是一切，才不是什麼我不需要跟著你上路，而是我跟著你上路是理所當然。」

主人跟使役者之間就是這樣的關係——「黑」騎兵（阿斯托爾弗）一副不當一回事的態度說道。那代表了絕對的忠誠，以及有些不同的某種情緒。

雖然都這個節骨眼了，但齊格再次認知到騎兵究竟是多麼「理想」的使役者。他不是因為擁有強大力量，而是那處事態度無比尊榮……而且耀眼。

所以，齊格才不想因為自己無謀的行動連累騎兵。

「該說這讓我很高興嗎……呃，這個嘛，謝謝你，騎兵，你的話打動了我。」

齊格這麼回答之後，騎兵的表情一百八十度大轉變。如果他身上有小狗尾巴，肯定正用力甩到要斷了吧。

「哎，不過，我其實滿高興你考量到我的性命安危，但我反對你去當刺客的誘餌。按照弓兵的計畫，我們必須遠離現場到刺客無法察覺的距離外對吧？因為你不可以隨便浪費令咒，所以我無法透過令咒瞬間移動到你身邊。」

「啊——……關於這點呢——」

齊格有些難以啟齒地別開目光。騎兵似乎是看到他的舉止而有了不祥的預感，於是立刻逼到他身旁。

「怎麼了嗎？」

「裁決者提了一個建議。」

「……哦～～怎樣的建議？」

騎兵看起來目光嚴厲，這絕對不是錯覺——齊格這麼想，說道：

「只要她陪我一起當誘餌，應該就沒問題了。」

「——沒錯，事情就是這樣，騎兵。」

裁決者應該是幫齊格帶路之後一直在等待時機，只見她探頭出現在瞭望台上，毫無窒礙地加入兩人之間的對話。

「裁決者……這是怎麼一回事啊？妳也是使役者吧？」

「嗯，確實我是使役者，但我是透過有些特殊的方式召喚出來的。因此我並非純粹的靈體，而是確實保有真正的肉體。」

那是名為蕾蒂希雅的少女的肉體。裁決者利用了幾乎與她規格相同的身體才完成現界，而代價就是儘管身為人類的機制並不完善，仍得以存在。

尤其是食欲和睡眠欲望特別明顯。雖然她可以幾十個小時不吃不睡，然而一旦超過極限就會轉為對精神的創傷顯現。

……不過以這次的狀況來說，反而發揮了奇效。

「也就是說，盡可能壓抑靈體貞德的存在，藉此斷絕身為使役者的氣息嗎？」

「是的，這麼一來，危險性將會減半。再加上只要能擋下最初的一招，就可以由其

他使役者夾殺她。」

「主人……？」

「雖然很感謝這項提議……但我擔憂壓抑靈體這個部分的可行性，所以反對。」

確實，問題的關鍵就在這裡。所謂「壓抑」就代表原本在內側的蕾蒂希雅肉體特質會顯現在外。

「是的，從能力層面來看跟一般人類無異，問題關鍵就在遭遇奇襲的時候，能以多快的速度恢復為使役者吧。」

「不覺得這樣蕾蒂希雅很可憐嗎！反對、反對、我反對——！」

看到騎兵高舉拳頭，齊格也贊同地點點頭。

「嗯，其實我也覺得這不是什麼好方案。」

見裁決者一臉困擾，騎兵和齊格一起歪過頭。

「什麼意思？」

「之前也說過，我身上混了蕾蒂希雅的意識……原本她為了讓我掌握主導權，使自己的意識沉睡。」

這就好像在看電影的觀眾一樣，透過貞德的視角，蕾蒂希雅得以觀看非此世者們的行動。

蕾蒂希雅在觀看途中，基本上都不會對電影內容置喙。無論她怎麼想、怎麼感受，都默默收在心裡。但當齊格表示自己要當誘餌時，她突然在貞德體內開口。

『那麼，用這個方法如何呢？』

——這樣。

「是喔……原來如此。那麼，那個蕾蒂希雅人呢？」

「呃，她在提議之後就徹底保持緘默……嗯，雖然不是不能理解她的心情。」

「啊——……」

騎兵好像接受了狀況似的看向齊格，齊格則依然一臉嚴肅地思索著，沒有察覺兩人的視線。

「所以，結論是？」

「我一個人也沒問題。」

齊格一副不在乎的態度堂堂宣告。兩人都理解既然說到這分上，他一定會去執行。

「唔唔，有夠頑固。這樣的話，以我的立場……應該只能贊成主人的想法……」

騎兵顯然在不情不願的情況下投降了。

「那麼，我們還是要跟著齊格小弟一起行動。雖然有可能礙手礙腳，但還請多多指教了。」

裁決者這番話有種比齊格的態度更難以動搖的氛圍。

離出發還有兩天，千界樹的魔術師和使役者們為了能真正收拾「黑」刺客（開膛手傑克）而採取了行動。

§§§

托利法斯老城區內的角落深處，約有百位無法融入社會的人在此互助索居。而「黑」刺客與其主人六導玲霞目前把這之中的一角，過去被密醫占領的區塊當成暫時的「藏身處」。

魔術師的監視並未顧及此處，因為不管怎樣墮落，魔術師還是魔術師，不可能關心這種已經「玩完了」的地方。

老舊的床因為彈簧已經壞掉而嘎吱作響，或許因為長年使用，劣化相當嚴重，玲霞每次睡醒都覺得全身痠痛。

但她們也不可能去住飯店。從抵達羅馬尼亞以來，魔術師們便拚死尋找她們，她倆在錫吉什瓦拉的時候就好幾次不得不放棄占領的住家。

之所以能一路順利躲開，並不完全是刺客使役者的功勞。不知是否玲霞天生擁有動物般的直覺，只要她逃離一個地方，事後魔術師們肯定會進行調查。

兩人輾轉到最後終於來到這裡，不過她們都沒有不滿。雖然這裡欠缺舒適，但保有一定程度的秩序。住在這裡的人，沒有人會去舉發玲霞，而且儘管有一部分的人知道所謂魔術師的存在——依然如此。

這就是這塊地區少數的規矩，不跟任何人說、不告訴任何人、不干涉任何人。當然，既然身為人類就有可能犯錯，比方在玲霞她們住進來之後沒多久，就有一群小混混闖了進來。

小混混想對玲霞她們做些什麼無須多提，至於他們的「下場如何」就更不用提了。

原本懷抱同情的居民瞬間轉為恐懼，而玲霞只對他們說了一句話：

『只要你們什麼都不做，我們也什麼都不做。』

居民只能相信玲霞的話。即使知道除了玲霞之外還有另外一個人，那個人每次都在

夜晚外出並帶著濃烈的血腥味回來，他們也決定什麼都不說。

保持沉默便不會樹敵，也不會有罪惡感，更不會想聲張正義。對脫離社會的他們來說，何為邪惡、何為正義的標準早已崩壞。

所以，這塊角落今天也非常和平。

六導玲霞茫然地反芻記憶。

自己的半輩子簡直像被霧氣籠罩，無法明確地回想起來。玲霞心想：應該是不怎麼重要的人生吧。

不，說起來——她有種強烈的感覺，自己似乎沒有值得稱為「人生」的經歷。

出生以後無法馬上認知到這點，只是渾渾噩噩地過日子……父母過世，即使讓自己無比墮落，仍無法認知。

為了餬口成為娼婦，後來甚至差點被某個僱主殺害。他是個不把人命當一回事的魔術師，而跑來誘騙她的原因，只是他需要當作活祭品的「材料」罷了。

他完全沒有顧慮玲霞的生命什麼的，對他來說玲霞只是拿來執行儀式的零件的消耗品。當六導玲霞（我）自覺並理解到這一點，才終於——希望能夠「活下去」。

在那之後的日子都是奇蹟，不管跟她（傑克）道謝幾次、緊緊擁抱都不夠。

心臟在跳動、意識清醒，這樣就可以算是「活著」嗎？

玲霞認為不是，只是心臟有在跳動、只是雙腳可以活動、只是口中能隨意說出場面話，真的不能算是活著。

所謂的活著，就是懷抱熱情。無論是勤學、努力工作、愛一個人、傷害他人，以及養育生命，都是符合活著這個字眼的行為。

這之中沒有正義與邪惡介入的餘地。無論善惡，只要以活著為前提，都是很棒的一件事。不然，人類是無法活下去的。

所以對六導玲霞來說，現在才是她真正活著的時候。她殺了人，雖然殺的大多是罪犯，但犯下非死不可的重罪的人卻是少數。

不過她還是殺害了對方，為了獲得聖杯而下殺手，為了保護自己而下殺手，同時為了女兒傑克而下殺手。

「我殺了人，但活著」。充實的人生、愉快的每一天，真是美妙的夢（夢幻曲）——

「媽媽（主人）、媽媽。」

玲霞被搖晃而醒來，看來似乎在不知不覺間睡著了。她揉了揉眼睛，少女的身影變得清晰。雖然沒有受傷，但看她不是很開心的態度，似乎是失手了。

「哎呀，傑克，看起來行不通呢。」

「嗯，對不起。」

傑克覺得很抱歉似的垂下頭，玲霞覺得這樣的少女真是惹人憐，於是抱起她。

「妳不用道歉，沒事就好。」

這麼說完摸了摸她的頭，並溫柔地輕拍背後。傑克馬上就恢復了精神。

「嗯——其實只差一點點了。」

「……這樣啊，明明趁著使役者不在的機會下手，看樣子是對方撐過了呢。」

「這樣就不能再攻過去了，該怎麼辦呢？啊，對了，保險起見，我『確認』了一下，聖杯果然被紅那邊的拿走了。」

「真可惜……那座聖杯去哪裡了呢？」

傑克搖搖頭表示不知道。

「果然是那個大東西將它帶走了嗎……」

「推測應該是吧。」

傑克也在那片戰場上，她沒有加入任何一方，只是為了獵捕在那裡的「犧牲者」。

然後，也看到了那座浮於空中的城堡——「虛榮的空中花園」。既然對方是能使用那麼誇張的寶具的使役者，實力肯定在自己之上。

但也不能在這裡就放棄。開膛手傑克畢竟有夢想，而且主人六導玲霞也有願望想實現。

為了實現願望，就必須將「黑」與「紅」全數解決……當然，若只有使役者，就有可能被收編進「黑」陣營吧。雖然魔術師是自傲的人種，同時也非常精打細算。

只不過在這種情況下，有一點他們絕對不會退讓，那就是要交換主人。六導玲霞畢竟是個外行（業餘愛好者），不是魔術師，因此她幾乎無法供應魔力給刺客，傑克依然處於若沒有透過「進食」補充營養就無法存續下去的狀況。

只要與魔術師締結契約，這一切問題都能獲得解決。但這也代表要切斷與媽媽（主人）之間的所有聯繫。

傑克原本就壓根不考慮換主人，對她來說，與母親（主人）同在才是一切。

因此，投降這個選項已經從她腦海裡消失，而玲霞也是同樣，根本沒想過要投降並過著安逸的日子。

相對地，她們也不逃。對兩人來說，目的是獲得聖杯，也是目前人生的一切。

「……不過，該怎麼辦呢？」

「欸，傑克啊，這種時候我們要換到對方的立場來想事情，就是說，妳覺得他們想怎麼辦呢？」

這個問題讓傑克雙手抱胸，搖頭晃腦地開始思考。這看起來很像某種人偶，玲霞不禁輕笑出聲。

「嗯～～……想抓住我們，之類的？」

「是啊，不過，妳不覺得他們一定把聖杯看得更重要嗎？」

傑克點頭。六導玲霞並沒有太多魔術師世界和聖杯大戰的相關知識。她只知道傑克身為「黑」刺客所得到的聖杯戰爭相關知識，以及從魔術師們口中逼供出來的情報。儘管只擁有有限的知識，但要進行邏輯推演並非難事，遑論要判斷何者為優先更是簡單。

聖杯是萬能的願望機，然後魔術師有輕忽人命的傾向——既然如此……

「搶回被奪走的聖杯應該比較重要，對吧？」

「……可是如果這樣，他們為什麼還留在這裡？」

「這很簡單，記得……搶走聖杯的『天空之城』在天空飛對吧？」

傑克又點點頭。那就像玲霞講給她聽的童話故事裡的城堡一樣。

「他們應該是沒有可以飛上天追過去的方法吧。雖說既然都是魔術師了，應該可以做到飛天——但我猜他們需要時間準備。」

玲霞的推測有些錯誤的地方，但基本上正中紅心。千界樹那邊只剩下兩天時間，一旦兩天過去，包租的飛機就會抵達機場。既然以聖杯為最優先，到時候討伐刺客的任務就等於宣告失敗。

「那麼，他們應該是要利用這段時間『順便』打倒我們……這樣？」

「沒錯沒錯，就是如此。」

傑克嘟起嘴。「順便」這個說法似乎損害了少女的自尊。但玲霞摸摸她的頭，她馬上就不生氣了。

「總之，也就是說，呃……他們希望能短時間內決勝負。」

傑克以天真無邪的口氣重複「短時間內決勝負」，玲霞思考著——在這種時候，她會轉換成俯瞰視角。或許因為來自養父母的虐待以及當娼婦的生活，讓她學會了徹底客觀看待事情的思考模式。

短時間內決勝負，換句話說，就是對手正盤算以手中握有的使役者，做到連刺客都

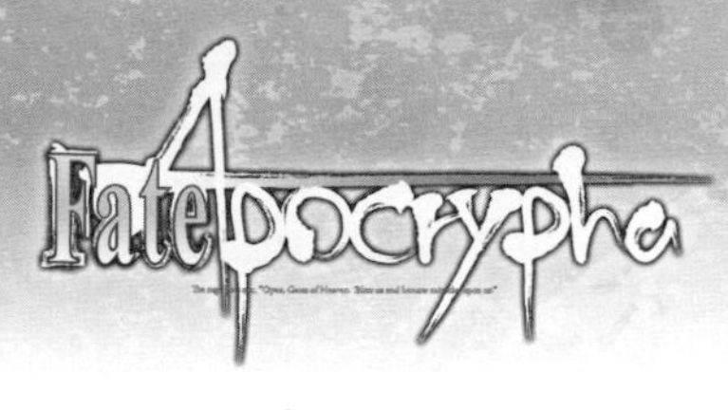

無暇逃脫的強烈猛攻，一氣呵成攻陷我方。

那麼，我方該如何防範？

拖到長期抗戰——這樣不好，因為對方遲早會重整態勢，或者會放著我方不管逕自用聖杯實現願望，但傑克和玲霞都想要聖杯。

那麼假設對手期望短時間內決勝負，他們會怎麼做呢？可以想到的是地毯式搜索，在發現這個藏身處之前徹底搜查整座城鎮……時間已經不夠用了，應該不太可能採用這種慢條斯理的方案。

利用使役者或魔術師的力量找出我方……不太可能。如果真有這種實力，早就挖出這裡了。假使他們真的有這種力量，也應該會因為有什麼負面效果而猶豫著要不要使用。果然，這方面的可能性也不高。

這麼一來，剩下的只有——

「媽媽（主人）？」

傑克撲進沉默不語的玲霞懷裡。玲霞苦笑，摸了摸傑克的頭。傑克窩在玲霞的懷抱中低聲說：

「欸欸，我想再聽妳彈一次鋼琴。」

「哎呀，這真是傷腦筋呢。」

很遺憾，這個家沒有鋼琴。儘管如此，也不是不能發出任何聲音。

「嗯——……能不能用唱歌將就一下？」

傑克點點頭，玲霞哼出「啦、啦、啦」的夢幻曲旋律，歌聲細細地迴盪在黑夜之中，有如妖女（賽蓮）般妖美，有如母親般溫暖。

就這樣，天啟突然閃過玲霞的腦海。

「——欸，傑克。」

「嗯，什麼事？」

『用妳的濃霧覆蓋這整座城鎮吧。』

六導玲霞如是嘀咕。這位女性絕非邪惡之徒，也不是想殺人到不能自己，更沒想過要享受殘虐的行為。

就只是「有必要」。因為有必要才這麼做。這樣雖然跟魔術師一樣，但六導玲霞與總是考量到要隱瞞社會的他們不同，沒有絲毫猶豫。

有非常想要的東西，為了獲得它沒有任何遲疑。欲望強烈、殘酷，為了能傲慢地實現願望，不管什麼事都做得出來。

某種意義上，六導玲霞確實以很有人類風格的做法打算在聖杯大戰中取勝——

問題。

——就這樣，一個晚上過去。

從昨晚起，裁決者也選擇留在千界城堡。她表示已經跟原本借宿的地方說好，沒有或許因為沒有使用令咒，齊格也沒再作惡夢，很正常地睡醒了。他睜開眼——發現面帶慈祥笑容的聖女（貞德）站在床邊。

「齊格小弟，早安。」

「……妳幾時進房的？」

齊格戰戰兢兢地問道。

「大約三十分鐘前吧。看你的表情，你應該睡得很好，真是太好了。」

嗯，齊格確實睡了一個好覺，只是一起床就有人站在床邊，實在對心臟不太好。

「只是這點小驚嚇，你的心臟完全承受得了喔。」

……齊格心想：也不是這個問題吧。

「話說……果然還是跟昨天一樣嗎？」

裁決者不容分說地拉開被子。一如她所料，騎兵正抱著齊格的腿呼呼大睡。那睡得

很沉的樣子，看起來實在不像使役者。
「呵呵呵，使役者的氣息明明很明顯卻這麼不像樣，看來若不是大人物，就是個悠哉的人呢……」
「肯定是悠哉的人吧。」
齊格斬釘截鐵地說。
「很過分耶，我確實有察覺到氣息醒來了喔，只是嫌麻煩所以沒起床罷了。」
騎兵的手臂倏地伸出來，眼皮也有力地睜開，動動脖子發出「喀喀」聲。
「為了主人二十四小時戒備才是使役者正確的做法喔。應該說，使役者根本就不用睡覺。」
「妳不也有睡覺……我有聽主人說喔——你們第一次見面的瞬間妳就倒下了。」
「那、那是因為我的身體到了極限啊！已經瀕臨崩潰邊緣了！而且我那時候不是睡著了，而是因為營養不足倒下罷了！」
「嗯，我覺得這樣更糟糕耶。」
「……這點我也有自覺。」
裁決者紅著臉咳了一聲。

一陣沉默過後，齊格悠哉地「呼啊啊」打了個大呵欠。從狹窄的窗戶也能窺見外面是一片晴朗的天空。

今天一整天應該都會是好天氣吧——只不過，到了傍晚時分就不一定了，搞不好會起「霧」。

齊格希望今天會起霧。他不記得「黑」刺客（開膛手傑克）外表長什麼樣子、拿著什麼武器之類的，什麼都不記得。

但是——他記得一件事。

有一條性命在眼前被奪走了，有一位人工生命體死了，這樣的死亡沒有任何含意、意義與理由。她「只是因為在場」，就死了。

一股負面的熱情翻攪著——這應該就是所謂的「憎恨」。拒絕對方一切的強烈情緒，以及當對方陷入不幸與絕望時，打從心裡歡快的陰沉愉悅。

「齊格小弟，怎麼了？」

「不……沒什麼。」

齊格在心裡默默決定，如果到了與「黑」刺客對峙的時候，就讓劍兵附身吧。

但齊格並不知道一件事，那就是「黑」刺客也無法原諒稍稍傷到自己的齊格。而儘

管刺客的主人不是魔術師——卻同樣是個欠缺倫理道德觀念，雖然知道什麼是常識卻能毫不在乎加以踐踏的怪物。

§§§

考慮到效率問題，大家決定與人工生命體一起用早餐。城堡裡面有供人工生命體使用的寬敞餐廳，不過因為之前那場大戰，人數銳減之後顯得非常空曠。有想過原本這裡應該很熱鬧，但馬上又想到人工生命體八成不會邊吃飯邊聊天，應該會呈現一種儘管有一大堆人面對面坐著吃飯，卻一點聲音也沒有的奇妙景象。

騎兵坐到齊格身邊，裁決者則坐在兩人對面。

「騎兵也要吃飯嗎？」

「嗯，補充魔力、補充魔力♪」

騎兵哼著歌，將專精於烹飪技術的人工生命體所做出的菜餚送進嘴巴，一臉幸福地咀嚼著沾過濃湯的麵包，邊嘀咕著「啊～～好好吃喔」一笑開懷。

……齊格心想，他是因為娛樂層面的意義才想來吃飯的吧。

然後對面的裁決者也一副輸人不輸陣的態度接連掃掉餐點。

「今天必須好好補充營養。」

……齊格心想，她應該只是單純肚子餓了。

「齊格小弟，你也要多吃點。」

「我知道。」

齊格窸窸窣窣地消化著「沒有味道」的餐點。他的味覺與正常人相比極為退化，不僅無法分辨味道的濃淡，甚至沒有自信能分出膠水和奶油之間的差異。

這並不是事故所造成，而是他天生如此。畢竟是設計來供應魔力的人工生命體，味覺本來就是不需要的機能。

所以齊格對用餐這件事沒有太大興趣。

「再來一碗！」

「……我是不太想這樣說啦，但你是使役者吧？」

負責供餐的人工生命體一邊舀起餐點一邊指謫。

「因為這很好吃啊，好吃的東西當然會想多吃一碗吧？」

「食物應該讓給有需要的人享用。事情就是這樣，請問我也可以再來一碗嗎？」

「……妳不也是使役者嗎？」

「我因為種種原因，用餐對我來說是必要的。話說回來，這火上鍋真好吃。」

「那是德式大鍋菜，不是火上鍋喔。」

「……咦？呃，那個，這是火上鍋……對吧？」

「肯定是德式大鍋菜啦。」

「除了火上鍋之外不做他想。」

「德式大鍋菜。」

「火上鍋。」

貞德堅持這一定是火上鍋，人工生命體則主張這絕對是德式大鍋菜。而騎兵不斷要求再來一碗，甚至趁著兩人起口角的時候逕自舀起剩下的湯。

在其他人工生命體聽聞這場騷動並收集眾人意見之後，終於以德式大鍋菜為主流塵埃落定。

——實際上，無論是火上鍋還是德式大鍋菜，其實料理方式與內容物幾乎一樣，只是同樣的料理在兩個不同國家都盛行起來，基於各自國家的語言命名罷了。

「這明明就是火上鍋……」

「是德式大鍋菜。」「就是德式大鍋菜啊。」「說這不是德式大鍋菜的話，還會是什麼？」「而且做的人就說是德式大鍋菜了。」「無所謂啦，這很好吃耶，嚼嚼。」

「喂，是誰把這一大鍋都掃光了……？」

喧囂不絕於耳，這場面與和樂融融相去甚遠。而餐點吃在齊格嘴裡，依然沒有任何味道可言。

啊啊，不過——齊格卻很神奇地能確定這份餐點確實美味。

§§§

結束吵吵鬧鬧的早餐時間，裁決者對齊格說道：

「好了，我們準備出發吧。」

「……出發？去哪裡？」

聽到齊格這番話，裁決者露出不悅的表情。

「你忘記昨天的提案了嗎？」

「不，我還記得，但現在還不到中午耶。」

刺客出現的時間幾乎可確定是從傍晚到深夜這段時間，無論怎樣，都不是還沒過中午的大白天出門尋找就可以找到的存在。

「我想在傍晚前讓齊格小弟你了解一下整座城鎮的樣貌，因為若發生什麼狀況之後迷路就麻煩了。你沒有去過鎮上對吧？」

裁決者這番話讓齊格回想起自己極為短暫的過去。確實，自己從未去過鎮上，自己於這座城堡出生，在魔力供應槽裡度過絕大部分的人生——直到幾天前才總算去外頭。

「我知道了，麻煩妳帶路。」

「好——奸——詐——！我——也——要——去——！」

騎兵雙腳亂踢抗議。

「……一旦使役者跟來，這項計畫就會徹底泡湯呢。」

「嗚嗚嗚嗚……主人，下次跟我一起去吧？」

「黑」騎兵(阿斯托爾弗)淚眼汪汪地逼近主人齊格。

「呃，我想跟我一起去逛街應該也滿無聊的，你該選出更有趣的人才。」

「裁決者，雖然他是我的主人，但這時候應該只有揍他這一個選項吧？」

「……是啊，剛剛那個回答太爛了。」

騎兵一臉不悅地一記手刀劈在齊格腦門上。雖然齊格覺得有點沒道理，但當裁決者和騎兵的意見一致時，他就絕對不可能講贏他們。

齊格接收到要他在城堡正門前等待的指示，重新俯瞰拓展於眼下的街景。雖然是一座人口只有約兩萬的小鎮——但是，兩萬這個人數本身就已超越齊格的想像。

集合了兩萬個不同的人，形成這座名叫托利法斯的城市。然後再聚集更多人，形成羅馬尼亞這個國家、東歐地區、歐洲，最終構成這個地球上的「人類」。

數量總共約六十億，其中有好人、壞人，也有兩者皆非者的群體。

——這數量太過龐大，難以想像。

或許絕大多數的人類在這輩子甚至不會見到這六十億中的九成，齊格自己也一樣，自己一輩子可以遇見的人一定不會超過一千個。

「世界」這個詞存在於世上，如果將之認定為人類所編織出來的宏大故事，那麼一個人能夠看到的應該只有自己與身邊的人編織出來的部分，或許從來就沒有人——看過整個世界吧。

「……唔。」

這是非常值得探討的問題。就自己所知，對這樣的概念最清楚的人是——

「齊格小弟，讓你久等了。」

齊格回頭，就看到裁決者為了逛街特地換上了便服。

「我們走吧。別擔心，時間還很夠用！」

「我知道了，就麻煩妳帶路。」

「好的！」

齊格的手被一把拉過去，但他也沒有抵抗，就這樣跟著裁決者，並對在前面意氣風發地走著的裁決者說：

「我說裁決者，我們邊走邊聊就好，可以回答我一些疑問嗎？」

「好的，是什麼呢？」

裁決者歪過頭，齊格將方才自己的想法說明過一遍之後才問道：

「——所謂的世界到底是什麼呢？」

「……這還真是很基礎性的問題呢。」

裁決者笑得有些開心，然後用握著的手指扣住齊格的手指，面對他說：

「每個人都有認知到世界。學習了相關知識，並將這些知識當作現實接納。不過，很神奇地——沒有人看過世界本身，只是接受了自己與自己身邊的世界。就連統治整個國家的國王也是類似狀況。」

「但這樣很奇怪。」

「不，並不奇怪……所謂人類，是一種在個人的內涵世界與外在的廣大世界之間，每天折衷平衡活著的生物。人類是孤獨的，同時也跟世界上的所有人聯繫著。所以人才會因為他人的悲劇而心痛，也會因此感到憤怒。然後理所當然地，也有無法求得理想平衡的人存在。有些人認為個人的內涵世界是絕對，抗拒外在世界——當然也有嘗試改變的人。」

「那是一種邪惡的行徑嗎？」

「這很難說……或許是異端，但並不能算是惡，至少我想這樣相信。想改變世界的欲望是眾人的欲望，如果這樣的欲望能往好的方向發展，世界就會改變它的形狀。」

「所謂世界是眼不能見、手不能摸，沒有特定形體……這樣嗎？」

「是的，然後，即使如此——它仍確實『存在』。」

世界存在，這個世界確實存在。如果單一個體以單一個體的單位自我完結，就不可能出現爭執，然而相對地，也不會有所接觸。

「也就是說，舉例來講永遠的和平是不可能存在的嗎？」

「現在的確是這樣，但是……或許將來會有人想到方法。如果那個方法非常理想，眾人應該都會追隨吧。」

「……真是令人難過的事。」

「並不會喔。如果世界本身並不存在，也就是說，這個星球上六十億個個體『就只是存在』而已，我覺得這更令人難過。」

裁決者露出複雜的表情如是低語。齊格不懂為什麼每個人以個人單位自我完結會是一場悲劇。

不過——少年心想：希望將來有一天能夠理解。

托利法斯是一座小城鎮，但也沒有小到花幾個小時就能全部逛完。會自然而然變成挑出重點場所急忙走過一遍的狀況……是跟少女想像的逛街有些出入的行程。

「城牆的出入口有五個，其中一個因為崩塌，正在整修。這裡是最北邊的出入口，從這裡爬上去，城牆也不會中斷，要注意。」

城牆將托利法斯一分為二，大致分為老城區和新市鎮。但因為城牆本身呈現半圓形，不只有一個出入口。雖說這座城牆當初是為了防範鄂圖曼帝國入侵，但這座相當高的城牆反而煽動了年輕人的挑戰心，不時會有些有勇無謀的傢伙順著房屋屋頂爬上城牆——偶爾甚至會有人意外死亡，但他們都沒打算停止這樣的行為。

總之從歷史的角度來看，這座城牆本身算有相當價值，看起來確實有足夠分量，但齊格並沒有對此感動。

「好，到下一個地方吧。」

「好、好的。」

檢查完畢後，手中拿著托利法斯地圖的齊格迅速邁開腳步。地圖上的手寫筆記密密麻麻，把整張地圖都塗黑了。裁決者連忙追上，拉了拉齊格的袖子。

「那、那個～」

「怎麼了？」

裁決者露出有點尷尬的笑容，指了右邊的咖啡廳。那似乎是強行改造老舊石造建築

而成的店家，只見石牆被硬是挖開一個大洞，嵌入大面積的玻璃窗。

與其說是咖啡廳，外觀看起來更像一間酒吧。但建築物的招牌寫著咖啡，並特別註明了沒有提供酒類飲品。

窗戶外面有幾個看起來有些擁擠的露天座位。

「我叨擾的教會裡的修女告訴我，這裡的咖啡很好喝，據說老闆對口味很堅持。」

齊格理解似的點點頭，裁決者露出笑咪咪的表情。

「……那麼，去下一個地方吧。」

裁決者無力地垂下肩。她看起來似乎有些失望，但齊格並不明白箇中理由。

「怎麼了？」

「齊格——小弟，如果不介意，要不要在那家店喝杯咖啡呢？那個，畢竟時間也快過中午了。」

看樣子不知不覺已經到了這個時間。齊格本身並不怎麼餓，但他很清楚裁決者是個大胃王。如果她又像之前那樣餓到沒力也不太好，現在確實應該陪她吃點東西。

「我、我不是那個意思啦……」

但裁決者不知為何不太滿意，齊格無法明白她到底是什麼意思。

「妳肚子不餓嗎？」

「啊，不，我確實餓了！」

齊格心想：那就沒問題了。評估到傍晚前的時間，以及目前巡視過的地點，應該能充分掌握托利法斯。

「那麼，我們先用餐吧。」

「好的！」

先在店家點了咖啡與三明治之後，兩人選定露天座位就座。雖說連續幾天下來的緊張狀況導致晚上幾乎沒有人，但白天還是有不少人潮熙來攘往。

今天天氣也很好，露天咖啡座很多人，但也不至於沒有位置。兩人抱著在陽傘下放鬆的心情等待餐飲上桌。

「讓您久等了。」

服務生恭敬地低頭示意，送上咖啡與三明治。

齊格沒有喝過咖啡，於是點了跟裁決者一樣的。他興致勃勃地看著杯中色澤有如黑曜石般深邃閃亮的液體，另一方面，裁決者則動作熟練地加入大量奶油與砂糖。

「你不加奶油和砂糖嗎？」

「奶油沒有味道，而我已經知道砂糖是什麼味道了。」

齊格基於些許好奇心，想知道純咖啡是什麼味道，於是直接以杯就口。裁決者瞠圓了眼，看著齊格的舉止。

嚥下咖啡的瞬間，齊格的臉垮下來。

「……這是什麼味道啊？」

裁決者聽到齊格的評語，看到他臉上那不像他平常會有的表情，忍不住大笑。見裁決者這樣笑，齊格不悅地別過臉去——少女於是立刻道歉。

「對不起，我忍不住——」

「這東西的味道會讓人有這種感想和反應應該很正常吧。」

齊格顯得有些不悅地辯解，裁決者則忍著笑，為少年的杯中加入較多砂糖與奶油。

原本散發豔麗黑色光澤的咖啡立刻變成了褐色。

「請用。」

齊格心想這顏色看起來好像泥土，但他沒有說出口。儘管臉上表情略顯嚴肅，還是拗不過裁決者的目光，只能再次拿起杯子就口。

喝下去的瞬間，他的表情出現了變化。即使以他貧乏的味覺都能知道差異。他感受到了鮮明的甜味與交雜其中的些許苦味。

「好喝吧？」

齊格一臉驚訝地點頭如搗蒜。原來如此，難怪咖啡這種飲料這麼受到世人喜愛。齊格的親身感受讓他深深理解了原有的這項知識。

「那我就放心了。」

裁決者的臉笑開了，這看不慣的表情讓齊格有些困惑。少女或許是發現齊格正在看自己的臉，只見她有些不好意思地別過臉去。

「——真是和平呢。」

「……嗯，是啊。」

小孩們在街上奔跑，看起來並沒有特別要去哪裡，只是繞著店家周圍打轉。這群孩子裡面有個特別年幼的少女，為了跟上前面的小孩，正拚命地跑著，但一個不小心絆到腳跌跤了。

裁決者本想起身，卻又立刻坐下。因為她看到小孩們為了幫助少女，急忙跑回來。他們讓號啕大哭的少女站起來，檢查她的傷勢，確認只是擦傷之後告訴少女。

少女瞬間不再哭泣，小孩們見狀，露出苦笑並將她扛到肩膀上，而另一個小孩則從

背後支撐，再次跑起來。

「——無論什麼時代都一樣呢。」

裁決者以參雜了懷念與疼惜的表情欣賞這純樸的景象。

「……妳也有這樣的時光嗎？」

「是啊，畢竟我上面還有三位兄姊，我們等於是一邊協助務農一邊玩耍呢。玩到全身是泥，還是一直奔跑。」

裁決者懷念地述說不是屬於聖女貞德．達魯克的過去，而是棟雷米村裡隨處可見的女孩的過去。

「人工生命體沒有所謂的幼年時期，所以我有點難以想像妳小時候的樣子。」

嚴格來說，與其說人工生命體沒有幼年期，說他們不會成長更正確……雖然齊格是例外中的例外，但他從現在起會不會變老仍值得懷疑。說起來，如果是開發鑄造人工生命體技術基礎的鍊金術大宗艾因茲貝倫家，或許能打造出某種程度上接近人類的人工生命體。

但恐怕會變成非常扭曲的生命體吧——

「即使不在幼年期，我想你確實正在成長。」

裁決者突然如此嘀咕，平穩的聲音帶有一種包容的溫暖。

「是這樣嗎？」

齊格沒有自覺，他認為自己和逃出魔力供應槽的時候沒有差別……雖說自己確實變強了，但那是因為「黑」劍兵贈與自己的心臟在運作，同時也是被授與的令咒力量造成的吧。

「不，你有所成長。齊格小弟你確實變強了。」

裁決者握住齊格的手，直直地看過來，眼中帶著真誠的光輝。

「這並非單指肉體層面，而是你的精神層面也正漸漸成長……所以，我才希望你能存活下來。」

「為什麼？」

「齊格小弟，你是自由的。只要這場戰爭結束，你或許能以魔術師身分大成；也或許會變成隨處可見的平凡存在，埋沒在世界中。或許會拯救世界；或許會想毀滅世界。或許會做善事；也或許會行惡。你身上有許多可能性，能開拓出許多種不同的路。」

「……嗯，我也這樣認為，選項多得令人眼花繚亂。」

「你可以煩惱，也可以駐足，甚至回頭看。說穿了，你只要不要想回去就好。這場

聖杯大戰結束，我就必須回歸『座』，而『黑』騎兵也是一樣。沒錯，在聖杯戰爭中留到最後只是單純的願望，所以我們非常憐惜得以拯救的你。」

——扭曲的生命、扭曲的精神，儘管如此還是掙扎求生的純淨靈魂。

——騎兵以純粹的祈禱拯救了他，裁決者看清他堅強的意志後決心一同行動。

——而這兩位都冀望著，當這場聖杯大戰結束時，人工生命體能確立自身「世界」，踏上旅途。

「……謝謝。」

齊格尷尬地笑，回握裁決者的手。對於裁決者與「黑」騎兵投注的情感，他只有無比感謝的心情。

儘管兩人希望齊格活下去，然而他腦海中卻常常浮現死亡的幻想。該不會自己的命運就是有死亡等待著呢？

每次看到黑色的令咒，齊格腦中便會浮現如是想法。他努力忽略鮮明、強烈、明確的想法，即使自己有朝一日將會死去，但在那之前必須完成所有該做的事——

「話、話說，我有一件事情想問你一下……」

裁決者先以略顯緊張的聲音這樣開頭後，接著咳了一聲。從她有些尷尬地別開目光來看，可能是有點難以啟齒的問題。

「是什麼呢……？」

「呃，就是，要問這沒頭沒腦的問題，我也覺得有點不好意思——」

說到這裡，她沉默了下來。不知道她想問什麼的齊格無法做出反應，只能默默地看著她。

過了一會兒，她才放棄掙扎般問道：

「——那個，是有關騎兵的事。」

「……唔？」

所謂騎兵，當然是指「黑」陣營的阿斯托爾弗，也就是齊格的使役者吧。

「怎麼了嗎？」

「呃，就是，我從之前就有點介意。齊格小弟，你喜歡騎兵嗎？」

「當然喜歡啊。騎兵是我的使役者，也是救命恩人，我欠他太多無法償還的恩情了。我想，能毫不猶豫地託付自身生命的對象應該不多吧。」

齊格斬釘截鐵地這麼說了，她便露出有些複雜的表情。

「啊，唔，呃，的確是這樣沒錯……但好像又不是這樣。呃，作為一個人類來說怎麼樣呢？你是怎麼看待騎兵的呢？」

「作為一個人類……嗎？」

齊格重新思考對「黑」騎兵的看法。

「這個嘛……首先，他很爽朗。我認為只是待在身邊，就可以讓他人變開朗是一種難能可貴的才能，更重要的是他這個人的存在方式非常美。那種美是……那個，我想應該是因為他很純真吧。」

無論是好的方面還是壞的方面，騎兵這個人的存在方式就像個孩子那樣純真。以善意回報善意，完全不把他人的惡意當一回事。一旦決定目的便會直直向前衝，重點只在於那對騎兵來說究竟是不是「好的」而已。

……這種做法只要走錯一步就會變得非常危險。如果騎兵認為作惡是「好的」，那麼不管是多麼邪惡的行徑，他都會毫不猶豫地執行吧。

「然而，騎兵絕對不會那麼做。」

「呃，你為什麼這麼認為呢？」

「因為他壓根欠缺想作惡的念頭。打個比方，讓騎兵做壞事就好像——」

齊格指了指自己喝到剩下一半的咖啡杯。

「就好像要認定這咖啡杯是食物一般。對騎兵來說，惡是要打倒的對象、是必須加以糾正的事項。所以他『打一開始就根本沒想過』要去作惡。」

齊格認為騎兵是個奇蹟般的存在，所以他才認為騎兵是非常棒的使役者，作為一個人類，也是非常值得尊敬的對象。

……不過，他也不否認騎兵是個有勇無謀又胡亂行事的人就是了。

「那、那麼，作為一個女性的話呢……？」

裁決者戰戰兢兢說出的話讓齊格整個人僵住了。

「……作、作為一個女性嗎？」

「是、是的，那個，對齊格小弟來說，這問題可能很難回答，你不用勉強……」

裁決者忸忸怩怩，臉上帶著有些尷尬的表情。

齊格心想還真是問了個困難的問題，並開始回答。哎，騎兵的外表看起來確實是很女性化。

「如果是作為一個女性，那就是很有魅力……吧？」

不是很懂。齊格很確定作為一個人類，騎兵是很有魅力的人。

裁決者露出有點困擾、有點傷心，難以言喻的表情……過了一會兒才下定決心挺出身子。

「這、這是因為啊，我，呃，這邊說的我不是指身為裁決者的我……比、比方說，真的只是舉例喔，假設名叫貞德．達魯克的人很平常地存在於此，你會覺得那個，她有、有魅力嗎？」

話說得斷斷續續，少女害羞得滿臉通紅。

「……我想應該不用強調，我是人工生命體，也自覺非常不熟悉人類情感。」

「是、是的。」

「這樣的我要評價妳是否有魅力，或許是一個失禮的行為。但若妳認為這樣無妨，我想我願意思考並回答。」

「……這是當然。」

齊格開始認真思考裁決者提出的問題。身為裁決者的她毫無疑問是個勇敢的少女，同時也是真誠的使役者。

只不過，現在要先將這些想法擱在一邊，把貞德．達魯克經歷過的人生擱在一邊。

重要的不是裁決者，而是現在在眼前這個名為貞德・達魯克的少女。

齊格想起月光下的相遇。

『太好了……我見到你了！』

少女這麼說，表示欣喜並露出笑容。那是讓齊格自覺此生無悔的瞬間，他就是如此被她的笑容吸引。

現在她以認真的表情凝視著齊格，雖然沒有笑，但並不因此損及她的魅力。無論認真的表情、微笑，還是祈禱時的模樣，全都很美麗。

不過，齊格更進一步思考，事實上外表美麗與否跟一個人是否有魅力，應該是沒有直接關連的。

他之所以被當時的笑容吸引，是因為她為自己的平安感到高興；祈禱時的面孔很有魅力，是因為在面對身為寶具的巨人時都能抱有憐憫之心，而這對她來說，是再自然不過的事情。

……沒錯，在看到她祈禱的瞬間，齊格理解了。拋棄一切私心的祈禱就是這麼美。

而能毫無窒礙做出這樣祈禱的人，肯定是很棒的存在。

「……我認為妳的祈禱很美，認為妳的微笑很美。如果魅力是指受到吸引，那我認為貞德毫無疑問很有魅力。」

齊格看著裁決者，不確定自己是否有好好說明。

「……」

裁決者不發一語，維持略顯驚訝的表情僵住了。但眼見她的臉愈發通紅，並以雙手捧著臉頰不斷搖頭。

「咿呀啊啊啊啊啊啊啊……」

好像發出了什麼奇怪的聲音，應該是在害羞吧。

齊格在內心歪過頭，覺得「跟她的形象真不搭」。

這只是不經意的感想。齊格在這幾天一路跟裁決者並肩作戰，或許是基於這樣的經驗才會覺得跟她的形象不搭吧。

……裁決者並不是冰山少女，也不是激烈的女強人。她會笑、會悲傷、憤怒，無論什麼事都真誠以對。儘管不算與以往相同，但以一位聖女來說，她有點太好親近了。

所以方才的反應也絕非不可思議——齊格卻有種難以言喻的不協調感。可是齊格並不是那麼善解人意，至少他自己是這麼認為，所以也只覺得應該是錯覺，就立刻把這樣的想法拋諸腦後。

然而若拋開這樣的不協調感……齊格認為害羞的裁決者又有種不一樣的魅力。而他也很清楚若將這點說出來，裁決者想必會更加害羞，所以他決定保持沉默。

「好、好了，我們來吃三明治吧！嘿嘿嘿，這看起來很好吃呢。」

裁決者拿起三明治，彷彿想遮掩害臊的嘴角。

「嗯，吃吧。」

兩人大口咬下夾了培根的三明治，培根的鹹味非常適合搭配麵包。

兩人旁邊的座位坐了一對母女，似乎是當地人，女兒正興高采烈地看著菜單，想點一份聖代，但很遺憾這家咖啡廳沒有供應，只能一臉不悅地改點咖啡凍來吃。

但看到加在咖啡凍上的滿滿奶油，少女的心情馬上好了起來。

母親溫柔地抹去沾在開始猛吃咖啡凍的少女臉上的奶油。

這溫馨的光景不知不覺讓兩人也露出微笑。

「小孩子真可愛呢……」

裁決者嘀咕。「嗯。」齊格也點點頭同意，然後介意起腦中突然浮現的問題，於是

決定開口詢問。

「對了，裁決者。」

「是，什麼事？」

裁決者看著相視而笑的母女，以平穩的聲音回答。

「——呃，我是突然想到，妳會懷孕嗎？」

裁決者剛吃完最後一口三明治，正拿起杯子喝餐後咖啡，理解這個疑問的意圖後，瞬間誇張地噴出咖啡。

「你、你、你、你你你你你你你你你你你你你突然胡說些什麼啊？」

「……呃，就是想到了。」

「小、小孩！小孩是！小孩是！小、小孩是上天賜予的恩惠怎麼可以在聖杯戰爭想這種不知羞恥的事情而且我根本沒對象…………！不是啦！啊啊啊啊我要冷靜點啊！」

站起身子的裁決者胡亂揮舞雙手，到後來甚至開始拍打自己的臉。

「嗯，妳冷靜點，看起來就很痛。」

齊格出言勸阻喘著粗氣的裁決者。總之，因為周遭的人一舉投來奇異的眼光，齊格希望裁決者能克制一點。

「呃，就是，該怎麼說，齊格小弟只是抱持著單純的疑問對吧。嗯，對對，我懂，裁決者姊姊都懂喔。」

滿臉通紅的裁決者咳了一聲，重新坐好。

「呃，我想……應、應該無法懷孕吧……說起來使役者是一種靈體，如果是道成肉身則另當別論，但身為稀人是無法完成紡織生命這項奇蹟的。」

這點無論男女都相同，不管形體怎樣接近人類，使役者和人類之間都有絕望性的隔閡存在，不可能生子。

齊格點頭心想：原來如此，確實是這樣。但又立刻產生另一個疑問。

「可是，如果道成肉身了……就是另一種狀況嗎？」

「是的。如果擁有肉體並能留在這個世界上，當然就有可能生子……應該是這樣吧……呃，因為這也沒有前例……」

「不，等一下。裁決者，妳是以附身的形式才得以存在於這個世界，所以妳應該可以懷孕吧？」

「啥？」

裁決者聽到齊格的問題，正要歪過頭——接著理解了箇中意義，整個人僵住了。

「啊、啊、啊、這、個，咦？呃……咦？這樣的話……」

少女暫時沉浸在思考的大海中，評估各種可能性，然後得出結論。

她滿臉通紅，低著頭回答：

「……應該是，可以。」

「這樣啊……」

解開疑惑的齊格滿足似的喝起咖啡。裁決者看著這樣的他，害羞地垂下眼，輕聲嘀咕：

「那個……齊格小弟……該不會想讓我懷孕……？」

這回換齊格誇張地噴出咖啡。

§§§

用完午餐後，兩人再次開始閒逛托利法斯。

「……刺客確實躲在這座城鎮的某處。」

「無法知道她在哪裡嗎？」

「是的……我能探查使役者的範圍達十公里見方，但使役者之中尤以刺客最為擅長斷絕氣息，因此儘管我知道她存在，卻無法掌握具體在哪個座標。」

「這樣沒問題嗎？我想我們被她鎖定的機率應該很高——」

「她如果來到可以對我們下手的距離，我還是可以察覺。」

「這樣啊，那就好……肚子也填飽了，應該沒問題吧。」

齊格這麼說完，裁決者又臉紅了。這次不是因為害羞，而是生氣。

「齊、齊格小弟，老是消遣別人的體質不太好喔。」

「我沒有消遣的意思。肚子餓是很正常的生理反應吧，身體健康是好事，盡量多吃才會好好成長啊。」

「是這樣沒錯……等等，你確實在消遣我對吧？」

齊格笑著低聲說「被發現了啊」，讓裁決者鼓起臉頰別過臉去。齊格見狀，笑得更開心了。

天空漸漸染上橙色的光芒，讓齊格重新體會夕陽真是美麗。

只有在太陽西下到夜晚之前的短暫時間才會出現的溫暖光芒。瞇細了眼的齊格很努力才抗拒讓人想一直看著天空的誘惑。

一旦進入傍晚，天色變化就會非常迅速。轉眼間來到晚上——使役者活動的時間。其中必須挑戰的刺客真名為開膛手傑克，她可融入黑暗中，是無比恐怖的殺人魔。

兩人已大致掌握了托利法斯的地理狀況，裁決者正在聯絡各使役者。

「弓兵和騎兵都已就定位，騎兵似乎正以鷹馬飛翔於空中。」

「……沒問題嗎？」

齊格這個問題包含許多層面的意義。

「這點只能相信騎兵了。相信她會到了晚上才這麼做，或者會採用某些魔術性手段隱形，做到諸如此類的應對措施——」

裁決者的目光閃爍。齊格雖覺得殘忍，還是決定直接說出真相。

「我可以跟妳打賭，騎兵絕對不會想到這類應對措施。」

應該說，他已經看到某種黑色物體從城堡的方向飛出來，八成是來不及了。裁決者覺得胃都要痛起來，刻意不去點破這個部分。

「……那麼，我們走吧。從現在起我會更加壓抑身為使役者的力量，齊格小弟你也別離我太遠。」

齊格點頭，將用布包著藏起來的騎兵配劍掛在腰際。黃昏天色漸漸暗下，托利法斯鎮上也沒有了人煙。

「警察不出動嗎？」

「嗯，在這裡被殺害的全是魔術師，表面上並沒有通報，在錫吉什瓦拉辦案的警察基本上不會出動吧。」

雖說鎮上有危險，但被殺害的是魔術師。以警察的立場，不要採取行動是比較聰明的做法。畢竟犯人不屬於這個世界，想要逮捕什麼的根本是痴人說夢。

「齊格小弟，你聽好了，對手是目前仍未掌握真面目的使役者。雖說職階是刺客，但我們手中沒有任何關於開膛手傑克的情報。唯一能確定的，只有她一定會採用偷襲的方式，務必盡可能謹慎小心——」

裁決者說到這裡就停了下來，突然帶著戒備的表情瞪向遠方。

「怎麼了？」

齊格也戒備地環顧周圍。即使他不是使役者，也能掌握到魔力的氣息，但他完全沒有感覺到什麼。

過了一會兒，裁決者似乎也放鬆了戒備，不再繃著肩膀。

「我察覺到使役者的氣息……但是，離這裡格外遙遠，我想應該不是『黑』刺客吧。畢竟我無法那麼精準地掌握到她的動向。」

「是『紅』陣營的使役者嗎？」

「嗯。不過，看起來不像單獨攻打過來，推測應該是來監視之類的吧。」

話雖如此，儘管只有一位，使役者卻是很大的威脅。裁決者向「黑」弓兵（凱隆）和騎兵發出念話，提醒他們當心。

「真麻煩……如果對方在我們與刺客交手到一半時介入，毫無疑問會引發混亂的局面。」

裁決者的表情沉了下來。她想過……可以使用令咒，但想必對面的四郎（裁決者）會拿出對策應對吧。

「……不過既然是監視，只是觀察狀況的可能性很高。只要我們不要在與刺客之間的戰鬥中露出破綻，對方應該不會隨意出手吧。」

「看來只能祈禱事情會是這樣了……」

裁決者將手放到脖子上，皺起臉仰望天空。天空已經轉變成深紫色，也開始吹起冷冽的風。

「氣溫降低了，感覺會下雨。」

她這麼一說，齊格也跟著仰望天空。確實，天上漸漸被厚重的雲層覆蓋，冰冷的水滴落在齊格的鼻子上。

「我們沒有……帶傘呢。」

「很遺憾……不過看這狀況，雨應該不會下得太大。」

雨滴確實很小，也只是毛毛雨，但能見度很快就惡化了。

「妳不換衣服嗎？」

裁決者當然不是穿著鎧甲。被雨水淋濕而緊貼身體的服裝是蕾蒂希雅個人的物品。

「不，若不在刺客接近之前保持這個模樣，作戰就無法成立……那、那個，請你不要一直看我喔。」

「……這我還知道。」

齊格別開目光。雖說是小雨，但淋濕的衣服黏在身體上會強調曲線。齊格並沒有能直視裁決者的勇氣。

「好了，我們先走吧。就算對方看穿這是誘敵作戰，應該也不至於看出我是使役者……至少現在是這樣。」

目前採取誘敵作戰這點，從他們走在夜晚雨中的托利法斯時就很明顯了。但如果刺客會因此有所保留，當初就不至於殺進城堡裡了吧。

「下雨了，我們快回家吧。」

「嗯，動作快點喔。」

——在路上和一對撐著傘走路的母女擦身而過。

齊格覺得好像看過這對母女，便瞥了過去……是中午在咖啡廳遇到的那對母女。與中午時不同，母親提了購物袋。

「媽媽，聽說有鬼怪出現耶。」

「是啊，鬼怪很可怕，我們早點回家吧。」

母女如此交談著離去。那是再平常不過，令人莞爾的景象。

——或許正因如此，過了一會兒後響起的慘叫聲打亂了齊格的思緒。

他或許心裡覺得不可能，上演那樣和平景象的母女怎麼可能被壞事連累？

他回頭——看到朦朧霧氣籠罩當場。

「霧……………？」

「怎麼會這樣……！」

「呃……這是、什麼……好痛、好痛啊！好、好痛……啊啊啊啊啊！」

「媽媽！好痛！我好痛！不要！討厭啦啊啊啊啊啊啊！」

在母女的慘叫聲爆發的瞬間，齊格心無旁騖地奔跑起來。他用事先準備好來防範毒霧的手帕掩住臉，衝進霧氣之中。

腦袋炸裂般的痛苦——齊格無法相信之前自己竟然可以忍受這麼劇烈的痛。目前霧氣還不算濃，勉強可以確保視野……但看不見先被霧氣包圍的母女身影。

「妳們在哪！出點聲音啊！」

齊格大喊，就發現喉嚨也竄過劇痛。他勉強聽見母親發出的「救救我！」，朝聲音傳來的方向衝了過去。他依稀聽見呼喊自己的裁決者的聲音，但她是使役者，應該馬上就可以追上來吧。

現在必須盡早找出那位母親……！

齊格忘了痛楚與恐懼，只是不斷往前奔跑並不時發出聲音，讓對方知道自己正前去搭救。

「拜託，回應我！」

幸運的是，齊格在出聲的同時腳踝被抓住。他急忙往下一看，就發現剛才的母親倒在石地板上。

「振作點！」

「那、那孩子……那孩子在哪裡……？」

齊格抱起的母親兩眼充血、表情渙散、嘴脣淌著血。儘管承受劇烈的痛楚，母親仍一心一意地呼喚自己的小孩。

「妳好好聽我說，我會找出妳女兒，但在那之前，我要先帶妳到安全的地方，明白嗎？」

「可是……我女兒……！」

母親想訴說什麼似的纏住齊格的脖子，卻因為太痛苦而不斷咳嗽，以手掩面。

「我會救出妳女兒，相信我。」

「……好的……」

母親抬起臉——冰冷堅硬的觸感抵在齊格的胸膛。

齊格反射性地低頭看著自己的胸膛——黑色的棒子？不對，這是一把槍。

他再次觀察母親的臉孔——然後發現雖然染了頭髮，並且靠化妝掩飾，但她並不是羅馬尼亞人。

齊格陷入混亂——思考停止。「即使理解狀況，也無法理解為何會變成這樣」。

母親在齊格耳邊低語——那聲音甜美黏膩，有如蜂蜜。

「我相信你喔。」

瞬間，衝擊接連爆發。這一擊不僅是思考，甚至差點掏空他的意識。為什麼、怎麼會、到底為什麼會變成這樣，一切都太不明瞭又曖昧，從齊格的腦中傾洩而出。

背後的石地板觸感消失、挖穿心臟的槍彈觸感消失、拍打在全身的冰冷雨水觸感消失、侵害臟腑的霧氣痛楚也消失，甚至連流失的生命感覺都消失了。

上下左右天地等全方位都轉黑，視覺、聽覺、嗅覺、味覺遭到抹滅，甚至連時間的概念都消失，只留下一個感覺。

無止盡地下墜——齊格正往黑暗墜落。

解說

櫻井光

所謂聖杯戰爭，是一場爭鬥。

道理其實非常單純明白。
聖杯能實現的願望只有一個。
相對地，參加聖杯戰爭的魔術師——「主人」有七位。
必須排除掉六位。
必須有所覺悟，彼此之間的爭鬥將無可避免。

而且，於此同時……

（摘自一本老舊筆記本）

聖杯戰爭。

那是能破壞物理法則，空前絕後的英靈與使用非尋常神祕的魔術師之間所編織出的壯闊爭鬥，是願望與願望的相對，同時也是互相殘殺。

這是非常明確的事實吧。

亞種聖杯戰爭遍地都是，即使在具有空前絕後規模的「聖杯大戰」開打的世界，仍不會改變的法則。

英靈與魔術師主人出盡彼此的祕奧義、絕招以殺害敵人，追求聖杯。

七位七人彼此奪取性命。而在這場「大戰」中，則是十四位與十四人的性命。

然而同時，我認為所謂聖杯戰爭，或許只是「純然的衝突」。

純然——

沒錯，沒有英靈與魔術師之間的差距，一切純然。對於自身存在，甚至能輕易跨越正邪的範疇。我感覺那裡只有無比閃耀的純然——願望與意念都攪和在一起了。

在這樣許多靈魂昂揚、掀起的「大戰」中更為強烈。

有一位不屈不撓的角鬥士。

那是反骨與反叛的純然化身。

有一位黑魔術師女性。
那是由自身欲望構成的純然女性。

有一位卡巴拉的導師。
那是追求樂園再臨於世的男子。

有一位魔術師少年。
那是一位心中懷抱純然憧憬的孩子。

有一尊不會說話的巨人。
它對於自身存在意義，只是純然地立於大地的完成品。

許多生命將自身純然烙印在世界上，從「大戰」中退出。

不過，從「大戰」中散發出來的純然光輝不僅沒有喪失，甚至更加耀眼地存在於我們眼前。

一個是既是奇蹟也是唯一，甚至漸漸化身為在那之上的存在，手中握起劍的齊格。

一個是造成無數死亡，為了自身目的而挑戰「大戰」本身的黑刺客（傑克）。

兩方都是帶著不成熟的純然、意志、靈魂。

讓接觸者甚至感覺耀眼地成長的少年（齊格），以及儘管身為散播痛苦和死亡的邪惡，卻無比純真地與互相依偎的「母親」同行的少女（傑克）。

兩者儘管擁有幼小這項共通點，卻呈現完全相反的狀態。

一方與許多意念和伙伴同在，另一方身旁只伴隨著唯一的母親。

能夠存活下來的，究竟是哪一方的純然呢？

還是說，雙方都無法留下，遭到「大戰」這強大的洪水猛獸吞噬滅亡呢？

我無法不繼續關注，也無法不如此希冀。

我祈求——

所有挑戰這場戰爭的生命，直到最後都能保持純然。

Kadokawa Light Novels

Fate/strange Fake 1~4 待續

作者：成田良悟　原作：TYPE-MOON　插畫：森井しづき

連鎖的衝突，以及被侵蝕的日常——
「限期七日」的聖杯戰爭開始了。

聖杯戰爭開始後，史諾菲爾德乍看下平穩地迎接了第二天的早晨，卻確實地遭受著侵蝕。召喚出「看守」的青年士兵，與狂信者「刺客」展開對峙；憎恨神的英靈面前，出現了一名自稱「女神」的女性——迎接全新局面的各個陣營，其內心所思究竟如何？

各 **NT$200~210/HK$60~65**

台灣角川

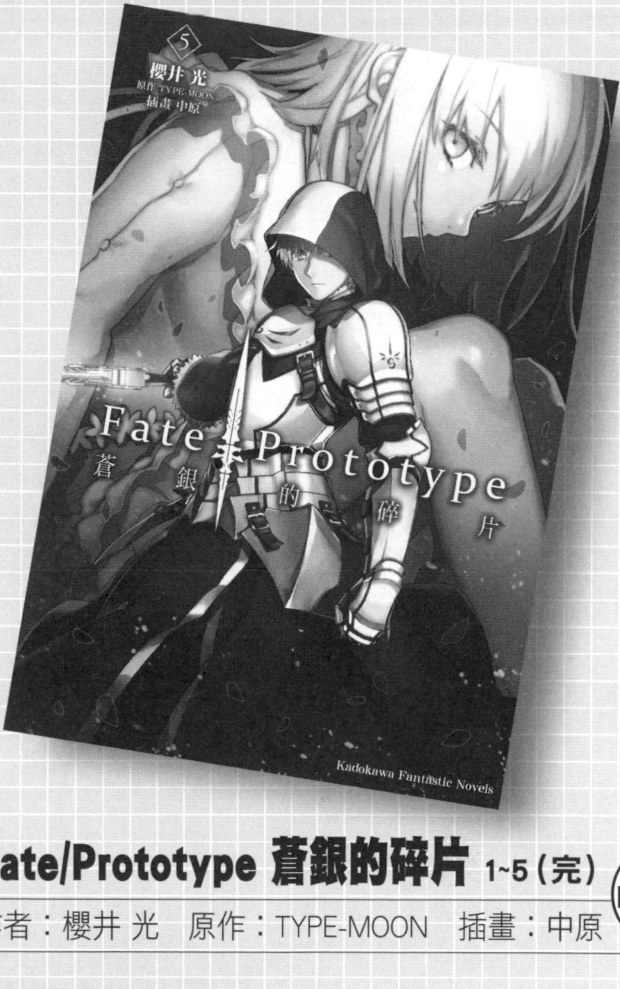

國家圖書館出版品預行編目資料

Fate/Apocrypha 3 聖人的凱旋 / 東出祐一郎作 ; 何陽
譯 -- 初版 -- 臺北市 : 臺灣角川, 2019.09
面 ;　公分 -- (Kadokawa fantastic novels)

譯自 : Fate/Apocrypha 3 聖人の凱旋
ISBN 978-957-743-205-6(平裝)

861.57　　108011357

Kadokawa
Fantastic
Novels

Fate/Apocrypha 3
「聖人的凱旋」

（原著名：フェイト/アポクリファ 3「聖人の凱旋」）

2019年9月5日　初版第1刷發行

作　者：東出祐一郎
插　畫：近衛乙嗣
譯　者：何陽

發 行 人：岩崎剛人
總 經 理：楊淑媄
資深總監：許嘉鴻
總 編 輯：蔡佩芬
編　輯：孫千棻
美術設計：莊捷寧
印　務：李明修（主任）、張凱棋

發 行 所：台灣角川股份有限公司
地　址：105台北市光復北路11巷44號5樓
電　話：（02）2747-2433
傳　真：（02）2747-2558
網　址：http://www.kadokawa.com.tw
劃撥帳戶：台灣角川股份有限公司
劃撥帳號：19487412
法律顧問：有澤法律事務所
製　版：尚騰印刷事業有限公司
ISBN：978-957-743-205-6